U0810778

白水点灯

周伟◎著

中国出版集团 现代出版社

图书在版编目（CIP）数据

白水点灯 / 周伟著. -- 北京 ：现代出版社，
2018.1

ISBN 978-7-5143-6730-0

Ⅰ. ①白… Ⅱ. ①周… Ⅲ. ①短篇小说—小说集—中国—当代 Ⅳ. ①I247.7

中国版本图书馆CIP数据核字(2018)第021819号

白水点灯

作　　者　周　伟
责任编辑　李　鹏
出版发行　现代出版社
地　　址　北京市安定门外安华里504号
邮政编码　100011
电　　话　010-64267325　010-64245264（兼传真）
网　　址　www.1980xd.com
电子邮箱　xiandai@vip.sina.com
印　　刷　成都新千年印制有限公司
开　　本　710mm × 1000mm　1/16
印　　张　15
字　　数　230千
版　　次　2018年1月第1版　2020年6月第2次印刷
书　　号　ISBN 978-7-5143-6730-0
定　　价　49.80元

版权所有，翻印必究；未经许可，不得转载

内容提要

本书收入的小说反映了社会底层人们的酸甜苦辣和深刻的社会问题。有浓墨重彩抒写的时代风云，也有简笔勾勒的人世沧桑；有心灵深处的涟漪，也有田野之上的风情；有对芸芸众生世相百态的描绘与记录，也上演有啼笑皆非的闹剧与轻喜剧……作者用他自己那把特制的梳子梳理着人生百味，用他自己那面多棱的镜子映照出世相百态。

小说侧重摹写人情世态，构思布局别具匠心，细节描写、人物塑造和故事叙说均有独到之处；语言精炼，蕴含深刻；由表及里、由浅入深，从而以小见大，一斑窥全豹。世道变迁、人事纷纭和原汁原味的生活气息扑面而来，读罢让人或淡然一笑，或悲悯自生，或扼腕叹息，或掩卷而思。

目　录

CONTENTS

白水点灯

善塘村人爱讲一个“白”字——白云、白狗、白水、白米、白面、白菜、白炭、白话、老白干（酒）……

善塘村人的生活，看起来，似乎总是那样的安静和闲适。

“看么子啰？”

“白云赛跑呗。”

“听么子啰？”

“白水比歌呗。”

“有么子呷吗？”

“白米、白面、大白菜，外加一壶老白干咧。”

“讲个白话好吗？”

“张飞杀岳飞要不要得啰？”

“好咧！”

一讲就讲到后半夜，火塘里的白炭火还是红旺旺的一塘，围着火塘听白话的一个不走，还是那样地热情高涨。这时，不知哪家的白狗吠了一句，跟着有哪家的鸡懵懵懂懂喔了一声，有人说：“鸡叫了，狗咬了，泉老怪回来点灯洗澡了……”

天发白了。善塘村人又开始了一天的生活。

泉老怪呢？他正香甜地进入梦乡。

泉老怪，一人吃饱全家不饿，睡也睡得香，看也看得开。爹娘死得太早，他现在根本记不得爹娘的长相了。他说，也好，就不会在梦中梦见爹娘，就少去念叨爹娘的疼爱，就少了好多思念之苦。他就还是那样的快活。呷“百家饭”，他没有寄人篱下的感受，一天或几天换个口味，做客一样，哪家都是客客气气，好呷好喝好言好语。按理，他该是希望自己早日长大，报答乡里乡亲对他的养育之恩。可是，他确实没想过两回，总是想自己不长大该有多好！长不大，一村人都怜爱他；长不大，他不需要去回报；长不大，就不要去想事，他呷了睡睡了呷。长不长大，他自己是管不了的，他讲，看着看着就长了，他就是喝水也长肉。

长大了，就要把扁担横在自己的肩上。先是帮生产队担水，担水是队长玉用叔照顾他的，还记工分。担水只是一小早上的工夫，又近，队里的食堂到白沙老井不过五十米。他就不急，每回挑水他就要在白沙老井旁先看看井里的小鱼、小虾，还有几棵墨绿的丝草，看着它们游游晃晃地，眨巴着眼，伸着懒腰，到处张望。然后，再一下一下地去打水，提上水来后还要看那圈圈的涟漪。挑满五大缸，他就扁担一甩，回到小土屋里睡早床。太阳晒屁股了，他起了床呷了饭就开始遍地游走。常常是后半夜才回到他的小土屋里，常常跑到有月光的土坪里，一大桶一大桶白水从头顶上冲下来，然后，慢慢慢慢地搓。从夏至冬，每个夜晚，从不间断。

有一天，有人见他清晨巴早起来，挑了水不往生产队的食堂走，而是上了葱婶的屋。接连几天，天天如此。有人讲怪了，这葱婶新寡，这泉娃单身，难道？但是，但是，按辈分，葱婶是婶；按年岁，泉娃少五六岁呢。又一天，有人看见葱婶当面把泉娃挑的满满当当的两桶水全倒在她家屋前的空坪里，水白花花地流了一坪。咣当一声，葱婶把门关了，留下泉娃一个人空落落地立在他的两只空桶前。慢慢地，他喝上了老白干（酒）。他喝得半醉不醉时，他就想起那一坪白花花的水。他看见那白花花的水一下子变高了，一下子变胖了，一下子变弯了，弯成了葱婶的白花花的身子。越想，他的老白干（酒）喝得越多，像喝白水一样。

慢慢地，生产队里的食堂不冒烟了。别人有别人的事，田里地里，更起劲下力，因为都是自家的了。他呢？还是横一根扁担在肩上吊两个桶，还是早早地出门。不同的是，一不去白沙老井，二不去生产队的食堂。走村串户，桶里装的是老白干（酒），卖酒去！他从不吆喝，逢人就伸个小竹勺往桶里舀一勺，让你滋溜喝一口，嘴巴一咂，买不买随你的便。没人买时，他就一个人坐在树荫下，一勺一勺地舀，自己一口一口地喝，喝一口，看一下天上赛跑着的朵朵白云，喝一口，再看一下。有时，一口一口地喝，也不看天上，也不想事情，只侧耳听着，听着流淌如歌的白水声。

又是好多年后。泉老怪定坐在白洞水库的大坝上，他看着一大库浩浩汤汤的白水。阳光下的水面银光闪闪，三不三（不时）有一条或几条大鱼跃出水面，一团团鱼肚白在泉老怪眼前一闪，泉老怪轻轻地抿一下嘴，一线白水般的老白干自他的喉咙咕咕而下。水浩水汤，放水养鱼，鱼跃人欢。泉老怪看着水时，总是想起很多如水的事情，就老是欢不起来。

欢不起来的泉老怪对事情其实是有自己的见解的。比如说酒，他讲酒是水，又是火，水火也有相容时。比如说日子，有一天，他对正在写作业的中山叔的三娃子讲，写字时一笔一画要看清楚了要想明白了，才动笔。就这个日字，要想往上出头，那是由不得你；往下踏踏实实地走，不是最好嘛，考试能考甲等，活就活得平安自在，一个甲子是不成问题的；看着日子走，站在一边不闻不问是看不见新生活的；看着禾苗一日一日地往高里蹿往粗里长，黄灿灿的禾苗铺天盖地时，日子也就香了；把日字放在大地上放在心坎上，天就发白了。三娃子一脑子糨糊看着泉老怪。好久好久，三娃子好像发现了新大陆一般，难怪，难怪！你泉老怪的“泉”字，上下不就是个白水吗？泉老怪一愣，然后，一转身，瞬即三步并作两步地走了。

善塘村里很多人背后都讲泉老怪脑壳怕是进了水。要不然，不会是咯个卵样子。只有进了水的脑壳，短了路，点不起“灯”，才会不亮堂。

善塘村人讲泉老怪的日子淡如白水，哪一天如水一样干了，一点痕迹都没留下，太不值得了。空来世上走了一趟“石灰路”（指从未尝过做男人或女人的味道），岂不是白活了一场！

有了很多钱的泉老怪很怪，别说是改嫁或死了男人的“二路货”，就是黄花闺女，也是不成大问题的。可至今，他没有娶到婆娘，也从不开口谈女人。最怪的是，全村人家家都装了电灯，唯独他家里不装，常常是后半夜鸡叫了狗咬了，他才回来洗澡。一回到他的小土屋里，他点起了灯，是在白水一般的油（不是那种黑黑的煤油）上点的灯，灯光通红通红的，火苗一下一下地跳荡着。在土坪上，泉老怪站直着身子，全身肌肉一股一股的，一大桶一大桶白水从头顶上冲下来，然后，溢流一身，白花花的晃眼。

泉老怪点起了灯的夜晚。有人看见，葱婶屋里的电灯彻夜不熄。

秀发已逝

那个早晨起了雾，冬日严寒的朝霞快九点钟才艰难地钻出来。

小镇的生意人却不管。早点摊前已红火了一阵子；店铺卷起了门帘，人和货都是挺精神的一个个；街上的汽车也像人，吃饱了，喝足了，油门加得老高，马达轰轰响，跃跃欲试，拉人载货……

桥端侧面有个岗亭，使人总联想起那里面曾有过日本鬼子，如今上面贴着酒广告也极像狗皮膏药太阳旗。这是个废弃的岗亭，白天就做了极好的生意场所，晚上则是乞丐流浪汉的宾馆旅舍。当然，这样的好处所谁先占到，那天的使用权便归谁。都极文雅，讲规矩，不乱来。

今天，岗亭是被一个中年妇女占到手。她不带做生意的行当，穿的也新潮，又背一个坤包。可是，看那双极活相的眼睛，就晓得做生意不是一年两年，娴熟得很，是个捞活钱的角色。果然，她轻轻地揭开坤包，抽出一张硬纸，展开，张贴在岗亭帽盖上，有几个墨写的大字：帮你剪头发，还给钱！就一手拿梳子，一手握剪刀，双眼滴溜溜地去盯过往行人。这时，一位农村大嫂牵着一个朴素的小女孩子直奔岗亭而来。她急奔上前，笑呵呵地打招呼。

“大嫂，早啊，剪吗？”

“算好多（钱）？”

“十块，多一个子儿不剪！”

“算了，剪吧。”

先梳几下，整齐了。接着就咔嚓、咔嚓，一绺，两绺，三绺。几下，只留得齐半耳的短发。剪发的中年妇女把剪下的一扎头发，用一个皮箍绕缠了几下，紧了，放进坤包里。从坤包的内侧抽出一张十元钞。大嫂接过，脸上起了一点笑意。又用手往后脑搔一下头发，眉头皱了一下。

大嫂的一边站着个小女孩儿，约十一二岁，衣裤又长又大，显然是大人穿过的，还是掩不住女孩儿姣好的面容，乖态的长相，尤其一头黑发，浓浓密密，乌亮乌亮，像黑色的瀑布从头顶倾泻而下，下到后腰处，随便地结着一条花手帕，极是朴素与自然。朝阳在她的头上闪烁着。

“大嫂，妹娃也剪？”剪发的中年妇女惊喜地问。

大嫂弯下腰去，把女孩儿拉到中年妇女的面前，摸了摸女孩儿飘逸的秀发。

“要剪。”顿了一下，又阴阴地说：“不过，你是晓得的，几好的头发！算好多（钱）？”

“行！”中年妇女斩钉截铁地回，眼角闪过一丝狡黠的神情，又接着说：“‘好货不便宜，便宜不是货’。我们做生意的，是舍得花大本钱的。二十，二十总行了吧？”

大嫂没作声。

“二十五。”“二十六。”“二十八。”

大嫂摸着女孩儿的秀发，揉搓着，低低地说：“三十。三十，你就剪。”

剪发的中年妇女牙一咬，梳子在剪刀上一敲，“行，三十就三十。”

开始剪发，一小绺一小绺地梳，梳好，剪刀就咔嚓。才剪了两小绺，大嫂就喊，“何样剪？一刀比一刀短。”

小女孩儿的身体一直在扭动，脸上本是一百个不高兴。听得喊声，赶紧把手往脑后一搔，“太短了，我不剪，我不剪。”

中年妇女又把梳子在剪刀上一敲，说：“要晓得，我是出了最好的价钱的。”

大嫂归于平静，说：“剪吧，接着剪，别剪得太短。”又一小绺一小绺地梳，梳好，剪刀就咔嚓。

又不久，大嫂又喊，“何样剪？一刀比一刀短。”

小女孩儿的身体扭动得更厉害，一脸阴沉沉，说话带着哭腔：“太短了，我不剪，不要剪我的头发。”小女孩儿用双手捂住脑袋。

中年妇女把梳子在剪刀上重重地敲了两下，说："三十，三十元哪，我是出了高价的！"

大嫂嘴中嘟囔着，却没有说出话来。是的，三十元！大嫂在想，三十元是个不小的数目，有很多的用处，或称几斤肉，或给娃崽买身衣服，或家里置件小家什……

又在剪，剪得更短，好似满田沉甸甸的稻穗被牛啃得只剩下三三五五的禾蔸。大嫂的心在作痛，却又强忍着。小女孩儿已明显感觉到飘落的头发，她大声哭喊："我不要'盖盖头'，我不要'盖盖头'！"

中年妇女在骂人，梳子在剪刀上起码是重重地敲了三下，"哪见过你们两娘女的，不卖钱，又没有人强迫你们剪？！要晓得，我是出了高价的！"

小女孩儿眼中溢出泪珠，吧嗒吧嗒往下掉，带着哭腔埋怨她娘："我不剪的，我不剪的，你剪你的，还要我剪……"又呜呜地哭个不停。

大嫂情绪受了感染，又和中年妇女争了起来。争不赢，只好哄女儿，说："不剪，也剪得差不多了，剪到钱，买一身好衣服穿，要得吗？"

小女孩哭声更大："我不穿，我不穿！"

大嫂恨恨地对女孩儿说："死女娃，不剪就莫读书算了。你想想，我养你们姐妹几个，容易吗？"大嫂的眼圈也红了，说完双手捂脸，蹲在地下。

小女孩儿立即不哭不闹不说话，静默着。

中年妇女一绺一绺地梳，一刀刀往下剪，就剪得很顺畅，舒心。剪完了，把头发扎起来，用手一掂，又一摸，满脸的灿烂。她利索而又大方地把三十元钱甩在大嫂蹲着的大腿上。

小女孩儿伏在岗亭的窗口上，望着滔滔滚动的河水，大声地哭喊，河风带着哭喊声传得很远，很远。

安生记

1

在草寨通往县城的路上，有匹高大的白马蹶起一股黄尘，如风急骤般的冲大道上一路飞奔。黄尘中的粉粒在金色的太阳映照下，像天上撒下一片金粉，炫得人的眼睛好痛。侧卧在路旁的二狗癫子半睁半闭，摇头晃脑，自言自语。

他说，白云是白的，想吃的米饭是白的。

他说，夜晚是黑的，难熬的生活是黑的。

他说，一个人站着，影子也是倒下去的。

他又说……

他还说……

有谁去听，一个癫子的疯言乱语。有谁听懂，不着边际，无根无据。

山道上又是呼啸而来一队又一队马队，卷起漫天黄尘。无数匹马蹄踏出雨点般急骤而欢快的声响，紧逼那匹高大如风的白马。

白马无缰，冲天而啸，转而立定。黑压压地紧逼上来的马队一下子蒙了，跟着停了下来，有好几匹马还后退了几步，倒抽了一口凉气。那白马主人高大魁梧，身着挺括的军服，眉宇间有几分镇定。他大喝一声："众军士，听我号令！三连占领后山高地，四连断后，一连阻击……"声声气运丹田，威严洪亮，在群山之中回旋。

忽然，乌云密布，电闪雷鸣。

几队人马不明情况，不知底里，不敢贸然行事。一个个你看看我，我瞅瞅你，脸上堆出几分惧色与疑惑。然后，一个个都一起把目光投向他们的头领。那头领一直用手指挖着鼻眼，眼光紧紧地盯住前面那匹高大白马，眼光掠过白马，死死地“吃”在那个乖态的红衣女郎身上。马队中有人走近他身旁，在他耳边一阵嘀咕。他方才回过头来，马鞭往马屁股上一抽，勒住马缰，回转开来，一声喊：“撤——”

一阵阵马蹄声远去。

那匹高大的白马昂起脑壳，忽冲天空一声长嘶，久久地回响。白马上的军官先是迟迟疑疑地看了四周，才收了一脸的紧张，长长地嘘了一口气。然后，伸手擦了擦脸上的汗，下得马来，把红衣女郎一把抱了下来，就一遍遍地拍打她一身的灰尘，紧了紧她的衣物，又拢了衣袖替她擦汗，说：“香月妹子，没事了，一切都会好的！”那军官做着这一切时，红衣女郎一直没有作声，只是静静地看着他，看着他的脸，一刻也不离开。那眼神里有水，似春水一样荡漾。

红衣女郎是我奶奶香月，才 16 岁，却长得毛格楚楚，水眼汪汪，又好个身材，看看，胸早丰起来，腰如蜂腰，臀也肥了。在家，香月是爹妈的心头肉，是哥嫂的乖巧妹妹。一出了门，一村的后生小伙目光都围着她转，谁见谁都想挖几眼，那可是日思夜想的水中月，香喷喷的白馍馍。红衣女郎却似没看见一样，只想着自己的心事，想着她的春生哥。

那高大军官就叫春生，和香月打小总在一起，放牛、打柴、拾稻穗。春生总帮着香月，护着香月。香月也总是春生哥长春生哥短地叫，还三不三（湘西南方言，意即时不时）就在春生哥面前撒个娇。香月喜欢花，春生就汗淋淋地满山上跑，采好多好多的花，扎成一簇簇。每扎成一簇总放一朵蛮高蛮大蛮艳丽的红花立于中央，四周各色花儿簇拥着。然后，双手捧给香月，香月接了花就说一声：“花儿朵朵美，春生哥哥帅！”说完，就半掩着嘴笑，漏一路银铃般清脆的笑声。再一看，香月脸上的两个小酒窝好美。春生立即觉得受了奖赏，忘却了疲累，生出许多的欢快。蹲下来看一下花儿看一下香月，看一下香月又看一下花儿，春生脑壳里便显现一个念头：香月是花，花是香月。这时，二狗准会来捣鬼，偷偷地从香月手中夺走了那簇花，香月急得直哭。春生看看香月，拔腿就追二狗。身后落下一阵嘻嘻的笑声，那个高瘦黝黑的琴琴就领头唱：小崽仔，鬼婆仔，一心想着配对子……香月和春生各自掩着羞得绯红的脸庞，飞快地各自回家。没多久，两人又凑到一块了。

一切都已远去。

那是儿时的记忆。睹物思人，想起那朵花，想起那把稻穗，想起那捆柴禾，想起那个眼神，想起那追赶嬉戏的场面，一切如同就在眼前。香月的心就怦怦地跳个不停，毛格楚楚的双眼忙低下来，不敢看前方，也不敢张眼四顾，只定定地看着自己的脚尖尖，一双手老是翻来覆去地绞着自己的衣角。脑壳里一百次一千次地显现出春生哥无比亲切英俊的模样，心中已是一万次轻轻地喊着她的春生哥了。她的心就跳得更厉害了，双眼往四周一看，只一下，忙收了回来。这样的场面，在路上，在山下，在塘边，在田垄，在花丛中……都是一天无数次地出现。真个是乡村孩子的日记，用不着写在精美的日记本里，用不着天天挂在口头上，一切是深深地烙在心里，永远不会变色，永远不会腐烂，永远鲜活如初。

在白天，香月总是很忙，也总是很欢快。秋日里，一束束柔和的阳光，一股儿一股儿微温的山风习习。凤形山腰上，叶笛声声送过去飘过来，清脆迷人，嘹亮在山野，和着飞鸟的啼鸣，几个小孩儿用双手握成圆筒状鼓起喉咙“喔喔喔”地喊叫，使静寂的群山老人松开了绷紧的脸，露出了笑容，敞开了胸怀，说：孩子们，早啊！来吧，阳光雨露是你们的，青青草地是你们的！孩子们尽管脚上沾满了泥泞，眼睛里跑进露水，他们的脚步仍是那么轻快，笑容依旧灿烂如花。在弯曲的山路上迅跑如飞，眼睛发亮，挑着有草的地方，忽上忽下，忽左忽右，唰唰唰地挥起镰刀，一刀接一刀，一刀快似一刀。香月含着叶笛，梳一根大辫子甩在脑后。上了山，随意地摘一朵山茶花，插在头发上，又嫩又润，绰约多姿。一件红花布上衣，又短，又窄，显得很有些年月了，但红花鲜艳如初，白底洁净似新。香月随镰刀飞舞，一步步地沿着绿色的斜坡往上边割去，往下边割来，推剪子一般，香月的腰身起伏摇曳。

在黑夜里，香月分明觉得自己抬眼望天，低头看地，漫天漫地的一片黑咕隆咚，心里头也老觉得空空荡荡的。环目四顾，无声无息，无疑自己孤苦伶仃被遗弃在荒天野地的寂寞之中了，手中握着的那把镰刀也不听使唤了，一刀慢似一刀。

她不知自己怎么啦？

难道是春生哥走了的缘故？

春生哥是被肖老地主逼走的。春生哥走时，是一个灰扑扑阴干干的午后。春生哥十分的不情愿，十二分的无奈，那双特别有神的眼睛暗淡下来，只在香月哭喊着来追他的时候，忽然睁得好大，亮亮地有神，那眼睛里一下绽出很多的神情，久久地看着香月。香月霎时停止了哭泣，和春生哥久久地默默地对视着。

走了，春生哥走了。走在路上的春生哥，三步一回头，五步一驻足。

香月怔怔地立在原地，久久地无声无息。

突然，香月竭力地一声长长的哭喊："春生哥，我的春——生——哥——"

山摇地动，水流呜咽。

她一路哭喊，一路狂奔。

许久，许久，她终于停了下来。她全身无力地瘫软在土坝上。她看了看四周，都是灰灰的一片。天空是灰的，山坡上的树木也都是挂了白霜，灰头耷脑的，秋天的田园也是灰扑灰扑的，就连远处的村庄上空袅袅飘飞的薄薄炊烟也是灰白灰白的。土坝那边立着一棵老高老大的枫杨，孤孤地立着，一树红叶已坠了大半。

远处，是村子里唯一的水库。可以望见水库中的水蓄得一点儿不满，有很多处地方显了山露了水，下了水的地方都是一圈一圈的硬土，干了，结了壳，留下记号。那水库里瘦瘦的秋水，竟也静静的一动不动，水面上有薄薄的雾，弄得水面不亮闪不清澈，灰白灰白。唯有轻轻的一丝秋风，从这一弯瘦瘦的秋水上拂过，虽没有吹动沉睡的水面，还是给无声无息无气的令人气恼痛心的天地里添了一丝生机。忽地，香月全身冷丁了一下，一看，分明是丝丝秋风里夹带着的声声呜咽袭来。

香月的心一紧，脸上变了颜色。

2

春生一走就是三年，三年之中没有半点音讯。

今天，春生不知从哪个角落里冒了出来，打了一匹高大的白马从天边飞来。回来时，天边堆满了一层层火烧的云。草寨中没有几个人注意他，都在香月家茅草房子前团团地围了一堆，有不少纳鞋底抱娃娃的婆婆婶婶一边艳羡一边着急，叽叽喳喳地叨个不停，唾沫星子到处飞溅；或蹲或坐的那些大老爷们却一两袋烟工夫过去了，还是打不出一个响屁来。香月的爹只是满屋里踱来踱去，不说话。香月却一直在里屋咽咽地哭泣，始终不肯穿戴嫁妆，惹得香月的娘一个劲地说："何得了，何得了？这又何得了哇？"

有谁来管？

又有谁管得了呢？

金屋那边已是锣鼓喧天，贺客盈门，酒菜办好，桌凳停当。一村子的人都像过生日一样，都停下手中工夫，忘了一切的疲累和不快，都挤到肖家祠堂前来看热闹。孩子们更是兴奋得不行，早早地扯了些红花红纸戴在自己的头上、衣服上，还有几个女娃不知何时从戏班里拿到白粉和胭脂，一遍遍地往自己脸上擦，弄得满手满脸都是，你看着我我看着你，都笑。几个男娃四散里跑开去，原来他们早偷了几小挂鞭炮，一个一个地拆下来，点着，嗤嗤嗤，眼疾手快，往祠堂边水塘里一丢，往往刚入水就响了，水面不禁冲起老高，白翻翻地，开了花一般，很是好看，也好玩。当然，这是要有点功夫的，不迟不早，不轻不重，必须掌握火候。

祠堂里早已布置得富丽堂皇，庄严隆重。肖老地主正在逐个检查婚礼的布置，还一再叮嘱行事的人切莫忘了时辰，切莫错了规矩，切莫讲坏了话。行事的人一个个点头哈腰，连连应声，唯唯诺诺。他们早已不是第一次参加肖老地主的婚礼了，一次比一次要更小心更虔诚，不允许有一点点的失误，否则婚后的一切不顺一律都要算到他们这班人的头上。怪是怪过，怨是怨过，但每次还得请他们这支方圆十里唯一的礼信乐器班子。肖老地主在这方圆十里绝对是个举足轻重的人物，一举手一投足都是有影响的，没有几个敢不看他的眼色行事，肖老地主常拄一根楠木拐棍，在祠堂内外转一圈，又转一圈，往祠堂外的石阶上敲三下，就有一班人跑过来，问这问那，听他的吩咐，又一路屁颠屁颠地去落实，落实完了还得赶紧跑回来禀报他。若办砸了，他一楠木拐棍打过来，你还得弓着身子低眉顺眼地说：是，是！是我办砸了，是我瞎了狗眼了。我这就去补火，保证不出半点差错！若不见肖老地主发话，还重重地往自己脸上抽嘴巴，边抽边一个劲儿糟蹋自己。

似乎这许多年来，肖家祠堂办砸了的事一件又一件，挨训斥遭棍打的一个又一个，认错的，痛哭流涕的，跪下求饶的……真是没少见。只有肖老地主永远是正确的，正确得让人不敢有一丝的怀疑。只有在夜深人静的时候，没有光，没有影子的时候，肖老地主一个人摸到肖家祠堂来，一个人长久地跪在肖氏列祖列宗面前，埋头便拜。然后，一个劲地作揖，一个劲地认错，一个劲地哭泣。哭，又不哭出声来，只在喉咙里哽哽咽咽。只有在这样的时刻，肖老地主才知道自己错了，才肯求饶，他是怕祖宗们骂他“不孝有三，无后为大”，他是怕自己作古了灵牌都不能堂堂正正立在肖家祠堂的神龛上，他是怕生前再威武再富有死后的坟头上没有烧纸钱没有挂青棍的。无人光顾的荒坟，那是一种何等的寂寞，他直觉得此时的心已然被扯成一绺绺呼啦作响的白纸条，丢在了荒天野地中。

不能这样！

绝不能这样！

每次走出祠堂，抬腿跨下一级级的石阶，楠木拐棍一下一下敲在石阶上的当儿，肖老地主一次次地否定了自己的错误。他永远是正确的，不正确的是那些中看不中用的娘们儿，是她们屙不出一个臭蛋来。于是，肖老地主的心中又有了一个更大的行动。他问过八字先生求过神仙，说是要讨四房太太，才能求得正果。他也下降身份请教过乡村郎中接生婆，她们摊着一双双粗粗短短肉肉嘟嘟的手，积无数次的经验告诉肖老地主，要讨就讨一个“奶大屁股翘”的婆娘。她们肯定地说，这种女人，空出屁股就下崽，要下多少有多少，奶水又多又浓，壮崽得很！而且，讨回来的个个兴家旺夫。边说边向肖老地主递一串浪笑，说，赶快打着灯笼，去找哒——

肖老地主放出风来，就寻这样的主儿，甭管出身，也不怕花多大的本钱，我要等着屙金屙银呢！

有一天，周老六喜颠颠地跑到肖家祠堂门前，一见面，双手一抱，就向肖老地主恭喜。肖老地主平日里根本没拿正眼瞧过周老六，晓得周老六尽干些偷鸡摸狗的行当，也没个正经，爱在婆娘堆里扎，寻着机会还要摸一把婆娘们肥肥的屁股。遭一顿臭骂，还嘻嘻地笑。一个大老爷们讨不上老婆做不来正经事，一双手细皮肉嫩，一个脸蛋似喝了米酒微微地有些醉，白里透着红，一年四季都是这个鸟样！谁见着谁都想羞他。

不容肖老地主想得太多，周老六走上前来，在他耳边嘀咕了几句。肖老地主立马眼睛发亮，脸上有了笑意，也把双手往空中一抱，握拳，揖礼，不急不慢地说道：“有劳，有劳了！随我来，回屋细说，我肖富仁也不能少了你老六一杆烟。”

周老六一副受宠若惊的样子，一双细皮肉嫩的肉手去握肖老地主长长瘦瘦满是皮包骨头的手，迭声说着：“四爷，你瞧得起我周老六。四爷，你是给了我天大的面子！保管四爷放心，我周老六别的本事没有，这张三寸不烂之舌，还多少能管管事的！我的四爷喽，你就在家养足精神铆足劲，等着受用吧！”

周老六一路小跑走了。肖老地主站在肖家祠堂的石阶上，爽朗笑道：“只要有钱，我肖老四就没有办不成的事！”

3

周老六一路慌慌张张从草寨跑来，挥舞着手喊：“不好，不好了！”门前热闹的场面随着他的一声喊，即刻静了下来，一个个扯着鹭鸶脖子去张望。一静，周老六霎时感到自己刚才一急说漏了嘴，竟然在这样的好日子里乱嚷嚷。忙噤了声，装作刚才什么也没发生。从人群一角侧身进去，一溜，到了堂屋。

走近肖老地主跟前，说：“四爷，四爷呀！左劝右劝都不行，香月妹子死活不肯上轿。眼瞅着要耽误时辰，您老快拿拿主意吧！”

肖老地主皱了一下眉头，横着脸盯了周老六一眼，一声喊：“二愣子，点齐人马！周老六，前面带路。务必要赶到时辰，捆也要给我捆来！”

周老六快步走在前头，不敢磨蹭，他今天可是触了两次霉头。咋两次都把话讲得不吉利？他的嘴巴一向可是蛮利索的。他突然意识到，这是不是……但是，他不敢想下去。

二愣子点齐人马赶到草寨扑了个空，又掉转马头朝县城方向追去。眼看要追上，一看那恁大的架势，那可是正儿八经调的兵，像模像样摆的阵，一队队人马全被惊住了。木木地不待看上一会儿，忙掉转马头，没命似的往回赶，生怕捉了去打了靶。

一路狂呼乱奔，远远地隔着祠堂，便撕破喉咙喊：“出事了！四爷。不得了！四爷。”

肖老地主远远地看见，没有一匹马上坐着香月姑娘。他一屁股跌坐在神龛下，喁喁地说：“时辰误了，时辰误了！”

时辰误了，天上的太阳正好。

有人看见屋外的阳光斜斜地晒进来了，落在地上，似一地的碎金碎银。

肖老地主一气一急，就躺倒在床上，嘴角流了不少的白泡，一双瘦长皮包骨头的手老是伸出来，三不三往空中捞，其实什么都没捞到，口中没完没了地说着胡话：“白马，飞了。飞了！白马。看，一道白光，一道吓人的白光！又有影子，我看见影子了。影子，影子，我的影子！快，快，快把她给我捆来……”

肖老地主一家都乱得团团转。三房女人喊天哭地，捶胸顿足，一个比一个更大声，一个比一个哭得更伤悲，哭音一个比一个拖得更长。边哭边一个劲儿地替老爷子抹胸脯，哭：“老爷，你可不能去了，你可不能就这么去了！你是狐狸精害的，你是狐狸精害的哟！不能白白地便宜了这个骚狐狸，咒她不得好死哟……”“老爷，你可是家里的大树，可不能倒啊！一倒了，我们咋办？我们咋办哪！……”“老爷呀，你可走不得，这么一大家子，咋没拉下一个话儿……”

三个女人，一个个哭得伤心至极。她们在哭老爷，也在哭自己。树倒猢狲散，她们哪个愿意看到？！但是，除了哭，她们无计可施。请了好几个郎中，都是来一个，去一个，没有一个不摇头的。

二愣子是老爷的贴身管家，此时也是手足无措。

周老六是个外人，只能远远地站着看着。他不敢靠得太近，因为三个女人的眼睛时不时狠狠地盯他。她们晓得老爷落到这步田地，纯粹是这个周老六起的头，撞的祸。周老六想撒腿走人，一抬头，看见管家二愣子手中紧握着一根粗大的皮鞭子停在半空，他的眼睛停住了。屋外，有一排家丁一溜儿站立着，一个个舞刀弄棒，凶神恶煞。周老六忙低下头，躬着身，不敢说话喘大气，全身上下不由地抖了起来，脑门上冒出好多的冷汗。过了好大一会儿，仍没见动静，他的嘴角动了几下，却没说出话来，嘴唇绷得更紧了。

一个时辰过去了，仍不见肖老地主回过神来。大厅当中哭声早已低了许多，还有稀散走动的声音。周老六瞧见空儿，慢慢地挨近肖老地主，附耳一句。肖老地主竟如鲤鱼打挺一般，忽地坐立起来，一双眼放光得很，大喊着："行礼，行礼——"接着，右腿一搭，就从床上下来了。所有的人都怔在那儿，没一个反应过来。好在周老六双手扶住，高兴大叫："老爷醒了，老爷醒了！"这一大声叫喊，才把众人喊过神来，手忙脚乱地，拿的拿毛巾，端的端茶水，整的整衣裳，穿的穿鞋袜。

这一喊叫，大家才晓得刚才是周老六去了老爷的床边。在床边，周老六帖在老爷的耳边嘀咕了一句，这一句却把老爷唤醒了。大家再看这个游手好闲的周老六时，就不再是又狠又凶的眼光了，脸上竟闪过一丝的笑。笑过，没有人去搭理他，大家关心的是老爷。

周老六总算长长地松了一口气，心里打着鼓：好险啊！前前后后一想，不禁偷笑。一家人的手忙脚乱，好几个斯斯文文的郎中，费尽心思竟不抵我周老六的四个字。

世事竟是如此简单！参透了，不值一文！周老六哇，周老六，你脖子上吃饭的家伙可不是一般凡夫俗子可比的！周老六在心里对自己说着，又美气了一回。

醒来后的肖老地主，一直日日进不下食，一直夜夜在梦中叫喊："我看见一道光，一道光劈了白马，白马幻作一团黑影。不见了，消失了。"梦醒后，肖老地主就是一身的冷汗，两眼无神，四肢乏力。

一直拖到第七天的晌午，肖老地主才进了半碗参汤，披了一件绸衣，拄了那根楠木拐棍，缓步走出屋子，走到肖家祠堂，来到神龛牌位下，久久地不语。但那老眼上，分明渗出点点泪花。他最后走到祠堂的石阶上，使出全身力气用楠木拐棍在石阶上敲了三下。二愣子早已带领一班人站在不远处，听见响声一下子赶到老爷的身旁，单等老爷吩咐。肖老地主拄起楠木拐棍，直直地一指："走县城，查那白马，查那后生。花再多的钱，费再大的力，都要把他们找出来！上天了，就是飞，也要给我绑下来；入地了，就是挖，也要给我挖出来！"

顿了一下，他一口痰吐在了洁净的石阶上，又说："不然，我进板（棺材）了都咽不下这口气！"

大家都看到，青青的石阶上有滩很浓很大的痰，夹了不少的血块。

众人七手八脚扶了肖老地主回家。

二愣子带着一队人马向县城进发。马鞍上有几口大木箱，打头的这匹马走起来很吃力，显然是驮着的木箱很沉很沉。

4

要想打听春生的下落，必得去找县城里的团总赵云卿。这方圆百十里，没有事难倒过他。什么白马黑马，什么白猫黑猫，就是哪户人家哪个婆娘有几个红肚兜，他都随口说来，极少错的。

赵云卿，旮旮旯旯里的事都烂在肚子里，红道黑道上的规矩也都懂得很，行话也讲得顺溜，上上下下又会打点，有麻纱的事也扯得清，不光是嘴上能说会道，还一肚子的墨水，手上又能舞枪弄棒，有财有势，有人有枪。所以，只要一提赵云卿，没有人不知道的。娃儿哭了，拿“赵云卿”三个字，还能吓唬得住。

赵云卿什么旮旮晃晃里的事都知道，什么行话都懂，什么规矩都清楚。别以为他是浪荡子，他可不逛窑子，也不抢良家女子。他只一个爱好，见了银票眼睛就发直，碎金碎银也发光。但从不乱抢乱夺。他可是变着法子积聚。他剿匪，大张旗鼓地剿，但从不剿你个人绝巢空，他要慢慢地剿，年年月月地剿，很耐心。土匪头子也可以和他喝酒，也可以跟他谈天说地，还可以跟他礼尚往来。喝过酒后谈过之后礼尚往来后，他还是要剿，但绝不剿得你担惊受怕。这边剿边谈之中，有很多碎金碎银就摆上了他赵云卿的红木柜中。他也安民，但绝不安得你路不拾遗，民不关窗。就常有东家丢了谷子西家失了耕牛……他就更要安民，安民需要费用，乡亲们就一家一家去收，没有几个不交。收齐了，都齐到团防局门前呈请赵团总安民除乱。赵团总慷慨激昂，安民除乱，义不容辞。只是起初不肯接这些碎金碎银。后来，就说既是乡亲们的一片心意，我赵某哪敢有不受之理，我赵某岂有不担当之理。除乱安民，赵团总绝对是要弄出些声响的。他起先总要逮几个夜猫子，敲锣打鼓地游街。市面上和村庄中就会有一段平安时期。往往没有多久，又慢慢地回过头来。于是，乡绅们又出面，又请赵团总。他也常和地方乡绅们搅和在一起，但从不打得火热，他也三不三去找些文人书生医生术士们喝酒，他从不在那些穷苦农民面前趾高气扬，骂骂咧咧。

他见了肖老地主派来的二愣子，始终二话没说，一味地坐在木椅上喝他那老是喝不完的茶。二愣子漫天漫地说，哭哭流流地痛诉，他似乎没听得进半个字。他的一双眼睛时不时去瞅那堂屋中央摆着的那个楠木箱子，他的眼睛一上一下地来来回回，好似在称那个箱子的重量。二愣子一愣，忙去打开那箱盖，即刻显现金灿灿银晃晃一片，又双手捧着箱子战战兢兢，走到赵团总面前放下。果然，赵团总放下那碗喝不完的茶，双眼放出一阵一阵的光来。把手捋一下胡子，又捋一下，就说，承蒙你家肖四爷信任。我这就去查那匹白马和那个后生。且请你家四爷宽心些，不日即可回复。就冲四爷这份信任，我一定要把那个红衣女子寻回来，但等你家四爷养足精神，好好消受。我这就差人去办，也不耽搁了。你请且回！二愣子不便久留，但又恐银子送了到头还是一场空。他又瞟了那箱金银一下。赵团总早已手一挥，出来两个壮身大汉，抬到内屋去了。

二愣子跨出团防局大门时，但见天空上射下一道白光，把他的影子照得老长老长。

春生八岁那年死了爹，爹是替金屋肖老地主修祠堂砸死的。后来娘也生病死了。他就一个人单过。那日子真是荒年难月苦日，蕨根粑粑观音土都难寻觅了。他不得已到处讨饭。再后来，他就上了山。

春生在土匪窝子里虽然年龄最小，但是胆量和勇气过人。他敢只身一人上花桥梅晚娘家打个来回。谁敢相信，他不仅全身上下没少半丝头发，还捞到二十担口粮，一担凌罗绸缎金银细软。他没费一颗子弹，没动一个指头，满脸放光，满载而返。有谁晓得，他这只刚长毛的小猫还吃了一条滑溜溜带腥的鱼。那条鱼雪白雪白，被他剥得精光光，一个劲地打滚，他使出全身力气也无法抓住。他三下五除二也把自己褪了个精光，像一只褪了色的小公猫，眼睛贼亮贼亮。这一褪，那条打滚的鱼如同滚到岸边，就那么定定地看着这只褪了毛的小公猫全身上下。小公猫只一跃，就跃上滑溜溜的鱼。他一动，鱼就跟着动，明明是在岸边，就如同在水里一样，尤其是那鱼欢愉地蹦跳着。他突然想起一个成语，是草寨里一个私塾老先生说的：如鱼得水。他今天总算了解了它的全部含义，他咯咯地一笑。马上想起又一句话来：天高任鸟飞，海阔凭鱼跃。

是的，他真真切切尝到了飞的感觉，飞的感觉真好，如梦如醉，成仙成佛。他喋喋不休地说：我不是猫，我不是猫。我是他妈的鸟，我是他妈的好鸟！那条滑溜溜的小鱼一直在他下面欢呼雀跃，嘴里哼哼哎哎说：你是好鸟，你是我一生碰到最好的小鸟！快飞呀，飞得更高更快，飞得更自由一些……

飞呀，飞——不知飞了多久，天昏地暗，天老地荒。

停下来时，外屋已布满了家丁，只等梅晚娘使个眼色，他这个土匪喽啰即刻成为刀下之鬼砧板上的肉泥。梅晚娘自打男人死后，一直没有这么舒心爽气过。严格地说就是男人在世时，也没有一回赶得上这趟。愈想就愈觉得美气，一脸彤云，竟还羞羞地娇嗔着看，看一下，又看一下，倒看得春生手足无措。

一切收拾停当。梅晚娘伸手上前去摸春生的脸模子，又把他的肩膀轻轻一拍，说，你是只会飞的鸟，想衔走啥，只管吱一声就是了。春生瞧着刚才所做的一切，已是三魂丢了两魂七魄少了四魄。这会儿，脑子里嗡嗡作响，不知怎样脱身。他是晓得的，这梅晚娘是死了男人，却在方圆几百里无人不知，家产大得惊人，屋里还有几十个持枪的家丁，十多头狼狗。“红”“黑”都是呷得开的。州府、府台、团总赵云卿都是他的把兄弟，送一个“片子”（旧时名帖、信札）去，立马就有荷枪实弹的一队人马前来。有人说，别看她梅晚娘没男人，却一个个有头有脸的男人都像是她喂着的一般，随喊随到，服服帖帖，高高兴兴。高的矮的，胖的瘦的，瓜子脸的，圆圆脸的，勺把脸的，五官端庄的，模样周正的，猛张飞的，赛潘安貌的，舞刀弄棍的，咬文嚼字的，坐轿的，骑马的，掌印的，耍魔术的，摆小药摊的……应有尽有。

春生来时已在土匪头子面前拍了胸脯喝了血酒的：单枪匹马不抢回粮食，用不着卷刀浪费箩绳，自己直直地从二十丈高的屋顶跳下去。春生这个人的举措，不知出于什么动机或是报恩，他打小就是要饭的，饿得奄奄一息了，是土匪头子救了他上山给了一碗粥喝，喝着喝着，他就喝醒了。土匪头子就说，养精神些，养高大些，来日就喝稠的。或是同情，一班兄弟已饿了三日，不敢下山，山下四面八方都有吃官饷的兵把守。眼见着汤汤水水都快断根了，他看不得那几个兄弟为争一根红薯打得头破血流。或是逞能，养得高高大大的他没有一次是打先锋做骨干的，也没有一次能够献计献策。兴帮安帮的大事，总之，有老大在，有论资排辈的兄弟们在，他是出不了头的。只有在这种时候，尽管半信不信，也只得死马当作活马医了。他夸下海口，要轻轻松松挑回二十担粮食。

梅晚娘问的当儿，春生便晓得等在门外的那些家丁和狼狗，只要梅晚娘口轻轻地说一句，哪怕是咳一声，后果就不堪设想。他不敢轻举妄动。他也着实弄不懂梅晚娘唱的是哪一出戏？他在等待，等待时间，等待动静。他没有回答，只是怔怔地看着梅晚娘，从头到脚，从上到下，扫来扫去。委实，他看不出外界传说中梅晚娘的厉害，与眼前这个妙龄少妇有多少统一的地方，他更看不出谁都不敢碰她一根毫毛的梅晚娘，竟会刹那之间变成滑溜溜鱼般的乖巧。

春生想，我莫不是吃了豹子胆么？已顾不得那么多了，管它呢，刚放开一想，他的左手忽然伸出了两个指头。指头伸得笔直，向上伸着，向两边极大地张开，如同一个大大“V”字。当然，春生压根儿没想到那是个“胜利”的外文字母。他只听到自己怦怦的心跳。继而，是梅晚娘一串银铃般的笑声。梅晚娘似乎早已弄懂他的要求，又摸了摸他秀气的脸，拍了拍他的肩，让他坐到楠木雕花的躺椅上，轻轻地推了一把，他就随着躺椅有节奏地摇晃起来，不急不慢，晃晃悠悠。梅晚娘起身梳了妆，又亲自盛了一碗参汤端给坐在躺椅上的春生，说，喝了它，你要的东西，我这就给你准备。是2000还是200担谷子，你说个数，我不少你一斗！春生没想到，他摇一下头，又摇一下头。

梅晚娘起身开了门，门口早已等了不少人，一个个脸上堆满焦急与难解之色。梅晚娘呵斥：“去，还不快去准备，这是我远房表弟，刚才在房里正和我叙旧呢！家里正闹着饥荒，等米下锅。去一号粮仓里给他装二十担上好的晚稻米，随他送上门去。另外，表弟也不小了，快到成家的年龄。丫鬟小碟，你去内尾取些绫罗绸缎、金银首饰，别忘拿些银两。”

梅晚娘吩咐完这一切，就再也无话。她坐在春生的对面，久久地看着。看着，看着，她眼圈竟有些红了。她忙用手去揩了，背过身去，站在窗边久久地看着远方的群山，以及群山下边那座金碧辉煌、雕龙画凤、飞琼玉宇的庵堂。

一直等春生走开，走出梅家大宅，梅晚娘都没有转过身来。

5

春生一骑飞马把香月往鸡笼山寨带来，简直是一路春光，明媚怡人，风景无边。山是绿的，树木向他致敬。水是清的，一路伴他唱着欢歌。微风习习，凉凉的，有簌簌的微声，拂在他的脸上，如五指触摸。天边那层层堆堆的云块在飞快地奔跑着，追赶着，嬉戏着，似乎慢了，就赶不上王母娘娘的蟠桃宴了。

春生上了山寨，方觉自己办了一件大傻事，傻就傻在不该把一个乖态的香月带上山来。这山寨上穷山恶水，怪石嶙峋，鸟兽出没。一到晚上，声声鬼哭狼嚎，阵阵恶风疾雨，道道白光袭来。香月常常在黑夜中惊醒，喊着哭着，找她的春生哥。山寨里这些打家劫舍的家伙，虽都是乌合之众，无规无矩的。但寨有寨规，贼有贼道，还是要遵守的。就比如说，山寨上不能个个土匪都养着一个老婆睡着，睡到太阳晒屁股都不肯起床。土匪头子张五毛就时常说："我们不要看轻我们自己！我们和吃官饷的那帮家伙那是没有区别的，只不过是取名不同。他们是穿着黄皮的土匪，我们是脱了黄皮的官兵！我们和农民老大哥也有太多相同之处，都只要能呷饱肚子，就一样懒得蛇钻屁眼都不管了；但我们却不能同他们一样——只要能果腹就夜夜搂着一个丑婆娘睡着，睡得自己没有一点匪性。要没有大区别的是，是那些达官贵人地主乡绅，都是狮子大张口，血盆大口，贪心得很，心毒如蛇蝎，杀人不见血，抢人叫你乖乖地送上门去，还要叫爹喊娘，一万个愿意。"张五毛没念过几年书，早早地上了山为寇，他时不时要给这些弟兄们训话，训来训去，就是这几句话，训得个个弟兄都能倒背如流。春生第一次上山，听得此番训话，不禁点头称赞。时间久了，他再也感觉不到什么，一味地上山下山，抢人钱财，反正身份不身份，能饱肚也是不错的，落个土匪不土匪的名，早已是不重要的了。

张五毛不像土匪头子，吃香的喝辣的，还抢个压寨夫人滋润滋润。这样的机会实在太多，这样的享受弟兄们没有一个会反对。但是，张五毛一直没有去抢，连想都没想过。有回小六子从十里铺用麻袋套了一个，翻山越岭直背到寨门口，真心实意要给老大张五毛做压寨夫人的。张五毛不许，小六子问老大，是不是嫌不乖态？取下麻袋，那个乖态，直看得兄弟们一个个眼睛都发直。张五毛吼："放了，快点儿，放了她！"小六子把只手指咬在口里，涎水流了好长，津津有味地看着，眼睛眨都不眨，没听见老大的吩咐。张五毛一掌劈过来，他才跳着躲开，但肩上已重重地挨了一拳，酸痛酸痛的。张五毛还在大吼："他妈的，我跟你们讲过几多，都耳朵生疮啦？！还不放下山去，看我不削死你！"

小六子一手摸着打痛的瘦肩，一手去解那女的身上捆紧的绳索，忙一路小跑着送下山去。

春生的错误，就错在把香月带上山来，就错在香月这个女的，又是个标致乖态人见人爱的姑娘。弟兄们一个劲儿地挤到窗户前看。看到半夜三更都不肯离去。有几个还仗着酒劲打赌，口水泼溅，醉眼蒙眬。叫喊声此起彼伏：你若是有本事，能与香月唠上嗑儿么，哪怕是一句；你若是有本事，去挨挨香月的衣服，哪怕是衣服挨着衣服；你若是有本事，就去拉一拉香月的玉手，哪怕只是轻轻地碰一下；你若是有真本事，借你一个胆儿，敢不敢去亲亲香月的小嘴儿，哪怕是一个飞吻也行；看看，看看，不行就是不行，打不出屁的屁，挺不起的屌……一个比一个吼得更凶，一个比一个更有想法。

张五毛绝不凑这个热闹，一个人待在上房里，不声不响。有人看见，上房里彻夜亮着灯，就有人断定：明天老大肯定有大的主动。他们晓得，一有大主动的前一天晚上，老大的上房总是彻夜灯亮。

果然，在早饭前，老大就宣布了一项决定：春生和香月的去留问题。按寨规要把春生和香月剥个精光，一顿毒打，赶出山寨，永不收留。香月一听，肉直直地跳，腿抖得厉害，一双凤眼去看春生。春生竟无一点惧色，一双虎眼瞪着老大。众把弟兄都替春生担惊，同时，都把眼睛扫向香月，都很是可惜，失落万分。

许久，许久，老大宣布：念在春生在我山寨绝望之时，机勇过人讨得救命粮，特网开一面，只要把香月姑娘送下山去，一切不予追究！但是，两次声明，只此第一次，绝不食言！

春生谢过老大，立马去准备行装。春生和香月在房里咽咽地哭泣，香月哭到伤心处不禁哭出声来。春生在箱底翻出几匹绸缎，还从一个红绸手绢里拿出一对金耳环，一个银镯子，一起送给香月。香月接了，抱住春生撕心裂肺地哭喊，山风也为之动摇，呜咽阵阵。香月紧紧地抱住春生，哭道："我不要，啥都我不要，我只要春生哥。要下山，也要一起下山，我俩远走高飞，走到没有人烟的地方，我织布来你种田……"春生心动了一下，把香月抱得更紧了，说："听话，只要你听话，一定有那一天的！"春生他是知道的，他能够躲到哪里去了，他是一个土匪，土匪只能乌合才成，只能驻山才行。他若走了，山上的不容他，山下的也不容他，他又能够躲得几时。就算能躲几时，也不能不吃不喝，两个人双双看着等死吧。

春生在盘算着，该把香月安置在哪里？草寨是绝对不行的，金屋，更是送入虎口，县城里也是不行的，赵团总天天在寻访着他们两个，赵团总在县城里手眼通天，没有什么事情可以瞒得住他。一寻着了，他绝对要把香月送到肖四爷手中去的。春生苦苦地盘算着。突然，他的眼睛亮了起来。他想起了高沙镇上的一个人，是一个教书先生，30多岁，人蛮有学问的，也是一个仁义之人。

那是有一年的寒冬，春生和弟兄们去山下抢过冬物资。正遇上这位教书先生，还有给他挑担的一个脚力。一声喊，弟兄们都上去了，担子里一挑是些书稿文房四宝，一挑是绸缎银两。春生他们一般只抢钱财，不伤行人。哪料，教书先生用整个身体死死护在那挑装着绸缎银两的箩筐上，怎么推都推不开。弟兄们凶神恶煞地叫：再不滚开，你可没命了！教书先生仍是死死地护住，没有松开的意思。春生晓得教书先生一般都是比较节攒的，遂走上前去，说，老兄，还是命当紧，钱是可以再挣回来的。看开些，看开些吧！教书先生大声哭喊："不，不。这不是我的。我是替人家往家里捎的，我是答应人家的。一诺千金，知道不知道？"弟兄们怕春生上当，说："别听他的，这些四眼狼。个个都狡猾无比，别想诡计得逞？"教书先生一手去掏长褂子的内侧，一手仍死死地护着那挑担子。春生接过教书先生掏出的信函，果真是受人所托。正待如何处理，一个弟兄手起刀落，刀光剑影，教书先生那双护着挑担的手顷刻之间就会血肉横飞。春生说时迟那时快，长剑直往空中刺去，"当"的一声，恰好挡住了那个弟兄往下猛砍的大刀。两刀成"十"字交接，火星飞溅，刀下之手，仅隔半寸之遥。教书先生当即昏倒在挑担上。

教书先生醒来，春生让他和脚力赶快走人，挑担里不失半点东西。教书先生双手握拳。说道："这位大哥，今日，教我不失信义；来日，定当报谢！后会有期。”

春生和弟兄们空手而回。春生第一次被张五毛抽了两大鞭子。抽鞭子的时候，春生想起那位教书先生，鞭子打在身上竟没感到疼痛。

这时，春生又想起那位教书先生。

6

赵团总收人钱财，就得替人消灾。他半坐半睡斜躺在红木雕花的太师椅里，双眼半睁半闭，两手靠在椅把上，右手中有两个玉石球在不停地旋转磨擦，左手提了一杆烟枪，枪杆黄澄澄的，锃亮锃亮。长褂下的左腿夹在他的右腿上，右腿有节奏地轻轻地打着拍子，左腿就慢悠悠地晃动起来。一晃一晃，好似一路往上晃去，赵团总的脑袋也跟着晃动起来，一左一右，隔几下，还慢慢地旋转个圈。那脸上就显出几分舒畅。这时，赵团总脸色红润，樱桃形的小嘴里就袅袅婷婷地吐出丝丝缕缕的烟雾来。烟雾不重，不浓，也不呛人。似薄薄的、轻轻的轻纱，吸一口还甜津津的。他好看的小嘴，在老百姓看来，那是一张鸡屁股的小嘴。农家的鸡屁股是屙金屙银的，赵团总的鸡屁股却是吞金吞银的。有人说，你晓得吗？赵团总家每餐桌上摆十六个大碗，每个碗里的又各不相同。有人说，你不晓得，赵团总家的银票光洋都用坛坛罐罐盛着，一溜儿排在他的西厢房里。有人说，你不敢想象，赵团总手中的那杆烟枪，那两个玉石球，能抵得住十头水牛九仓米粮。有人说，猜猜赵团总大夫人的大辣椒婆，贴身的短裤衩到底穿的是什么？大伙就笑，赵团总大夫人的大辣椒婆一身肥肉嘟嘟，走起路来，肉一坨一坨地摇，走半天，也走不出几十百把米。金灿灿的太阳光一照，薄薄的丝绸，金光闪闪。有人笑说，莫不是那大辣椒婆戴了金乳罩穿了银短裤。这一说，大伙更是笑得滚作一团。有人跳出来推了说笑的人一把，声音尖尖地问：到底是不是真的？你是不是钻到肥婆娘的裤裆里去过一回。笑归笑，说归说，到底没人钻进去看过，就是平时看一眼都不敢。

赵团总的鸡屁股总是有用的。耍枪弄棒的，舞文弄墨的，称秤扯尺的，犁田打耙的，只要赵团总的鸡屁股一进一出，什么事都被他摆平了。也怪，这小小的鸡屁眼能量大着呢！逢凶化吉，大事化小，小事化了。

点石也能成金。刚刚打得头破血流，经他那鸡屁眼一翘一翘，左边一撇右边一撇，上一句下一句，立马相安无事。你俩还得置办了一桌好酒好菜，连连称谢，夹一把好菜，说声有劳了。敬一盏好酒，说声团总费神了。噢，你俩平安无事，我就高兴了，喝，喝！哼，你肯定高兴了，要不高兴，你那鸡屁股满嘴流油。但满嘴流油的话，实在不敢说出。一脸堆笑，粗茶淡饭，不成敬意！于是，你又在骂自己没出息，难道还要把自己倒洗澡水暖被窝的婆娘送上，才成敬意？！

赵团总好就好在这一点。他从不嫌自己肉嘟嘟的大辣椒婆，说文雅一点，那可是百分之百的忠贞不渝，从无二心。有人说，哪个男人不花心，哪只猫儿不偷腥？是不是大辣椒婆厉害无比，是不是赵团总从小患下“气管炎”（妻管严）？但是，很多人时不时地看到大辣椒婆就如农家地上的大辣椒中看不中吃，一点也不辣。赵团总说一，她从不敢说二，赵团总上前，她就不敢往后，赵团总使个眼色，她立马看眼色行事；她正说得眉飞色舞之时，赵团总远远地吭一声，她顿时噤了声，忙低了头急急地走开。竟然，还偶尔听到大辣椒婆的几声鬼哭狼嚎。走去看，赵团总立在堂中央，一脸黑青，手上的那杆黄澄澄锃亮亮的烟枪如同孙悟空的金箍棒在舞着。那大辣椒婆在神龛下，见来了人，就闷不作声了。

赵团总绝不去街上逛窑子。尽管街上的窑子都是有他护着，窑子里还有他很多的干女儿，他都从不去。尽管有的鸨母隔三岔五送了“片子”过来，说来了春花，说来了牡丹，说来了秋艳，说来了冬雪……他都不心动。尽管有的鸨母一路碎步扭着身子，一路欢快地高喊：哎哟，我的爷，你看，喜鹊喳喳叫，你咋坐得住？手上的大红手绢在手指上嘟噜噜地转，走近了，靠近赵团总耳边手舞蹈足娇声没完。有耳尖的听着，是在说：爷啊，那几个刚到，嫩白嫩白的，脸上带着羞，水淋淋的，还未开苞呢！我给爷预备着，亲自来请，爷不能不赏个脸，这会儿就过去尝个鲜！赵团总只顾磨着手中的玉石球，只顾往烟枪上深深地吸一口，又缓缓地慢悠悠地吐出丝丝缕缕的薄薄的烟雾，半睁半闭之间，脑袋子随着架着的二郎腿摇晃而摇晃。那鸨母看一只满是鲜红鲜红指甲的玉指朝赵团总晃悠的脑袋轻轻一点，娇嗔地说：我的爷，你可真能坐怀不乱。送到嘴里的肥肉都不呷。他睁开眼，也不恼，也不急急地回答你。他就爱看你一副猴急和疑惑的样子。看得你更猴急了更疑惑了，他才说，我是享不起那个福了。别等，我不去的。你以为赵团总客气，更是十二分的诚心相邀，今儿个是专门请的爷，不能不去的。赵团总执意不去，说领情了，快回转吧，晚了就不会有好价钱的。鸨母老是说，那怎么行，那怎么行？赵团总就爽朗了：难得你一片心，撞得好价钱，别忘给我买几袋好烟喝就行。那鸨母自是一路扭着身子一路落心地走了。第二日清早，赵团总的公案上就堆了一堆金灿灿银晃晃的东西，或是齐齐整整一叠不矮的银票。

赵团总不去沾商贩教书先生的小娘子，更不会去看农家人粗手粗脚扯开胸襟喂奶的婆娘，大姑娘更不可去造那个孽。他是晓得的，他只要麻起胆子，就没有几个到不了手的，况且那些女人做了这等事，也没有几个愿去外面现丑的。就是有几个说给自个男人听，也没几个男人敢上门来寻事。就是上了门来，识相的几个银子打发了；不识相的，就拍一下屁股后边的枪闸子，他立马吓得屁滚尿流，喊爹喊娘。就是他再去困一回，说不定那屋里的男人还去置办一顿好酒好菜。他更是晓得的，有好多找上门的女人，求他办个事，借点银钱，都一个个打扮得光光鲜鲜，从不搽粉的脸蛋第一次刮了厚厚的如石灰般的一层，从不抹脂粉的嘴唇，鲜红鲜红的如厚厚的鸡屁眼，一双眼打火闪一样看着他，不由他不看。他是晓得的，他只要使一个眼色，那些女人立刻投怀送抱，宽衣解带，尽他享受一番。

他就不。他早已看出这些女人们的用心，他表面不动声色，内心深处都在笑这些愚蠢的女人。他照样帮她们办事，照样该借给她们这还借她们。这样一来，这些女人们更是一个个感恩戴德。回去，就和男人说，男人却大多将信将疑，惹得女人就骂男人若有赵团总百万分之一强也死得瞑目了；也和娃子说，说来说去要娃子们要记住赵团总，就好像他们的再生父母一般。

赵团总想着想着，就笑。他正在深深地吸了一口，冷不丁那声笑在喉咙里打了一个翻身，他竟被呛了一口，他吐出的烟雾第一次不那么丝丝缕缕，薄薄的一层一层了。他的眼睛里笑出了眼泪，他就去擦。擦着擦着，他就想起了一个人，一个女人，一个他一生中在睡梦里总是默念的女人。

那个女人，谁也不知道，她的名字叫葱花。

葱花是谁？

7

肖四爷那日派了二愣子去县城后心里一直空落落地不踏实。他的不踏实，不是怀疑赵团总的能耐，也不是担心赵团总是否诚心。他在想，日日夜夜在想，想着那匹又高又大急骤的风，长啸当歌的白马；想着白马的主人和他背后的靠山；想着那白马是不是飞快地驶过草寨，驶过金屋，驶过县城，驶过州府，马蹄声远去……渐渐地，肖四爷感到自己慢慢地变轻，变轻，轻得如纱如烟，飘浮起来。他想停下来，自己却找不到自己的手脚；他想喊，却喊不出声。就那么飘啊，飘啊，没有定向，无休无止。

忽地，天地间变了颜色，已如浩浩荡荡一染罐的墨水倾天泼下，肖四爷明明见着自己的影子飘进了黑天黑地中，泼下的墨水淋得他全身湿透，他如淋了水的棉被，湿沉沉的，蜷缩成一堆。肖四爷睡醒了，躺在床上木木地发呆，四肢也僵僵地不想动弹。过了好一会儿，他才动了动枯瘦的右手抹脸。擦一下，看一下，一手湿汗。他的三房太太早已围在床边，见了，忙拿毛巾，用手绢，又喊着丫鬟们端水端茶。肖四爷又不动了，去让她们擦啊，揩啊，扑啊……他躺在床上定定地看着屋顶。肖四爷的大屋是六扇五间的正屋两边四扇三间的拖屋，一线的木屋、廊柱要用双手合抱才能抱住。木屋四墙都是六寸厚的木板，刨得一掌平，都用细砂打磨了，刮了灰，全用桐油漆了，不沾水，不沾灰，虫蛀不进，太阳晒不裂，小孩子用刀也划不进去。

肖四爷躺在床上定定地看着屋顶。突然，他看着屋顶的一根梁上有一个洞，那个洞是虫蛀的一个洞，一圈一圈地蛀开，越来越大。他打了一个冷战，立即又感觉耳边有一阵凉飕飕的感觉，手一摸，竟是一手粉粒，用拇指和食指一拧，全拧成了碎末。他一下又坐了起来，眼睛仍是看着那好高好高的那根梁，那好深好深的一个黑洞。他无由地想到，这是一个不祥的凶兆，难道他老肖家从此要败落啦？

肖四爷这样一惊一乍，倒把三个女人弄糊涂了，也随着男人的眼光去看好高好大的屋顶，但她们实在看不出什么名堂。她们更不敢作声，她们晓得这一切都缘于肖四爷至今无后，老爷无时无刻不在怪她们不争气的肚皮。

肖四爷毕竟是一家之主，不能让女人看出他的恐慌和不安，更不能让她们看到老肖家的气数。肖四爷清醒地知道，这些个女人现实得很，个个精明万分。打个比方说，肖四爷想到自己就是个茶杯，好好的还能盛得住水。要是茶杯破了，那水就四散开了，没了。那水就不是这些娘们儿吗？他看得透了。他一定要再打造出个小茶杯，把这些水儿都盛着，盛着这座大屋，盛着大屋下的万贯家产。

这么一想，他就不生痛那一木箱的银钱了。钱是人挣的，钱是人花的。钱也能生钱的，他就最看不起那些没钱花的泥腿杆子农民，也看不惯那些把一个钱掰着几块花的商贩手艺人。他花了，还会再来，还会来更多的。这会儿，他就在想，那一木箱子钱花了。花了就花了，今年再在佃户们的脑壳上出出浆，一箱子走了，不捞回两箱子来，他就绝不姓肖，他就绝不是金屋的大户肖大爷！

但肖四爷也绝不是呷得出的二口，天天派着二愣子去县城里催。催，又不准二愣子失了分寸。先是去团防局送次把两次“片子”，问个好，只字不提，坐一会儿就走人。后来，就一直去赵团总家。提点心上门，滔滔不绝地赞赵团总能体谅民情，赞赵团总的那杆烟枪亮，赞赵团总家夫人大辣椒婆的绸缎子好、耳环金镯子金链子几亮几沉，赞赵团总家的青砖大瓦屋几排场，赞赵团总家里的桌椅地面几平整几光滑，赞赵团总家里的狗儿猫儿几听话几聪明，该叫的时候叫，不该叫的时候就睡觉。再后来，二愣子再去的时候，也不提点心了，也不拉话儿了，就坐一会儿，坐一会儿就走人，走出赵团总那青砖大瓦屋时就喊一声：我来过了，告一声赵团总！大辣椒婆从后屋一出来，只一溜儿的工夫，竟不见人。

肖四爷有一日就把二愣子叫到跟前，说，不能老是这样催，也不能一味地靠着赵大烟杆。他把赵团总喊成大烟杆是极少的时候，他只和一两个拜把子的乡绅在背地里喊过，但有第三人在，他绝不喊，还是一口一个赵团总，喊得滚瓜烂熟，极虔诚的。他也绝不在家人面前喊赵团总叫赵大烟杆，他今儿个是太有气，以至于在二愣子面前破天荒里喊了一次。他想立刻纠正过来，想想也没有这个必要。他是信得过二愣子的。他晓得背地里个个都喊二愣子不作二愣子，喊哈巴狗儿。有几次二愣子气得七孔冒烟，跑到肖四爷面前告状。肖四爷竟敲着楠木拐棍，抚着山羊胡子，连声笑道："好，好。"二愣子更是显得冤屈万分。是的，肖四爷就喜欢别人都叫二愣子作哈巴狗儿，他肖四爷忠心耿耿的哈巴狗儿。肖四爷把赵团总喊成赵大烟杆，那是有缘故的。肖四爷家尽管也有事找上赵团总的门去，也得逢年过节去拜帖子，但肖四爷本人绝不去。他也不是有什么事和赵团总过意不去，更不是摆谱看不起赵团总。只有二愣子晓得，肖四爷一看到赵团总那杆黄澄澄锃亮锃亮的烟杆就头晕，若赵团总将烟杆在手中舞得飞快，肖四爷就眼冒金星，呕吐不止，若赵团总倒烟灰时将烟嘴一磕一磕，竟如一下一下敲在他心上，疼痛得要命。二十年来，肖四爷就和赵团总见过一次面。见过一次面后，肖四爷再不去和赵团总碰面。一任大小事情，全委托管家二愣子全权做主。

当然，赵团总绝不知道这些。他只知道这金屋的大户肖四爷已年老体迈，眼睛不好使了。他也知道肖四爷有一块心病，一直没能落下个传宗接代的"种"。其实，赵团总更没发现在表面的敬畏和堆笑的脸中，也有很多人惧怕他那杆黄澄澄锃亮锃亮的烟枪。

8

那是个黑黝黝的夜晚，伸手不见五指，春生牵着，搀着，扶着香月，到最后，春生干脆把香月背起，一路跌跌撞撞地走下山来。山上沉寂得可怕，又时不时来几声尖厉的鸟兽叫喊，感觉极为悲情荒凉肃杀，香月一双手紧紧地箍住春生的脖子。春生边走边说："别怕，别怕。一杆烟的工夫就到。到了，就好！"香月伏在春生宽大的肩上，没有答话，春生却明显看得见香月的一双眼睛是忧郁的，听到香月口中吐出一声长长的叹息。春生一手提了包袱，一手在香月的后背上轻轻拍了两下，说："你不讲我也晓得，这是没得办法的最好办法。不打紧的，我会经常来看你的。"香月还是没有答话，只是头贴得更紧了，更紧了。春生又拍了她的后背两下，回过头来说："香月妹子，你要好好地活着，为了我，为了你自己，为了我们两个，答应哥。平平安安地活着，不管多大的难，不管多高的坎，不管多深的沟，一定得迈，迈过去，迈过去就平安无事了。哥在你的眼睛里看着你，哥在你的耳朵边听得见你，哥在你的心里头想着你……黑夜里，我就是你未吹熄的油灯，枕着的枕头；夏日里，我就是拂过你的丝丝微风；冬日里，我就是透过层层云雾钻出来的几许暖阳，我就是那烧旺的火塘里剥剥地笑得最旺的那块柴……”春生继续着他的想象，择着最能表达自己内心的言语。尽管他自己都惊讶了，他说出了许多他都还不敢想的文绉绉的话，但他还是不能使自己满意。过了一会儿，春生把个大大的包袱挎在了左肩上，他解开香月箍着他脖子的双手，他的双手扯住了香月的双手，紧紧地握住。他侧过头，他的脸紧紧地挨着香月的脸了。“我硬是舍不得你的……”说这话时，春生的喉咙发硬，干干的，声音发紧。

“别说了，春生哥，我的好春生哥！”说着说着，香月就泣不成声了，只听见咽咽泣泣的声音了。此后，就许久许久无话。但春生感觉到他的肩上的衣服湿湿地一片，那是泪水流过的地方。他透过重重层层的黑幕，他看见两汪涨潮的春水……

春生紧紧地握住香月的双手，又用力地握了一下，又一下，香月想必是感应到了，也是对握，两双手握得更紧了，手心上渗出了汗水。春生无言，他一步大似一步，加快了脚步。

深夜的小镇上，没有狗吠声，一切静寂得可怕。好在有几处房子的窗台上闪着灯光，风一吹，一晃一晃，如香月跳动的心，黑夜的眼。

香月挣开春生的手，要下地来走。春生不让，说：“眼看就快到了，何必呢？我能撑得住的。”香月说：“我要歇一会儿，歇一会儿再走。”春生就松开了手，让香月下得地来，忙把包袱垫在地上，要香月坐。香月一屁股坐下，留出一块地方，把春生的衣袖扯了两下，示意他也坐下。坐下后，香月从胸兜里掏出两个橘子来，一手握一个，送到春生宽大的掌心里。春生一握，圆圆的，软软的，润润的，还满温热，晓得是橘子，忙推了过来。“你吃，你吃，我不渴，就两杆烟的工夫。你又不是不晓得，我们山上山下，百八十里，就一口气。”香月接了，过一会儿，又推了一个剥了皮的过来，春生边推边说：“你先吃，你先吃。”香月吃了两片，说甜，用手撕开一片又一片，直往春生嘴里送，春生慢慢地吃着，回味着，真个是比蜜还甜，喉咙里润泽爽口，滑溜溜的，丝丝缕缕的甜味缓缓地从嘴里喉咙里一直延伸到心肺里，甜津津的幸福无比。春生说：“等到那时候，我们屋前屋后种上柑橘树。”香月也说：“种，要是变了天，自己有了田有了地有了山，满坡满坡地种，吃不完，一筐一筐地送人。”

一说起这些，春生的心就隐隐地作痛。他痛恨肖四爷这样的人，占了田占了地，变着法儿吃剥削，要诡计。害得像他春生这样的劳动力没得田种，没得饭吃，硬生生地逼上“梁山”。这还不放过，又要抢他的“相好”。血海仇深！春生不禁把牙齿咬得格格响。春生也不是没有考虑过报仇，就连报仇的时间、地点、方案、工具和步骤都准备得一匝数齐，甚至是每个细节都计算得天衣无缝。杀猪刀不能太长也不能太短，不能太锋利也不能太钝，不能太重也不能太轻，人不能太靠近也不能太隔远，出手不能太急也不能太慢、不能太轻也不能太远……或弄一管炸药，火力不能太猛也不能太弱，炸时人不能太多，房子物什也不能太值钱，引线不能太长也不能太短……反正，春生想：或炸或杀，一定要他晓得个厉害！或杀或炸，又不能死了人，断脚断手，终身残疾，那是作孽，他就是变了鬼，也要下地狱，做牛做马，磨研堆舂的，他就有点后怕。他就老是想动手，就老是没有动手。至今，还只是在梦里动过一次手。

他就是这样，难怪那次放了教书匠春云先生回山寨，被张五毛抽了两大鞭子。张五毛边抽边说：“你呀，就缺了这一点。心要狠手要辣。蛇嘛，你不咬人，人家就打了你的七寸，扒你的皮，抽你的筋。”张五毛甩掉鞭子，一副很痛惜的样子。春生看着，他不怪兄弟们的禀报，也没一点要怪老大的意思。老大早就讲过他这一点，老大早就想把老大的位置传给他，可他硬是这样的不争气。他真是没用，他对不起老大，他更对不起香月妹子，他用手捶着自己的脑袋。他哭了。

他哭过之后，也想改一改毛病，狠一回心，把该了断的了断。想归想，究竟没有了行动。春生不得不承认，老大说他“成不了器”的这一句话是正确的，是看准了的。

春生是看得开的，世上哪能处处皆如人意。像现在，他已经感觉到满足了。与香月并排坐在一起，肩靠着肩，手摸着手，彼此能听见深深浅浅的呼吸声，彼此能听见对方咚咚的心跳。茫茫世界，又算得了什么？！他俩就这样久久地紧挨着坐着，久久地无言无语，他们视黑暗如白昼，视大地如婚床，视天空如婚被，那一盏盏灯火跳动着，就是前来的贺客们的笑脸，一朵朵红艳艳的鲜花。

“啷——啷——啷”黑夜里响起敲更的声音，随即有了慵懒的拖沓的脚步声。远远地从他们身边走过。

时候不早了，他俩不约而同地立起身来，拍了拍身上的灰尘。身上润粑粑的，好似落了露水，不干爽。风一吹，香月不禁打了个冷战，脚步踉跄了一下，春生赶紧上前一扶，就一同向街尾走去。

高沙镇是一个商贾云集的地方，三省七县交界之地，有七七四十九条街道纵横交错。论是镇，都喊市。春生和香月走这条街是高沙镇上最繁华最富裕最长的一条街，自东向西，自西向东，一家一家店铺数过来数过去，是三百六十五家，不多不少，三百六十五家店铺。有人说，你要是一家店铺逛上一天，或吃或穿或玩或乐，一年也走不出这条街。这条街的街名叫长裕街，好懂得很。长自然是长了，一溜儿两排，三百六十五家店铺立着；富裕自然是富裕了，客栈，药铺，赌馆，妓院，织绸布面，五金百货，南杂副食，小吃杂耍……应有尽有，三省七县的人来到高沙市，第一去处便是长裕街了。三更的街上，竟还有许多家店铺亮着灯，照着春生和香月行走的脚尖，他们就一脚紧似一脚，朝街尾走去。

出了街尾，往东，便是蓼湄书院了。不过，现在已改叫蓼湄学校了。这所书院原先很是有名，明末年间开办，出过不少名学雅士。走到今天，已经满目沧凉，黑夜乌鸦的三两叫声，叫得人毛骨悚然，全身冰凉冰凉。春生和香月也不管了许多，木木地滑进了黑暗，滑进了肃杀荒凉中的蓼湄书院了。在一处有灯的窗下，他们立着了。春生刚想伸手去敲，已见高大的木门半开着，他一手挎着包袱，一手牵着香月，一闪，就进了门。香月的双脚木木地不听自己的使唤，由了春生的安排。

忽然，黑暗中是电闪雷鸣，白灿灿的光直照，容不得香月藏身。香月吓出了一身冷汗，双手合十，口中喃喃念道：“保佑我，保佑我和春生哥——平安无事！”

9

教书匠青云先生没想到恩人春生要拜托他的是如此一件大事：金屋藏娇。他的命是春生大哥捡的，做牛做马都不过分。可拜托的事，全然不苦不难，还十二分的惬意。一个如花似玉的姑娘往他眼前一推，说：“青云先生，香月妹子就交给您了，一切交给您了！”青云先生的眼睛直亮，手足无措地说：“我能行吗？我能行吗？春生大哥，你可放得下心？”春生大哥走过去，拍了拍香月妹子的肩，又望了几眼青云先生，爽朗大笑：“香月妹子，你就尽管好好地待着，青云先生会待你好的。我是一百个放得心下，你说呢，青云先生？”

青云先生跟着笑，眼睛不敢看香月，也不敢看春生，他看着书案上跳动的油灯火光。他的眼睛看一下，又移开到别处，有几分不适应的感觉。

春生大哥爽朗声落，已急步出院，穿过讲堂，打开校舍大门，又一拐，上了长裕大街，没了踪影。香月站在黑夜中，擎着一盏油灯，望着没有人影的前方，泪水簌簌而落。青云先生伴在香月的右边，也是久久地翘首无语。

从那一夜起，香月就开始寄住在蓼湄书院的青云先生家中。说是青云先生的家，其实就青云先生一个人，无妻儿家眷，厅房二间，几柜旧书，几把木椅，一套锅盆碗筷……别无长物。倒也收拾停当，极为整洁讲究，香月却不知怎地，坐也不是，站也不是，睡也不是。若是看见青云先生，更是怪了，看也不是，喊也不是，手足更是无措。倒把青云先生弄糊涂了，忙急急地躲开了，一个人去院子里看树木，听蛙鸣。香月就烦自己的莫名其妙。第一夜，她久久地不肯上床去睡，木木地立在窗前。后来，上了床，也是靠着床头，不合眼，听那一阵紧似一阵的夜风，听那夜风中夹带着的声声的鸟兽声，她的心随着床前油灯上的光一跳一跳。她整夜没睡。儿时，娘总说她认床。说她只能睡在自家屋里的床上，才甜甜地睡去。不管到哪里，就是屋里再豪华讲究、床上再舒适软和，她也是睡不着。她想起娘的声音，想起草寨村落里她家的那座土砖屋茅草房，想起儿时的伙伴们，想起做游戏时与他玩家家时的春生哥……想着想着，她就能睡上一会儿。醒了，她的嘴角上还挂着一丝微笑。很多个夜晚，街上的灯熄了，她还站在窗前没睡，月亮睡了，星星睡去，她还靠在床头没睡。慢慢地，她又想起儿时的情形，想起草寨村落的那山、那树、那人。

香月住在里间正屋，青云先生看书，吃睡在外间书房。里间正屋与外屋书房有一门相通，原先只是挂一帘子，进进去去，手一撩，方便得很。香月住了进来，第二日青云先生就找了一木匠上门，打了一扇木门，木门背面做了栓，从里面可以拴住，木门前面装了锁挂，从前面可以上锁。青云先生把一把锃亮锃亮的铜锁，还有两片锁匙都一齐交给香月。香月惊诧于青云先生的细心和神机妙算，她心里是想着要装一个门，要插上栓，要挂上锁。但她只是心里想着，又没有说出口来，况且寄住在人家屋檐下，也不能说一说二，提这提那的。怪就怪，青云先生的眼睛好像看穿了她的心思一样。

又几日，青云先生从闹市上挑了几袋上等的羊毛线回来。进了屋，也不大喊，就在里间与外屋的间隔门上敲三下，就走开了。过了一会儿，香月走了出来，第一眼就看见门前木椅上摆着的几绕毛线。香月眼睛一亮，一手抓住。捧了一把毛线的她，方才环顾屋内，已不见青云先生，想必是上课去了。她把毛线揉了一下，又揉一下，还挨着脸庞一蹭，绒绒的、柔柔的，软绵绵的，还温温的，真是讨人喜欢。香月又剪了短短的一截，拿到火边一烧，手一愣，鼻一嗅，她不禁欢快地喊着："好毛线，上等的好毛线！"她发现自己不应高声大叫，凑窗去看，院子内外并无一人，她放心了。她又放心地再跳了一圈，像小孩子一样，把毛线举着就像儿时上山采了一大把杜鹃花。

高兴下来，她又一次大大称奇了。她压根儿还只是心里的一点点想法。她终日无事可做，除了她和青云先生的饭菜。买米买菜打油等一应抛头的事儿从不要香月沾，就是淘米洗碗扫地抹桌椅洗衣服的事儿，青云先生也是抢着干的。香月说："我不干点事，心里闹得慌。"青云先生说："你掌着大勺，一天一个谱儿，色香味俱在，要搁在皇宫里，起码是个三品顶戴的御厨，我不就成皇帝老子了！"香月听他这么一说，扑哧一声笑了。

有了毛线，香月日日有了干不完的事情。她飞快地挑着毛线，嘴中哼起咿咿呀呀的欢快的小曲。她每日早早地起床，起了床安排妥饭菜，就守在饭桌前，一针一线飞快地挑着毛线。早晨中的光线朝窗子上射了下来，罩了她一头一身。青云先生从院中读书归来，一进门，一下呆了，他惊诧于面前这幅绝美的图画，图画中美妙得无法言说的美人的一举一动，一颦一笑。

香月第一次主动开口，说：“青云先生，你看啥呢？快快开饭吧！”青云回过神来，径直走到餐桌前坐下。坐下后，他不敢再去看眼前这幅惊人的图画，他怕在如此美妙的图画前不能自制。香月又说：“青云先生，你手中的书卷，我替你放好。”香月伸手去接，青云忙推托，说自己来自己来。站起身，不想推托香月时手却握住了青云的手，两人一惊，书卷掉在了地上。又同时去捡，都蹲下来时，青云先生脸碰上了香月嫩白嫩白的粉脸，青云先生的脸火烧火燎起来。

早上，青云先生和香月谁也不说话，谁也不去看对方，各自低着头看着自己碗里的饭菜。但谁都在回想着刚才的一幕一幕，脸上，堆上了颜色，青云先生脸上火烧火燎，额头上还渗出了汗，香月的脸上一边飞来一朵红云，她羞着头，放下碗，又去飞快地挑着她的毛线。香月的心里提醒自己，快点挑，挑密线，挑紧线，春生哥穿着就越暖和。今早，青云先生的心里泛起了涟漪，他有滋有味地嚼着可口美味的饭菜时，心里美得他再也矜持不住，第一次把饭菜嚼得很响很响。

早晨，他握着书卷，踏出院中，往教室里走去，他抬头看了一下天空，天空上泛出金黄一片，似一朵向日葵在向他笑着。他边走边低低地说了一声：今天，太阳很好！

10

赵团总想起飞奔的白马。

赵团总想起葱花。

赵团总看见高大的白马上坐着自己的葱花。

赵团总站在自家的青砖瓦房下的石阶上，用手托着黄澄澄锃亮锃亮的烟杆，嘴中正丝丝缕缕吐出薄薄的烟雾，双眼透过薄雾看去，看得好远好远。越过门前的小溪，越过长长的镇街，穿过田垄，爬上密密层层的山峦。

“报告团总，已查出下落。”有一小兵从镇街那头的团防局脚步齐整地一路跑来，约跑在离赵团总二米远，立定，又立即一个敬礼，话铿锵有声。

赵团总收回双眼，捻断了思绪。

他说："情况怎样？详细报来。"

小兵刚刚稍息，见团总一问，"啪"地又是一个立正，敬礼。然后，上前来，替赵团总握了那杆烟枪，凑近赵团总身边耳语了一阵。赵团总眼珠子一转一转，亮一下，又亮一下，脸上泛出青块、白块、红块，嘴中呼哧呼哧地喘着气。

蒙胧中。高大的白马飞奔而来。赵团总伸手去抓缰绳，白马对天长啸，腾空一跃，烟尘滚滚。立刻，无影无踪。他高声大喊："追，追，跑到天边也要把他追回。"

"团总，追什么？我在呢，我就去。"小兵扶了团总一把，让他靠在红木躺椅上坐下问："团总，追什么？"赵团总没有回话，向小兵扬了扬手，示意他退下。

小兵把赵团总烟枪的火拨了一下，就小心地把烟枪放在团总的手上。小兵走出青砖大瓦房时，他想团总今日有点怪。站在窗前的石阶上他又朝厅堂里坐着的赵团总一看，发现赵团总把手上的那杆烟枪舞得飞快，舞一会儿，又拿枪嘴狠狠地从空中挖几下。然后，"当"的一声磕在红木椅子的雕花扶手上。

小兵汇报，只查到那匹白马进了白马山上。那白马山山高五百丈，山中鲜果无数，鸟兽无数。每隔五十米就是一座哨台，台上架有枪炮，垒有层层叠叠的石块。谁若犯上山来，不说枪炮齐轰，但从石块堆抽下一块，噼噼啪啪满天飞舞着石块，准叫你哭爹喊娘，作鸟兽般逃下山去，后怕得要命。白马山是张五毛的地盘。此人一向谨慎，既不横行乡里，大肆作恶，也不过分巴结乡绅官吏。赵团总心里早已忌恨多时，只是向白马山上高高地望一眼，就望出许多无奈。无奈之下，赵团总还是不能失去自己的权威，时不时地放出风来，要攻打白马山，杀个片甲不留。很长一段时间，白马山上了无动静。

赵团总领一队人马齐集白马山下，人喊马嘶，高高的旗杆在空中舞来舞去，风刮着旗帜，猎猎作响。赵团总坐在马上望一眼白马山，又看看他身边的这支队伍。他一脸的笑。一下，他就感觉到自己俨然是一个胜利者，全身上下一股一股的凛凛威风。仿佛白马山不是立在山上，而是倒在了他的脚下。张五毛嘛，还不是死卵一条，竖不起来。

张五毛也许是害怕了。以前逢年过节，就安排春生骑一白马下山，驮了点心，驮了丝绸，驮了银两，也去赵团总高大的青砖瓦房里。春生想不通，没有一次爽快地来去，他说，弟兄们辛辛苦苦，一年到头抢的一点东西，还要孝顺那龟儿子，我不干。张五毛拍着桌子：“你说了算，还是我说了算？”春生气鼓鼓地说：“你害怕了，我们不怕，要去，你自己去！”张五毛声音小了几拍，又温和了许多，说：“也不是怕了。就冲这白马山，他赵云卿就是点齐五百人马，也未必攻得上山来。”停了一下，又说：“你们不是不晓得，远远近近好多座山好多窝土匪，哪一个不与团防局没有一腿？明里暗里不都穿着一条裤子，隔三岔五都去赵云卿家里喊爹喊娘，献这献那。”春生嘴中还是嘟嘟囔囔：“别个是别个，咱也不能跟着人家屁股去献媚！”张五毛在头椅上站起来，“啪”的一掌砍在了雕花木椅的扶手上，红木扶手上裂开了一条缝。他把声音提高到八度，简直是吼了：“我把话说开了。去，你也得去；不去，你也得去！几年了，我领着弟兄们一起干，我多喝了？我吃好啦？还是少干啦？还是少操心了？你们又不是不晓得，向来官匪一家。我们不求当官的庇护了，但也不能隔了仇啊！”说着说着，张五毛的声音哽咽了。春生忙上前扶着张五毛坐下，说：“大哥，我去，我去。我立马便去！”张五毛双手握了春生的双手，一再交代：“你要谦恭些，多解释，多讲好话。心要诚，话要软，眼要活。”去是去了，春生虽然心里死死地向大哥交代，临场都发挥不了。每回都是阴阴地去，阴阴地不说话，惹得赵团总收了礼物后仍然不高兴。有一次，春生没踏下台阶，就听到赵团总抛来一句气话——交了这么一丁点印子钱，还像死了人似的，我是上门去讨吗？春生听到，气直冲头顶，双手握得格格作响，脚也停住了。便刻，春生还是跨下了台阶，上了马，往马屁股上狠狠地一鞭，白马长嘶一声，狂奔而去，消失在长长的镇街里。

赵团总就记着白马山。赵团总就记住了那匹狂奔的白马。赵团总站在自己高大的青砖瓦房前的石阶上，他再一次狠狠地咒骂着，四处无人听见。他一手托住烟枪，骂着骂着停了下来。他猛吸了几口，又立刻吐了出来，那烟雾好浓好浓，灰白，慢慢地变黑，又一坨一坨的。

他妈的，又是这匹该杀的白马！他妈的，这匹得瘟疫不得好死的白马！赵团总没等小兵走下门前的石阶，已在心底狠狠地咒骂过两次了。

……

整整一个下午，赵团总都在思前思后，掂来掂去，顾左顾右。

他要择一个最佳的方案。

黄昏的夕阳，点点滴滴洒进屋子，跳在手上。他把手一握，一拧，那块块片片的夕阳被他握碎了。

他握碎的不仅仅是几块夕阳。在方圆百里十里，他手中握着的是一个世界。

第二日清早，天还没睡醒，无一声鸣啼无一声狗吠，赵团总那杆黄澄澄锃亮锃亮的烟枪上都一点一点跳动出火苗，围绕那烟枪四周，便有丝丝缕缕如云如雾的薄烟，便绕开去，一路晃晃悠悠出了大门，下了台阶，穿过长长的镇街，爬上团防局的高高的操场上。二百团丁，脚步整齐，整装待发，一个个精神抖擞。赵团总舞着那长长的烟枪，突然，朝操场上那棵老柿树下吊着那枚大大的铜炮弹壳一挖，铜烟杆头与铜炮弹壳一碰，发出“嗡”的一声闷响。赵团总甚是凄厉的一声喊：“出发——”队伍开出了小镇，朝白马山进发。

今日，赵团总没骑他那匹心爱的乌龙驹，破天荒选了一匹高大的白马。白马全身雪白，无一根杂毛，又柔和，又温驯。赵团总想，他把白马骑在了胯下。

11

肖四爷已经许多时日没有派人去镇街打探消息了。他知道，打探也是白打探。赵团总那杆老烟枪绝不会因小失大。上山的路那么陡，打上山是要银两铺出路来的。在那杆老烟枪看来，他肖四爷那一小木箱银两远不如一小坨钓青蛙的棉球。肖四爷是听到那匹高大的白马从白马山上飞下又飞上白马山后，他完全失去了信心。

那天，他依旧是拄了拐棍去肖家祠堂。一路上，他心情低落。有人远远地打招呼，他装作没听见，有人走近来喊，他没作声，只把拐棍在石板路上轻轻地敲两下，算作招呼了。两只蝴蝶在他身旁飞来飞去，一上一下，一前一后，一左一右，忽而作腾空状，忽而作盘旋状，忽而作低回状。他烦躁得要命，拄着那根拐棍在空中乱舞。拍打着蝴蝶。两只蝴蝶没一点害怕，一身轻灵灵的。一偏，一跃，就避开了。肖四爷拄着拐棍的手在半空中停了，他实在是太吃力了，呼哧呼哧地喘着气。他不禁心情低落到极点，自叹："我老了，真是老得不中用了！小小的蝴蝶也来欺负我……"话到了嘴边，他咽了一口气，硬是把悲落的话堵了回去。那蝴蝶如他肚里的蛔虫一般，钻惯了他的花花肠子。一齐跃上来，一只立在他的头顶，一只朝他的面上扑来，扑一下，走开，又扑一下，走开。他又急又羞。伸出左手驱赶着蝴蝶，他急步往前走，那蝴蝶又快速飞向前。他停下脚步，那蝴蝶也总在不远处停下。然后，或头上，或肩上，或脸上，到处乱窜，惹得肖四爷心乱如麻，羞愧难当。尤其那只大的蝴蝶更是猖狂得很，在他脸上飞快地窜来窜去，极有麻痛的滋味。肖四爷慢慢地把那只拄了拐杖的手抽了出来，让拐杖靠在他的身上。他明显感觉到那只蝴蝶这会儿在他脸上得意地跳着舞，做出种种奇形怪状奚落着他。他两只瘦手握得格格作响，然后伸开来，突然狠狠地往脸上拍来，风一样快。"啪啪"两声重响，肖四爷只感脸在跳痛，火烧火燎。接着"哐当"一声，那根靠在身上的拐棍倒在地上，与石板路面撞出声响。肖四爷又往脸上一扫，似想扫到作威作福的蝴蝶，脸上光光的一片。没等他细想，就听到看见一尺开外的正前方两只蝴蝶在欢快地跳着舞。

肖四爷实在是没办法。他走他的，只顾一路向肖家祠堂走去。两只蝴蝶一路跟着，一路欢快地跳着舞，时不时还到肖四爷的脸上肩上头上飞舞着。肖四爷不管，他走他的。二愣子在背后追着喊着肖四爷，肖四爷头也不回，径直向祠堂里走去。二愣子喊："四爷，我有事！"肖四爷才回了一下头，又见到了那两只蝴蝶。有事，它们两个才有事呢！二愣子就看着那只大大的蝴蝶，在四爷面前耀武扬威，飞来飞去。肖四爷先一脚踏进祠堂门，两只蝴蝶紧随其后，刚想跟了进去，二愣子已先闪进门后，随手把门一推，严丝合缝地关上了。一只蝴蝶关在了门外，一只蝴蝶关进了祠堂。关在门外的乱窜着。关进了祠堂的蝴蝶到处乱飞，想找寻出口，门上，窗上，屋顶上，总是找不到出口，祠堂内黑森森一片，只有神龛上有一盏油灯，微弱得只见一星灯火。

肖四爷回过头来看着，看着关进祠堂里的这只花蝴蝶，他笑了。花蝴蝶没完没了地飞，到处寻找着出口，它害怕极了，它发现自己跌进了无边无际黑的夜，它发现自己钻入了四面壁垒森严的旧堡垒之中。它不敢停，它要寻找出路，它要寻找光明，它要去天空下呼吸新鲜的空气。

飞呀，飞呀！肖四爷没有动弹，有点鄙笑地看着乱飞的花蝴蝶，二愣子跳着，拍打着花蝴蝶，满屋里追逐着。肖四爷把拐棍往地上的石板上戳了两下，说：“莫追了，有它自己停的时候！”二愣子停了下来，朝肖四爷示意的地方看到了一个玻璃瓶子。他捡起瓶子，看着四爷笑了，又点了点头。二愣子和肖四爷心里会意，全神贯注，等候着请君入瓮的一刻。

花蝴蝶越飞越慢，越飞越低。二愣子擎着那个大大深深的玻璃瓶一动不动，肖四爷站在一边，手握着那个玻璃瓶的瓶盖。花蝴蝶忽然看到一个光亮的开口，好敞亮敞亮，它虽然已没有力气了，仍是一寸一寸地靠近，一步一步地往前蹭，它终于跃进了出口，它停了下来。“哐嚓”一声出口封上了。不敢有丝毫的松懈，往出口的正前方拼尽全身力气飞去。明明是亮堂堂的，它却找不到出口，又四周去找，去撞，头上肩上身上背上手上脚上都撞得好痛好痛，却始终找不到出口。

花蝴蝶不得不承认，它再一次跌入亮堂亮的黑暗。在旁人看来，却是一个精致的玻璃世界。

肖四爷如释重负地坐在那张八仙桌边，他还是习惯性地把那根拐棍平放在八仙桌上。他玩弄着手中这个大而深的玻璃瓶，他看着花蝴蝶在里头扑腾着好看的翅膀，他满意地笑了。肖四爷对二愣子说：“快去弄一个钻子来，要在瓶口上多钻几个孔，让它平平安安待在里头。”二愣子顺手从腰间拔出匕首，一边往瓶口凿洞一边对老爷说：“老爷，我跟你说，管他白马不白马，先抓住花蝴蝶再说。”二愣子看一下玻璃瓶中的花蝴蝶又看一眼老爷，哈哈大笑，边笑边拿眼角去瞟老爷。老爷也笑了，脸上却只是皮肉松动了一下，说：“你这个鬼脑壳！知我者，二愣子也。”花蝴蝶看着明晃晃的刺刀，一闪一闪。直往里刺，它跟着蜷缩着。

二愣子受到了老爷的奖赏，屁颠屁颠的，凿好后，把个玻璃瓶往手中掂一掂，抛起来，接住，又高高地往上抛。肖四爷怒喝：“干啥？二愣子，你干啥？这也是你摸得的？”二愣子惊了，满脸疑惑：“我没干啥？我替老爷高兴呢！”肖四爷一把抢过玻璃瓶，又白了二愣子一眼。

肖四爷没好气地说：“你走。”他从桌边站起来，一手拄了拐棍，一手托着玻璃瓶，背转身来。

二愣子一惊一乍，说："哎哟，看我这木脑壳，只顾抓花蝴蝶高兴。哎哟，天大的喜讯，我忘了禀报老爷了。老爷，我这就说，我这就给你说来。"

肖四爷悄悄地侧转了一下，给了二愣子半个身子，说："你不说我也晓得大半了。要说，回家再商量，你走！"

二愣子委屈地走了。他本想让老爷表扬他的能耐，懂得他的忠心。他不该玩弄起那个玻璃瓶，有点后悔。后悔倒是其次，他边走边痛心那个木匠，一句话要了他十两银子。木匠的一句话实在太重要了，他咬咬牙给了。这会儿，他想冲着老爷高兴，把事说了。老爷一高兴，他说二十两也不在话下。不管你认不认，都是为了老爷，为了老爷快活。哼，就是你不认，我也要把它算进账里头。难道还要我二愣子白搭？他一想着，竟有点来气。来气的时候，二愣子就上镇街窑子里逛。嗯，窑姐个个都好，你再有气，她也会把气熨平了，顺了，舒畅了。二愣子也晓得，老爷再看得起他，老爷终究是老爷，是主人，二愣子终究是个管家，是个奴才。老爷来气，他二愣子只能受气，他不能把不快写在脸上，他只能把气窝在心里。

肖四爷一句催一句要二愣子走，他不想要二愣子看着他一次一次跪在肖家的列祖列宗面前，他更不能让二愣子听到他在列祖列宗面前哭哭啼啼求这求那。肖四爷虔诚地烧着纸钱，火呼呼地烧旺。火光一下一下映过来，玻璃瓶上反着白生生的光。

12

白马山下，人喊马嘶，旌旗飞舞。赵团总在观看着地形，等待着动静，计谋着。他深知此等山势显要，虚实未知，断不可轻易发兵。就是发兵，胜败难料，想要的人未必就能得到。这样一想，不如免去两兵交战，血光剑影。一边鸣锣敲鼓，人声鼎沸，大壮军威，一边派人与白马山大土匪张五毛交涉，令他交出春生，放下山来。

赵团总立马着团丁们一齐喝喊："交出春生！交出春生，一切皆与白马山无干！"喊了许久，山上都无应声。一山的树，静静地列队而立，傲然俯视着山下的一片狂闹。赵团总手一挥，再喊。又是一齐喝喊："交出春生！交出春生——”山上起了薄薄的一层风，树叶中有簌簌的响动。赵团总手持望远镜久望，然后，手又一挥：“喊，喊凶一点，不怕他们没反应”。团丁们敲着棍棒，挥舞着刀剑，吼：“不交出春生，杀上山来，片甲不留，寸草不生！张五毛听着，我家团总等不得太久，你且速速决断。”

这边，赵团总已修好书信一封，折了，捆在一支箭尾，令一弓箭手射了出去。弓箭手弯弓张背，心定气闲，“嗖”的一声，箭头已稳稳当当钉在半山腰白马山寨插着旗杆的木杆上。不一会儿，就见有人爬上木杆，赵团总在山下又用望远镜望了一下，嘴角露出一丝微笑，心中自是得意：“小小毛子，也敢跟我较劲？能文能武，有谁能比？况我是官，你是匪，官要匪亡，匪不得不亡。”一得意，又把手一挥，再喊，羞辱他们。团丁们一个比一个喊得凶，一个比一个喊得猖狂，连辱骂人家七娘八老子祖宗十八代的话都吼上了。

一个时辰过去了，山上仍没有回音，也没见多大声响。只有山顶的老树上飘出淡白淡白的炊烟，缓缓地远去。赵团总见着自己的团丁渐渐地喊叫声弱了许多，斗志也无刚来时那样高昂，有许多人望着山顶的炊烟发呆。他一想，不好，山上此时攻下山来，对方精神抖擞，酒足饭饱，我方饥饿疲惫，又无戒备，必遭大殃。

赵团总慌忙撤后半里。稍事整休，烧火做饭，重整旗鼓，决心要战一场，一定拿下白马山，除去这颗眼中钉肉中刺。在他手中的范围内，绝不允许有谁对他赵团总半点不敬。那匹白马常在夜梦中扰得他睡不着觉。他是一方团总，百姓举荐，民众爱戴。哪能殃成团中无防，民不安宁。当然，他偷偷地想，要不做出个样子，秋收时如何摆着那杆大烟枪收“保护费”，收了费也要做做样子，好再收，好一年比一年多收。同时，乡绅们求做的事，也不能不当一回事。就譬如肖四爷这档子事，他思前想后，还得管管。要不管，他也怕乡绅们一起在背后嚼舌根瞎鼓捣。

约过了一杆烟工夫。赵团总和他的团丁们匆匆地进了饭食，拍拍肚，吩咐队伍，听赵团总口令，再次向白马山进发。尚未走出一百米，一匹白马从白马山上飞驰而下，一声长嘶奔至赵团总面前，与赵团总的白马并肩而立，还嗅了嗅赵团总的白马，把尾巴一甩一甩，尾巴始终向上翘着。赵团总一眼瞧见那白马尾巴上扎着书信一封，忙吩咐团丁取下呈上。

他一边看，一边生气，把几坨石块似的浓烟吐了出来。他把那把杆烟枪在手上掂了掂，本想伸过去把那匹白马狠狠地挖几下，却被树叶缝隙间掉下的一块阳光晃了眼，他的烟枪伸到半空中停了。他不知是冲谁笑了一声，又不知是说给谁听。他说：“匪不敢同官斗。还说是什么皇上讲的王法，官场潜规则。这回算是较上了，他妈的一班鸟土匪！”

13

青云先生每日都是早早地起床，先去院子中那棵老柿树下打一路太极拳。青云先生的太极拳很得精髓，一招一式，一气一运。练完太极拳，青云先生就提着菜篮子上长裕街上买菜。他择菜，总择青青淡淡的瓜果蔬菜，总择鲜鲜嫩嫩水滴滴刚上市的买。他买菜，不还价，不看秤，只笑眯眯地看着卖菜的。惹得那些卖菜的从不敢短斤少两，从不敢挑肥拣瘦。每每称完，还要往青云先生筐里多抓一把，爽朗朗地喊：“青云先生，走好哟！明天再来。”青云先生就和卖菜的一个个混得烂熟。有些卖菜的有了事，也愿和青云先生说道说道，请他出主意。写信写状纸，也找他，逢年过节，贴福字写门联，也找他。青云先生不推托，提起笔来，唰唰唰地笔走龙蛇。“啧啧，先生的笔，生了风一样。”“啧啧，先生的笔下，说啥有啥，要啥有啥。”“啧啧，先生的脑瓜子灵，笔杆子活，字横竖是好，句子顺溜溜畅。”“谁不晓得，先生就是先生，横笔倒写，高沙街上能站出几个？”青云先生也不回话，随他们称叹、争吵，眼睛定定地看着纸面，心定气闲，笔走龙蛇，手一转，笔戛然而落，成了！大家拍着手，笑。笑过，就不忘在挑剩的菜堆里抓两把青菜放在青云先生的篮子里。青云先生又不声不响地拿了出来，放回菜堆中。卖菜的脸上有点窘，立马糟蹋自己：看我这死眼色，倒把先生拿错了。笑着又挑了好几把鲜嫩嫩的蔬菜。青云先生仍是不要，说：“我一个人吃不完的，多谢了！”推推拉拉，终是没要。卖菜的就愈发地在人前人后赞论青云先生了，七娘八老子的事也都和青云先生说，边卖菜边和青云先生胡侃。

个把月来，卖菜的当中有人发现青云先生的举止有所不同。买菜吧，分量多了一倍不说，还隔三岔五割肉买蛋。这可是以前没有过的，谁都知道青云先生喜素不喜荤。买了菜，也不和他们闲聊胡侃了，急急地挑了菜篮往回赶，有人问：“青云先生也不歇歇，说道说道？”“嗯，今儿个不了，下回吧！”有人问：“青云先生，走这么急，是不是出了事？”青云直摇手：“没事，没事，真的没事！我要赶课呢！”甩开步子，走了，头也不回，落下一堆人，疑疑惑惑的一个个。更让他们疑惑的是，以前写信写对联写状纸，你随他走就是了，他家里有纸有墨有好狼毫。你一边立着，他一挥而就。现在，就不，他不让你跟着去，问了你写什么怎么写，就告诉你，明早我买菜来时带了来，莫急！若你实在要得太急，他就立马在街上买了笔买了纸买了墨，在菜场里铺开，挥起笔来。买纸买墨买笔的钱，都是青云先生掏，他一点也不心痛。

怪啦？很多人都是这么想的。

青云先生不管，打完太极拳，就上街。他日日地早来早去，依旧笑眯眯地买米买菜。他一路脚步轻快，回到家，香月也已早早地起床，在内屋飞快地打着毛线，红彤彤的太阳从山那边攀上来了，爬到她的窗上，鬼鬼地眨着眼，抛过来一团火烧的红光。红红的光线罩了香月一头一脸，环绕着她全身上下。红晕中的香月飞快地飞针织线，神态安详得很，美丽极了。青云先生往往是看得呆了，定定地站着不动，提着菜的篮子啪地掉在了地下。香月听得响声，抬起头，把毛线搁在一边，站起身。看着青云先生，捡起地上的菜篮，说：“噢，早回了，我这就去准备。”青云先生这才意识到自己的失态，避开香月的眼光，他感觉自己的脸上发烧。他马上到书架上胡乱拿了一本书，折身走到院中去了。

吃饭的时候，香月看着院子里萧萧落叶的柿树，静静地听着一阵阵晚秋的风吹过。香月夹着一口菜的手停在空中，她看着青云先生说：“天要变脸了，又是一个冷的冬天呢！”青云先生边吃饭边附和着。他看不出香月要说什么，但却感觉到香月说出的话很冷。他吃完最后一口，放下碗，说：“多加件衣裳，院子里凉了！”香月夹着那口菜迟迟疑疑正要伸入嘴中，望着窗外刮着一阵比一阵大的风，又把那口菜放到碗中。一双眼久久地望着窗外，望着窗外远去的群山。许久，许久，才收回眼睛，叹道：“起风了，天凉了，山上的日子难熬了……”香月边叹边把碗推到一边，又走进里屋去了。

青云先生知道香月又在想山上的春生哥了。青云先生没有作声，边收拾桌上的碗筷边在心里想着。他从书架上取出今天上课的书和教案，站在里屋与书房相通的门前，说：“有好些日子，也没见春生大哥下山来。我寻思着，我得上山瞧瞧，带点吃的穿的，你看看要得么？”香月坐在里屋，里屋与书房的门是打开的，她站起来捧了那件毛线，哽咽着说：“难为了，难为青云先生了。”边说边递过来那件毛线。青云先生接着，好沉好沉，暖绒绒的，软绵绵的。

香月就和青云先生这么对着站着，中间只隔着一个低矮的门槛。刚来时，香月每夜都要拴了门才能睡着，起了床又要在外面把门挂挂上锁了。慢慢地，虽挂了门却不上拴，虽带上门挂却不上锁。以后，门也不挂了。其实，早前里屋正屋中间只挂一门帘，并无门的。门为何物。只不过人为地装上，又人为地开启。毕竟，门只是人心灵的一扇窗户。香月太了解青云先生了，难得春生哥是如此地敬重青云先生，无一丝杂念把她托付给青云先生。

青云先生是个信得过的人，是一个好哥哥。她当真把他当作哥哥来待，她竟满腹担心地说：“青云哥哥，我昨夜里一夜睡不着觉，心怦怦直跳，我害怕。我梦见山上山下，杀声震天，到处都是一汪汪的血。”青云先生见香月越说越担心，眼圈都红了，全身无一点力气，抽搐着。青云先生用手扶住，拍了拍她的肩膀，让她镇定不要担心，香月只觉全身轻飘飘的，她随着青云先生有力的双手挨去，渐渐地全身要倒在青云先生的怀里。但隔着那低矮的门槛，香月的脚踉跄了一下，青云先生的手用力一扶，她站了起来，立直了。

青云先生把毛衣递给香月说：“你快准备把东西清理一下，多带点吃的，我这就去和坤阳先生换一下课，立马便上山！”一转身，出了院子。

当青云先生再次来到镇上时，他背上有一个大包，有点沉，他急忽忽地走，不和认识不认识的人打招呼。别人主动上前招呼，他也支支吾吾，多是点一下头就走过去了，这在以前，是绝无仅有的。他青云先生在镇上是出了名的，有礼有节。“老少搭三班”，主动打招呼，问寒问暖，他一边走一边觉得很不自在，他朝上下里看，看见许多怪怪的眼光在他全身上下巡视。有好多人还围在一堆，嘀嘀咕咕，指指点点。他想着，是不是他的装束、他的举动引起这些人的猜疑，或是别人晓得他的行动，还是他替别人包养女人有伤风化引起大伙的鄙视？他一路走，一路想，脚步不禁慢下来了。他走近朱三豆腐摊前，说：“都嘀嘀咕咕啥呢？”朱三却不见回话，仍扎在“蒜头鼻”的菜担前，几个人窃窃私语，一副神神秘秘的样子。青云先生喊：“朱三，朱三。”朱三口上应着，脚底沾了胶似的没动。青云先生又喊：“朱三豆腐，我喊你呢？”朱三远远地回：“我应着呢！先生早上买好了菜，这会儿又不买菜。你不晓得，出大事了！”

青云先生终于知道，他不能前去白马山送吃的穿的了。

白马山下，两兵对阵，胜负难料。

街头的风吹过来，青云先生紧了紧衣服，背着一个又大又沉的包，径回走了。

14

赵团总撤回团丁后，他躺在家里生闷气。大辣椒婆并不晓得男人的心思，在他面前晃来晃去，一会儿喊人端茶，一会儿敬烟。男人不喝茶，撤了，忙叫丫鬟去端参汤。到了正厅，她亲自端着。唯恐参汤溢出来，踮起脚，一身肥肉一颤一颤的。男人并不去接，汤刚出锅，冒腾着热气。放了不是，不放也不是。那钵子很烫手，她就那么忍着烫着。她一口一口地吹着热气腾腾的参汤，汤面上泛起一圈一圈的涟漪，热气吹散开去又聚拢起来。大辣椒婆吃力地端着吹着，额头上的汗一股一股地冒，又一线一线地在脸上流。男人并不去看，摆了摆手，示意她端走。大辣椒婆很固执，她不能白白地就端走她的一番好心好意。她仍然端着参汤，眼睛充满爱意地注视着自己的男人，她想要男人读懂她的眼睛，读懂她的心意。焦急地等待着，她感觉自己的额头脸上的汗，如山溪的水流。男人并不如她所想，半睁半闭着眼睛。大辣椒婆才感到她的努力和固执已是徒然，心不禁一酸，她把一大碗参汤重重地放在木椅旁边的茶几上，她走进了里屋。隔了不久，大辣椒婆又走了出来。出来时，完全没有刚才的不快，一脸兴冲冲，边走边喊：“老爷，老爷，你快起来看看，看看屋里添了什么？”

“喊，喊魂！”赵团总白了她一下，没好气地呵斥。大辣椒婆见男人已经答话，并无气恼。又走近男人身边很神秘地低声道："有人来过，快去里屋看看，添了什么东西。"大辣椒婆晓得里屋是男人的命根子，男人一日三次要去里屋转悠。她想，她这么一说，男人多大的气，也会即刻丢到爪哇国去了。果然，男人跳了起来，吼："添，添，添个鬼呀！"又一手抓起那钵汤，朝大门外直直地摔了出去。那只大汤钵在空中旋了一个圈，转身翻体360度，直直地抛下，落在门前的石阶上，蹦跳了几下，稳稳端端地扣在第三石阶的中央。汤钵并无摔烂，那参汤却四处飞溅，流得满地都是。大辣椒婆先是一惊，又一怔，木了。醒了过来，她立马十二分地痛惜，看着流了一地的参汤，然后委屈，然后害怕。大辣椒婆"哇"的一声哭喊着再次走进里屋。

"啪"的一声，里屋的门也关上了。大大的哭喊声也关住了。不一会儿，只有断断续续的哽咽声还从门缝中丝丝缕缕传出来，不过那声音已很低很低了。

赵团总与其说是在向女人发脾气，倒不如说在是向自己发脾气。赵团总走进里屋，与其说是看大辣椒婆，倒不如是说是去看里屋一坛一坛的金银财宝和新添的东西。赵团总一走进来，大辣椒婆立刻噤了声，用手擦了脸上的汗水泪水。她走到东头那个坛子前，打开坛盖，一双肥嘟嘟的肉手伸进去，掏出来，又伸进去，又掏出来……摆着坛子的木地板上铺开了层层叠叠金灿灿银晃晃的一片。大辣椒婆用眼睛示意着他细看，赵团总就用眼光一遍遍看过去，又一遍一遍翻过来，还用眼睛一件一件的掂量轻重。他的眼睛射出一道一道的光亮来。

"这个财大气粗的梅晚娘！这个深不可测的葱花姑娘！"赵团总边看边叹，心中打鼓。

"哎哟，哎哟，赵大团总，辛苦，辛苦！"人未到，话已从屋前石阶上了厅堂一路进入里屋，直冲赵团总的耳鼓。赵团总不容多想，疾步走出里屋，是不是"说曹操，曹操到"？

"赵大团总，幸会，幸会！辛苦，辛苦！"来人却是肖四爷和他的管家二愣子。肖四爷一双瘦手紧紧地握住赵团总的一双大手。

"肖四老爷，久等，久等，让你久等。"赵团总落落大方地给肖四爷让座，并未显出半点尴尬和有愧的样子。

赵团总在厅堂中央坐了，肖四爷在左手上边坐了。左手下边还有一个座位，赵团总好似并没看到，也未示意二愣子坐。二愣子知趣，站在肖四爷身后，替肖四爷拿着那杆锃亮锃亮的楠木拐棍。

赵团总问："何事惊动肖四老爷？敢劳你老亲自上门，令寒舍生辉，在下深感荣幸。"赵团总问时根本没正眼去看肖四爷，他托着那杆铜烟枪，深深地吸了一口，又缓缓地吐出丝丝缕缕的烟雾，双眼或睁或闭，晃晃悠悠地摇着头，如入仙境，视若无人。

肖四爷坐在左手上座，心中早已怒火中烧，无数次在心底咒骂赵大烟枪。无奈，求人做事，看人脸色，只好沉着对待，不露声色。"看赵大团总说到哪里去了！我肖某人是来拜会拜会，并无他事。早就该来，只是人老体衰，脚不中用。"边说边捶着他的细腿。那腿果然皮包骨头，细细瘦瘦，让人不能怀疑。

一客气，赵团总睁开眼，脸上堆了笑。吩咐道："四爷来了，还不看茶！哎哟，瞧我这脑子，光顾说话了。"

肖四爷也返过头去，问："孝敬赵团总的一点心意敬上了吗？"二愣子躬身点头，爽朗应声："这就奉上。"

赵团总射过一道光来，说："哪能这么客气？四爷跟我，谁跟谁呀！"一高兴，手一摆，示意二愣子在左边下首坐了，说："四爷手下的人了不得，每一回来看我，都礼礼信信，有头有尾，我看着顺眼，坐吧，别站着，都一家人，不要生分。"二愣子看了看肖四老爷，坐下了。

坐定后，肖四爷和二愣子慢慢地品着茶。肖四爷边品茶边拿眼偷偷去瞟赵团总。赵团总吞云吐雾时，只一瞬，飞快地避开，又各自想着心事，如何开口。

到底赵团总收人钱财，未能替人消灾，存有一丝愧疚。况且，肖四爷上了门来，有礼有节，不追不问。赵团总勉强一笑，说："四爷，那事……"肖四爷即刻打断赵团总的话："不急，不急。我想和赵团总说说明年的'保安费'，乡绅们都催我来禀报合计。我何德何能，恐难胜任，唯赵团总马首是瞻，按吩咐去办，绝不打半点折扣，请赵团总一百二十个放心！"

"好的，好的，那就拜托四爷了！"赵团总边说边喊着大辣椒婆："快，快给四爷端一钵参汤来！"大辣椒婆还在一惊一乍之中，见男人用眼光挖她，就亲自到伙房去了。不一会儿，亲自端上一碗参汤，恭恭敬敬地摆到肖四爷旁边的茶几上，参汤还是腾腾地冒着热气。与刚才盛给赵团总的无异，只是盛汤的钵钵换了。肖四爷侧身远远地看见门前石阶上有一个打落的汤钵，眼睛眨了一下，忙推让："赵团总，还是你喝！"赵团总眼睛尽头也看见了地上的那个汤钵，一时愣了。大辣椒婆见男人没有回话，就说："四爷，你喝。我家云卿喝不惯的！"赵团总忙不迭地说："是，是，我一直喝不惯的。"

赵团总一边看肖四爷喝汤，一边问四爷身体，说："参汤好，参汤好！四爷要多喝，身子骨最当紧，比天王老子都重要。其他都是次要的！"

肖四爷一听，终究再也忍不住了，说："我都一把年纪了。唉，穿金戴银，燕窝鱼翅，也见得惯了。快入土的人了，就是不甘！赵团总也是晓得的，我一直有块心病，没落下个青屁股的崽啊，愧对列祖列宗啊…"肖四爷唉声叹气，说得泪水涟涟。

"不是我不帮你，四爷，你听我说……"赵团总听着心里愈发地愧疚难当，解释地说。

肖四爷不容赵团总解释，走上前向赵团总表态："我也不想抓那个坏我好事挨千刀的小土匪了！我只求寻了那个香月妹子成家生崽，平安无事，了此残年。"

二愣子也走上前，向赵团总禀告：香月妹子就寄住在高沙镇上蓼湄书院青云先生的屋里。

赵团总拿烟枪的手动了一下，眼珠子一翻，眉头一皱，烟枪很响地磕在茶几上，茶杯晃荡了两下，差点掉了下来。顿了一下，他斩钉截铁地说："四爷，你只管去高沙镇上把她提拉回去。喂养得壮壮实实，生个传宗接代的种！那个教书匠，我就磕两下烟枪，准保吓得他不敢吭声。白马山上那帮小土匪。今天早上我已带了人马去敲山震虎了，让这帮王八羔子也晓得晓得我赵某人的厉害，量他们贼胆包天，也是不敢下山的，谁个不想留着自己四两小命呢？"

"是，是，赵团总说得极是。今儿个，有了您赵团总的这句话，肖某人从此心宽气顺。二愣子，快快回去喊一顶轿子，多带上几个人，去蓼湄书院带人，我随后就到！赵团总，赶明儿一定亲自上门来请您喝喜酒！"

哈，哈哈哈……两人双双握拳致礼，相视而笑，大笑不止。

15

青云先生几乎是一溜小跑回到学校。奇怪的是，背上的东西一点儿没觉得沉。边走边想，该如何告诉香月？香月能否承受得住？香月老是想不开，万一哭着闹着犯下傻事，我怎么向春生大哥交代？春生大哥到底如何，是捉了伤了杀了，还是被追得四处躲避无处藏身，或者早已下山远走他乡？一连串的问题，都在青云先生的脑袋中跳出，又一一被自己否定。翻来覆去，令青云先生的脑壳发蒙生疼。

青云先生径直往院内走，边走边喊："香月，香月！"急促得很。香月已准备在外面书房里开始打扫，门开着。听见喊，走了出来，看见青云先生一身汗，背上的背包还在，香月更有点惊了。她先是帮青云先生取下背包，又准备去书房端茶。青云先生却一手抓住香月的手，疾步走进书房，摆手她坐下别动，自己把门掩上，紧了紧，上了栓。

青云先生说："香月妹子，你听我说……"

香月打断了青云先生的话，站了起来，定定地看着他，问："出事了吗？青云先生，是不是真的出了什么大事？"

青云先生咳了一声，先把自己镇定下来，再去看香月，接着说："香月，香月妹子，你别乱想，我给你慢慢说来。"

也不知说了好久，香月就那么不动声色地静静地听着，听着听着，香月的眼中溢满了泪珠，缓缓地从脸颊上淌了下来，淌到下巴上，一滴一滴地滴下来。香月坐着的凳子前方紧靠着一盆抹桌椅的水，尚未擦洗的水清清的，静静的。香月的眼泪一滴一滴地滴下来，隔着一定的高度，落到盆中，发出"叮咚，叮咚"的声响，然后，搅乱了一盆清水。

青云先生听见，再不说话。他隐隐地听到"叮咚，叮咚"的声响，不是落在水盆里，而是一下一下地敲在他的心坎上。

香月嚯地一下站了起来，说："青云先生，我要去一趟白马山！"语气异常地坚定。

青云先生忙站到门前，一手把住门闩，一手横拦在香月身前，他是绝不让香月一个人就这么出去的。青云先生双眼紧紧盯住眼前的香月，字字句句地讲："香月，春生大哥把你托付给我，我要对你负责，我要对春生大哥负责，你断断不能走出这扇门！"

香月靠在门边，咽咽地哭出声来："春生哥，我要看我的春生哥，我的春生哥怎样啦？他到底怎样了？我看不见了，我想他了，我要见他。我一刻都不要停留，我要立刻见着他，他是不是瘦了，他是不是饿着了，他是不是冻着，他是不是伤着了，他是不是受痛了，他要不要紧，他有不有事……"青云先生死死地把往门外冲的香月扯住，一把把香月揽了过来，让她的头靠在他的肩上，让她好受一些。香月靠在他的肩上更是悲痛不已，全身都抽动起来，哭说："青云先生，我的心口痛呢，一绞一绞的，难受……"青云先生把香月揽得更紧些，一只手在她的头上摩娑着，一只手替她擦去脸上的泪水，说："香月妹子，我是知道的，你想着春生大哥，你心里疼着春生大哥。"顿了一下，又说："你哭出来吗，哭出声来就会好受些。"

好久，好久，香月很是伤心地长长地尖脆地哭出一声，她哭喊着："春生哥，我的春生哥呢……"哭喊声久久地回荡着，冲击了整个院子，盘旋在蓼湄书院的上空。有几只立在屋顶的鸟雀，似乎受了惊讶，扑噜噜地一下飞散开了，啾啾地哀叫着。

香月缓缓地抬起头，一脸的泪水四溢，如涨满的河水溃堤。香月一副可怜无助的样子，令人痛心。青云先生看着，眼热鼻酸，忙移开了去。他说："先坐下，休息一会儿，我再上街去探，回来再想想办法。"香月坐下，手却紧紧地护住心胸，看着青云先生，说："青云先生，我的心口疼得厉害，你给我倒一杯水来。"青云先生转过身去倒水时，他的喉结抽动了几下，不让香月妹子看见。

青云先生一闪身，走到院外。他好似想起什么，又回转去，把门挂挂上，又下了一把锁，冲门里喊："香月妹子，先委屈一下，我去街上看看，一会儿就回来，你就好好歇着吧！"然后，他就大踏步地走出院子，向街上走出。

青云先生今天早晨已是第三次出现在街上了。这条街，他常常来，一日一次。也没见着有什么独特之处，就是有吃的有穿的有玩的有乐的，再就是街两边一长溜儿铺子林立着。清晨巴早地就有人上街吆喝，东边的早市名副其实地早，有月光的夏天，月亮还没落下去，早市就忙起来了，买的卖的，常常把月亮当作太阳了。深夜的长裕街，是一个熬夜的赌鬼，是一个到处乱撞的酒鬼，晃晃悠悠的街上的夜灯，是他们心中的太阳、月亮和星星，照着他们前行。当然，中午的街上人是最多的，叫卖声也是最大的，却让人烦躁，这个时候青云先生是绝不去街上的。青云先生也是晓得的，小镇正是因从早到晚都这么热热闹闹，就被很多人说成好像是繁华了。青云先生日日地来来去去，并无觉得或繁华或冷清。他只是上街买些瓜果蔬菜，也去糖果干货茶叶之类的摊担上溜达，有礼节地招呼着认识和不认识的人，也有一搭无一搭地和商贩拉三杂四，谁打老婆了，谁婆媳不和了，谁偷东西了，谁和谁眉来眼去了，谁还在谁的屁股上捏了一把了……青云先生是读书人，是教书先生，本不想听，一街的街谈巷议家长里短，却还是天天灌到他的耳朵里。他也跟着这些人或笑或叹，说了笑了叹了就走了，那些商贩顾客也各自忙着自己的事去。

小镇就是这样一日一日地淌过，谁也没瞧见有什么不同。太阳还是那个太阳，月亮仍是那个月亮。阴晴圆缺，雪霜冰冻，黑夜白昼，白光黑影。

但今日，青云先生却觉得大大的不同，每一次与每一次都有不同。首先，街上的商贩顾客就少了许多，行人更是没见几个，街市上少了几分热闹。其次，那高声叫卖的吆喝很是低了以前几拍，那抑扬顿挫的声腔也没有以前好听，讨价还价的也不见几个，买了东西提起来就走，不闲聊不胡侃不说笑了，这样一来，街上就颇有几分冷清和神秘了。最后，就连一些熟的、半熟的顾客，混得烂熟的摊贩，都是一律怪怪说笑着，眼光看着他，不认识他似的。隔远了，还用手指指点点，令他吃惊不小。

他一路去打招呼，一路去问，竟大多摇头走了，有几个虽没走，也把头摇得像拨浪鼓，嘴闭得死死的，什么样的话儿都敲不开。青云先生急了，他在朱三豆腐摊前，一把拽了朱三，扯至僻静处，问："今儿个，早上怎么啦？都一个个犯了病似的。"

朱三豆腐毕竟和青云先生交往日久，时不时要烦劳青云先生舞文动笔。他看一眼四周，嘴角动了动，压低了一贯的高声大气，说："别问了，赶快回家去吧……"

青云先生看着朱三豆腐一启一合的厚嘴唇，有如一口一口叭水的鱼，分明看见那水一点一点干了，鱼现了肚白，翻腾着，啪啪作响，叭水的鱼愈发地困难，搁在无水的边沿一动不动，嘴仍在一启一合，艰难地吞云吐气。青云先生直觉得脑壳懵了，嗡嗡作响。朱三豆腐一推，说："咋还不走啊？再慢，就来不及了！"

啊，青云先生全身一激灵，跳了起来。觉得立刻要如鱼一样游弋回去。青云先生的脑子里老是显现自己成了一条翻了白肚的鱼，艰难地吞云吐气。

是谁在水中自由，游弋在他的前头？

冥冥之中，青云先生有了某种预感。

16

肖四爷走出赵团总的青砖大瓦房时，心里头如瓦房上的玻璃亮瓦一样亮堂透彻，拄着的拐棍被他提在手上，全然不像以前走路躬着腰，拐棍一下一下敲在地上。敲得石板路"的剥的剥"作响，他健步如飞出了门，下了台阶，上了轿。

肖四爷上了轿，这才记得二愣子已打着马先回金屋了。他记起后，就觉得有点不妥，还是要保密些的好。不然，到口的肥肉又怕打了水漂。前次，吹吹打打热热闹闹，还不是到头一场空。就是找上香月家门去，一个老实巴交的农民屁都放不出一个，随你骂，随你吼，随你拍桌子摔东西（其实无东西可摔，充其量一堆锅碗盆灶坛坛罐罐而已），不作声，像做错了事似的，蹲在屋角落，一口一口地猛抽旱烟。那眼里有太多的浑浊，看不出是喜是忧，还是一切无所谓。反正，你来了就来了，骂了就骂了，走了就走了。然后，又费时费钱费力费神，求爷爷奶奶四面放信八方打听，才好歹有个影子。

肖四爷掀开轿帘子，说："走快些，可别误了大事！"两个轿夫嗯嗯地应着，一声喊："四爷，可坐好咧！"肩一挺，迈开步子，一摇一晃走起来。肖四爷又老又瘦，没几两肉，很轻，抬起来并不费事。肖四爷坐在轿里上上下下地颠簸着，左左右右地摇晃着，若在往日他是受不了这罪的，抬不上两三米远，非得把两个轿夫骂得狗血淋头不可。

今儿个，不！肖四爷躲在轿子里偷笑。笑过之后，还哼起了一句戏文。戏文是什么谁也听不清，但大家却听得清戏文里头的高兴劲儿。肖四爷唱完这句戏文，又揭起轿帘，喊：“能不能再快点？”两个轿夫都异口同声地说：“四爷，你能经受得住，我们可是折腾不了了！”肖四爷看看在这冬日的早上，两个轿夫身上却冒着腾腾热气，又客气了许多，说：“我是要赶事呢，能快就快点。”“四爷，实在不能再快了，再快就赶上飞马了。”轿夫一边尽力往前奔走一边有气无力地回复着肖四爷。

肖四爷在轿上想说，我就是要赶上飞马呢，我就是要超过飞马呢，我就是要抓住飞马呢……想归想，但肖四爷终究没有说出口。肖四爷又一次偷笑着说：“就是说了，这些蠢人，又哪个听得懂呢？”

肖四爷本想换乘一匹飞马，找一回飞的感觉。但他拍了拍皮包骨头的身架，还是不敢冒险，怕一把老骨头散了架，还有好多的荣华富贵没有享用哩。他对着轿后骑马的家丁说：“你们不用护着我了。快快打马回去，要二愣子在家等着我，闭门不出，两块嘴巴给我紧闭着。”骑马的家丁们还在犹豫着，说：“四爷，我们还是护着你走，要不然……”肖四爷显然是有点生气了，说：“你们走，走啊，一切等我回来再做决断！”

家丁们骑着马呼啸着去了。大路上卷起了一团一团的黄尘。

肖四爷忽然看着黄尘中有一匹高大的白马在飞驰。马上，他告诉自己，这只是一种幻觉！绝不可能再出现了。

他一路上不是在替自己打气，就是闭目养神，是双手合十，求神保佑，平平安安，这回再不要出事了。他之所以要差遣家丁飞马去赶，其中之一就是要二愣子严把口风，悄无声息地上城里去，悄无声息地从城里回。只要带回我肖家大屋中，大院紧闭，铜墙铁壁，连一只蝴蝶也别想飞出去。要想搞得多热闹，就有多热闹；要想搞得多排场，就有多排场……哈哈哈——另外一个不便言说，他肖四爷这回要去肖家祠堂里三叩九拜，感恩祖先。这件事，就是对二愣子他也不能说。

肖四爷日日地看着那个高大透明的玻璃瓶，看着玻璃瓶里那只极乖态的蝴蝶，就很是安宁和休闲。若哪一日不看到，手里痒痒，心里也痒痒的，这不，就个把时辰，肖四爷又想起那个玻璃瓶，又想着那只穿红花衣服的蝴蝶。

轿一到肖家祠堂门前，他就喊停下。停下后他要轿夫原地等着，不要乱走，他去一下祠堂里取东西，即刻就出来。轿夫也早想歇了，说："四爷，你尽管去，我们等着就是了。"肖四爷紧了紧身上的绸褂子，又拍了拍身上的灰尘，拄着那根拐杖，跨进祠堂门。一进去，重重地一声把祠堂门掩上了。许久，许久，肖四爷从祠堂里出来，却不见手上拿着东西。

回到家，二愣子果然在上房候着，愣愣地坐在屋里。屋里就他一个人，门是掩上的，窗户也没有开。肖四爷一回来，二愣子从椅子上弹起来，叫喊："老爷，事不宜迟，快点喊拢人，抄家伙，走！"肖四爷见二愣子老老实实待在屋里，心里高兴本想赏句好话，话未出口却听见二愣子一阵叫喊，顿时火起，骂："死喊，你要打锣吗？前回，我都还没和你算账呢。"二愣子立马瘪了。

肖四爷一屁股坐在厅堂的椅子上。他一边拿过茶几上的玻璃瓶，在两只手里玩来玩去，一边放低嗓门说："你过来，人不要多，你一个，我一个，再要一台轿子，轿夫要选两个武高武大的，要找自己人，不怕花银子，开双份。"你要精神点，带着那把枪，关键时，看我眼神。二愣子弓着腰，贴在四爷的身边，有点担心地问："人是不是少了一点？是不是去赵团总身边借几个兵？"肖四爷一只瘦手拍了拍二愣子的肩膀，说："该用时用，钢要花在刀刃上！应该吸取上次教训了，要神不知鬼不觉地。好吧，快去准备吧。"二愣子迟迟疑疑地往外走，边走边问四爷，还要准备什么？肖四爷用拐棍一画一画地在地上画着字，二愣子认得那几个字是：绳子、毛巾、锁。

肖四爷坐在轿里，蔫蔫地。二愣子骑了白马跟着。见了人，二愣子就说，我家老爷病了，赶往县城里去瞧病，有几次还停下轿子，翻起帘子让你看。果然，肖四爷病蔫蔫地坐在轿子里，间或还有轻轻的呻吟声，不由您不信。

金屋到街上本来就不远，但遇见一拨又一拨的熟人，二愣子一次又一次不厌其烦地讲，又停轿子，又掀帘子。没有一个不信的。就有很多人说，这肖四爷怕是病得不轻，唉，富贵又有何用？又没生下一个"青屁股"的崽，可惜，可惜！当然，很多人都是口上这么说，心里都是幸灾乐祸得不得了。不过，这又有谁能看破呢？人啊，就是怪，口里说的，脸上挂的，心里想的，总是不一致，有时竟相反，这其中奥秘，又有几人能看清，又有几时能让人猜得到呢？二愣子跟了肖四爷这么多年，风里来雨里去，鞍前马后，也常常看不准厘不清老爷的情绪和他藏在内心深处的心结。

他们一起上了长裕街，拐进了蓼湄书院，就再也无话。只有哐哒的步子声，清清脆脆的马蹄声。把轿子停在一边，马也拴在树下，二愣子闪进门去，逢见人，只说找青云先生写对联，一径往里去。

门上挂着锁。二愣子站在门前，不作声，用手比画着。肖四爷远远地见了，忙招手要二愣子回来。肖四爷、二愣子钻到轿里掀开轿帘一线缝，注视着对面挂锁的房子。两个轿夫蹲在地下，拿手一下一下地扇着风。

不久，有一个人慢慢地走过来了。走到轿子边，还看了蹲着的两个轿夫一眼，倏忽，溜到房门前，掏出钥匙片。门开了一掌宽，他闪了进去。

闪进去的时候，他看见轿子上下来两个人影，飞快地朝这边跑了过来，两个轿夫这时也站起身来，跟着跑。他想退了出来，锁上门，觉得不行，就推门上拴，晚了。

两个黑影一长一短都闪进了门内。

17

自从那日赵团总率兵攻山以来，春生的眼皮就一直扑扑直跳，跳的又是右眼。向来一句俗话，讲的是："左眼跳财，右眼跳灾。"春生不能完全不信，撕了一角红纸，沾了点口水，贴在了眼皮上。春生边贴边嘀咕：有凶挡凶，有灾避灾；吉凶难免，失财免灾。

春生其实从骨子里并不相信这些，就如他的爹娘每年都要虔诚地请"财神"一样。请"财神"无非是招财进宝，祈求富足。一进了腊月，春生就看见很多人背着包出门了，有男人，有女人，有老人，有小孩，也有残疾人，卖唱乞讨的人。但这些人一律到了谁家的门口，一律都是唱着"财神爷爷到你家……接财神罗！"你或在剁猪食或在端碗扒饭，只要听到唱腔或喊声，立马洗了手出来，边走边整整衣服，双手接过"财神爷"，一脸的笑，迭声道谢。把"财神爷"端放在神龛上，转身去箱底翻出几个小钱，或是端出一碗白白的米饭，或是捧上一升米，一盘黄豆，几根红薯，大多的还总是有点歉意地说："赶明年好年成托'财神爷'的福，富足了，礼信断断是不能少的。"一个走了，一个又来了，整个腊月、正月牵线线似的，打着快板，唱着"财神歌"的声响，满溢在村子上空。谁家往日再爱叫的老黄狗也不吠了，侧耳静静地听着。春生太小，少不更事，每日跟在送财神的人的屁股背后，看着满天的红纸飘飞在村庄里，上了神龛，上了大门，上了房门，上了灶门，一张、两张、三张、四张……一个个"财神爷"富态龙钟，左右两边是善财童子，手上金链脚下银锭，让春生遐想联翩。

春生问爹娘："'财神爷'灵吗？当真能招财进宝，送来财喜吗？"爹娘忙拿手去堵儿子的口："可不敢这么说，可不敢这么想，心要诚，诚则灵。'财神爷'哪有不灵的！"春生第二年再问过爹娘一次，他看见家里依旧喝不饱肚、穿不暖衣，依旧穷得叮当响。爹娘都不说话，但却在他的小屁蛋上狠狠地扇了他一巴掌，扇得他的屁股好几日都火烧火燎，麻痛麻痛的。自此后，春生再不敢问。他虽然见着爹娘接"财神"的时候仍是十二分地虔诚，眼睛里却再也见不到太多的激动和光泽。

春生想着有朝一日自己也去送"财神"，替家里挣回几升米，熬个白白的稀饭喝一喝。边想，就感觉到自己的嘴巴就搁在碗沿上，嘴一转，一个圈，滋溜几声，那碗就底朝天了。他就笑，笑得很灿烂，眼睛里有炫目的白。天是白的，地是白的，村子里也是白的，自家屋墙上也都是白的，很多人都一身白，门前挂着的白纸，白纸在空中呼呼作响，春生一步一步地走近，他的脑袋一片空白。他，如一扇土墙訇然倒下，如一排小树被拦腰折断。他跪倒在门前，门上原先贴满红红半扇门的"财神爷"不见了，白纸、白花在那上面跳着舞，他"哇"的一声很响亮很无助地哭喊着。

春生想着想着，眼睛里噙满了泪水。春生望着山下，无限地伤感，山下有他太多的牵挂，山下有他太多的伤痛。他煎熬在山上，他只得煎熬在山上了。

他常常无由地一个人独独落泪。别人把他当成土匪了，他真真地成了土匪了！他是土匪，但却常常不动"青子"（刀）。他是土匪，一个人爱在夜里抱一把二胡，尽拉一些凄惨的曲子，一拉，悲悲切切，凄凄惨惨。伴着曲子，还低低地吟唱着："西北连天一块云，凤凰落在乌鸦群。白云黑云都是云，黑云过后是白云……"嘭嘭嘭，大当家的张五毛把门板擂得山响，又吼："呜里哇啦，哭尸，想'背毛'（把人勒死）？"大当家张五毛住在上楼，他住在下楼。能够一个人单住一房的在山上只有他和大当家的，这是非比寻常的恩遇，他就更加勤心地替大当家的管钱管账，跑前跑后，撰文立规。大当家的虽少言语，有时也凶，但对他春生确是另眼相看。

春生有时还很是尊敬大当家的，也为他们一窝土匪很是不平，说："土匪就是土匪，不当婊子不立牌坊，不像贪官污吏，不像地主恶霸，不像土豪劣绅。大当家的张五毛常说，家有家法匪有匪规，譬如第一要听从号令，第二不准扰害百姓，第三不准打仗尿裤子。"譬如"七不偷八不抢"：喜车丧车不抢；邮差不抢；摆渡的不抢；背包行医的不抢；耍钱赌博的不抢；挑八股绳的不抢；车店不抢；僧侣道人尼姑不抢；鳏寡孤独的不抢；单身的夜行人不抢；当然开棺财铺的也是不抢的，怕犯忌。还有很多很多……春生就觉得土匪是说到做到的，不像地方当官的人嘴上说的是一套心里想的又是一套，不像地方上那些有头有脸的乡绅，别看一身光光鲜鲜，有礼有节，眼珠子一转一转，尽玩些鬼名堂小把戏，见不得人的勾当，杀人不见血。当然，若是老百姓一个个天天能顶着红光子（太阳），守着炉子（烙饼），枕着枕龙（枕头），也早知足了，心满了，也不至于上山去当土匪。

大当家的敢说敢做，春生一直很佩服。尤其昨日早晨。大当家的为了他一个"崽子"（小土匪），敢和赵团总较劲。大当家的那日也犹豫了很久，一边是山下杀声震天旌旗飘飘，一边是山上很多兄弟的反对。他们一个个拜倒在大当家的脚下，身色俱厉，都说占了这个白马山头，百几十号人的要讨饭吃。若是惹恼了赵团总，就说今日能堵住，日后处处找碴，天天断粮，和以前睁只眼闭一只眼简直是天壤之别。民不敢跟官斗，匪也绝不能得罪官，巴结还来不及呢！向来是官匪一家，匪要靠官。这点道理，相信大当家的不会不懂！事不宜迟，请大当家的速速决断！

春生站在一边，一副听候裁决的样子，眼睛只看着大当家的，他不看旁边的这些人。大当家的也不看他。大当家的最看不起他这副样子，大当家有好多次都跟他说，当土匪靠的是胆壮，别一副听天由命的样子，一天到晚无穷的心事，夜里还抱一把二胡拉魂。有活干了，临了狠不下心下不了手。春生知道，大当家的不是指责他鄙视他。那眼睛里有一种恨铁不成钢的意思。春生也想着硬朗胆壮一些，不辜负大当家的一番心意，但每回干活的当儿又心软了，以至于那次到口的肉都没叼上，把个教书匠青云先生放走了。春生饱饱地尝了一顿鞭子后，竟不恼，清醒了许多：他是成不了钢的铁！

春生摸了摸眼皮上的红纸，发觉没粘牢，要掉了，又取下来，沾了一吧大口水，牢牢地贴上去。贴稳了，还用手拍了两下，春生看有人朝他看，他不管，走上楼去找大当家的。大当家的房里挤了一堆人，春生走到门前看见有几个当家的围着大当家的，情形看起来刚才有过激烈的争吵，见他走了进来，都一个个黑青着脸不说话。春生觉得尴尬，拔脚要往外走。大当家的看到，喊住他，招手让他进来。他停住脚不进不退，其他几个当家的已是意识到什么，一个个退出来，和大当家的打了一下招呼，似是根本没看见他一样。

那些人走后，他才迈进屋去。大当家的示意他坐，他却不坐，笔直地站着："大当家的，我寻思着，我该下山了！"春生说这话时，他不敢看大当家的。

很长一段时间，春生耷拉着脑袋，心里七上八下地等着。猛地，大当家的一拍桌子，桌子上的匕首掉下来，直直地扎进木板里，呵斥道："想拔香头子（退伙）？"大当家的眼睛鼓鼓地瞪着他，春生瞟了一下，把头耷拉得更低了。

春生想起土匪中间流行着一句话："挂柱容易，拔香头子难。"

18

青云先生一个人被关在房子里，口里塞了毛巾，手上、脚上都被麻绳捆紧。他想喊，拼足吃奶的力气喊，除了"呜呜喔喔"几声含混不清的声响，他自己也听不清自己在喊什么，但他一直在喊着，边喊着边挣扎着。他全身扭曲着，绳子没有半点松动的迹象。仿佛他愈是用力挣扎，那绳索愈是吃紧，他感觉到深深地吃进他手上脚上的肉里头。他仿佛没感到疼痛，只有无休无止的焦躁。他眼睁睁地看见香月妹子被人同样口中塞了毛巾，被人推上了轿子。香月在被推着上轿子的路上，跳着哭着，哭不出声音，泪水淌了一脸。脸始终是转过来往后看，眼睛里有太多的痛苦和求助。尤其临上轿的一刹，香月再一次深深地一瞥，青云先生全身都震颤了。可青云先生只能看着，远远地，毫无意义地看着。那顶红轿子运去了，他还是在窗口上那么看着，街口的树木在冻风中猛地一颤，哗哗地飘落一片又一片宽大的树叶。

他看见那个老鬼也是上了红轿子，上去了与香月挤坐在一块，还用一只枯树似的瘦手死死地揽住香月不放。老鬼放下轿帘时，抛一个狡黠的干笑而去。他还分明看到老鬼在轿里颠来颠去，高兴得把胡子捻来捻去，一脸的得意和满足。

青云先生气极了。他想冲出去和那个老鬼拼命，他想就是搭上这条四两命换回香月也是值的，但一切都是徒然。他愈来愈悔恨自己的无知和无能。今天早晨，街上的气氛已是个信号，自己怎么就没有感觉到？况且朱三豆腐还明明提醒了他，他也没有冷静下来想想办法，只顾噔噔地跑回家中束手就擒。自己擒了就擒了，还要赔上香月妹子，对得起春生大哥吗？自己真是太没用了，明明回家途中看到一顶轿子两个轿夫，不想想，不问问，不妨避着。进了门，又想出，又想进，真是个鬼二和尚摸不着头脑。进来也只有两个人，其中一个还是老鬼，他和对方对撕扯了几下，就不敢动了，乖乖地被人绑了，被人塞了毛巾，无非是人家拿一杆黑亮黑亮的短火抵住了他的前胸。

他悔啊！他熊啊！

他更觉得没脸去见他的春生大哥了。他全身更加用力地扭曲，汗渍斑斑的脸上，一脸的痛苦，他用头一下一下往墙上挖，往窗户上撞，他真想把自己撞死了算了。“哗啦”一声，一块大玻璃摔了下来，打在青云先生的头上，又咣当一声落在了地上。青云先生并没停下来，只略微感到头上一热，然后有一阵钻心的痛。他无意识地用手去扫，双手被绑在后面动弹不得。突然，头一沉，身子矮了下去，他一下栽倒在墙角边，什么也不晓得了。

他不知睡了多久。梦里是香月一步一回头的挣扎，脸上淌满的泪珠。他喊着香月，香月没有应。他急切地呼喊着香月妹子，香月不仅不应答，还背转了身。他忙伸手去扯香月妹子的手，一滑，香月的手不见了，只留下一只空空的白袖子。定睛看时，香月已飘在远处，回过头来又是深深地一瞥，和被硬生生推上轿时回过头来的眼神一模一样。那眼神里有太多的内容。但有一种，他想他是读懂了，香月要他赶快去告诉春生大哥，他冲香月点了点头，香月也冲他一笑，忽地，不见了。

他大喊：“香月，你回来——”他醒了，方知是在梦里。脑壳仍是一阵一阵钻心地痛，他不管，他想着梦中的承诺，快快地脱身，快快地上山。他从墙角的地上爬了起来，右脚碰倒几块玻璃，玻璃有大的、小的、长的、短的，都一律地新裂开口，锋利无比，有一块稍大的边上沾满了血，血都硬化了，干皱着。青云先生眼睛一亮，他一点不记恨玻璃和玻璃上吸着的血。他瞅准了一块凶手似的大而锋利的玻璃，背转身用双手去玻璃口上一上一下地蹭着。隔一会儿，他的身上就抽动一下，但他更是愈来愈快地一上一下地蹭着。倏忽，他双手同时往两边一分，抬上来，“嚓”的一下手上的麻绳已断，双手上满是血痕。他来不及细看，抽下口中的毛巾，又去解脚上的绳索。再去开门，门从外面锁着，他用肩膀撞了两下，响动着都不见开，他从门边倒退三步立定，然后飞起来重重地一脚朝门上踢去。

他走到院子中，方才上上下下打量自己一番。不禁眉头皱了一下，他想返回去洗把脸，再穿一身干净的衣裳。一念之间，他还是加快了脚步走去，临出院门时，他用双手把脸干擦了一把，把头发往脑后擦了一下，把衣服抻了抻。

他上了街，一步快似一步往街那头走去。冬日的太阳老高老高地挂在正顶上，红黄红黄的，圆盘盘的，不扎眼，不暖人。青云先生只顾昂头走路，但他还是感觉到一路上有好多人在看他，嘀嘀咕咕，指指点点。他只顾走自己的路，昂着头，快步向前。

快到街头时，他被人喊了一句。他听见了，却并未去看喊他的人是谁，想装作没听见似的走过这条街。因为长街上遇到的熟人实在太多，每一个熟人都是一个“炸弹”，得绕过去。他得绕过一个一个“炸弹”，奔向“前方”，“前方”的白马山上还不知道“后方”的情况。临到街头了，还是被人喊住。那人又喊一声：“青云先生！”喊声不轻不重，吐字清楚，读音标准，音调中还有几分尊重。那人随着喊声走上前来，问："青云先生，不认得我了吗？"青云先生只得停下脚步，忙拱手还礼："赵团总啊，赵团总好！我还嘀咕是谁呢？"青云先生没有不认识赵团总之理，学校春秋两次开学，赵团总每一次都要舞上烟枪讲上一晌午，而青云先生每回都要给这些头面人物准备讲稿的。赵团总是唯独每回都说青云先生讲稿好，又是唯独一个不照青云先生讲稿讲的一个。赵团总讲，都讲呷肉的，贼啊，匪啊，刀啊，枪啊……最后就拍着胸脯讲赵某人一定竭尽职守，保民平安。当然，在这样的场面上，"保安费"是只字不提的。青云先生对赵团总说不上有太多的好感，也说不上有太多的坏感，他也看不出赵团总到底是怎样的一个人物。逢人家在他面前或褒或贬，他始终保持着缄默。

赵团总呵呵地说"好，好，大家都好！"边笑边伸过那杆烟枪，那意思是要青云先生抽一口。青云先生心中嘀咕道："你又不是不晓得？我不抽烟的。在学校里，你就递过至少不下三次，我每次当面都正经地告诉你：我一不抽烟二不喝酒。"青云先生不晓得，他赵团总只要遇见有点体面的人都是这样，尽管晓得你不抽，他也要做做样子。但是，若有人求他办事，他一杆烟枪舞着，从不伸过去的。青云先生忙推托："不会。赵团总，你抽，你慢慢地抽，我还有事。"讲完，他跨前一步，准备走人。

赵团总一步跟上，很关切地问："青云先生，有什么事？你尽管言语一声。"

青云先生欲言又止，说："小事，小事一桩，哪敢麻烦赵团总，少陪了。"

青云先生走前了几步，赵团总又在背后喊住他。赵团总赶上来，很是细心地上上下下打量青云先生一番，问青云先生："到底出了什么事情？可别瞒了我，大事、小事，我都管得着的。我么，竭尽职守，保民平安。"边说边指着胸脯，很是得意地从口中丝丝缕缕地吐出好多好多薄薄的烟雾。

青云先生拍了拍身上，羞羞地回："还不是早上起来摔了一跤，没事，没事，真的没事！"他礼节性地拱一拳，飞快地走了。

赵团总在后边喊："有事无事，尽管找我！"

19

肖四爷坐在轿上一路颠回家去，逢人拨路过去，他就掀开轿帘一角，探出头来，主动地打着招呼，一脸的生气和高兴。惹得很多人大声说：“四爷，真是命好，好得这么快？”肖四爷就记起自己来时是生了病的，问的人尽管不是真问，最多是表达一种关切，大多只是打声招呼而已，是一种礼节。但肖四爷还是觉得很有必要认认真真地答，不厌其烦。他说：“是呀，是呀！上县城里看了老中医，又扎了银针，顿时就见效了。”边说边把右手活络活络，又双手抱拳：“托福，托福！”

回到家，肖四爷要二愣子把香月背到楼上的里屋，吩咐解了绳索，取下毛巾，二愣子看着肖四爷，一脸的担心，那意思是问怕不怕走了，寻了短见？肖四爷打了个手势，二愣子领会到赶忙把门窗关上。

一会儿，楼上响起了噼啪噼啪，一阵又一阵的响动，继而是哭喊声，咒骂声。慢慢地，大大的哭喊声已变成低低的哽咽声，响动声也停了下来。二愣子和府上的家人都侧耳听着，眼睛瞅着上屋，有几个在厅堂上走来走去，作一副随时准备冲上去的可能。唯独肖四爷端坐在厅堂上，一根楠木拐棍搁在身边的茶几上，他一手托着那个大大的玻璃瓶，翻转来看，间或把瓶子在空中轻轻一抛，接住；又抛，又接住。几下后，左手稳稳地托住玻璃瓶，伸出右手，把拇指和食指弯成一个“0”状，食指用力一扣，冲出去，撞击在玻璃瓶上，叭的一声，声音很沉闷，贴耳去听，又嗡嗡作响，很有点味道。肖四爷连续叩击了三下，把玩着那个玻璃瓶，瓶里的花蝴蝶受了惊吓，扑腾着翅膀，到处乱撞，撞到哪里都像是一个出口，透亮着，却总也撞不开，眼睛涌出泪水，它不死心，一味去撞。也许是撞累了，它趴在瓶底一动不动，眼睛里的泪水已干，出现一道刺人的白光，犹如愤怒的火焰。肖四爷嗤嗤地笑着，起了身，走到厅堂上的鱼缸前，把玻璃瓶伸到鱼缸里，玻璃瓶又圆又高，立在中央。鱼缸也是圆的，放进去水动了一下，大鱼缸套着玻璃瓶，一环套一环，鱼缸里的水一圈一圈地涟漪开来，又都是透亮着。加之花蝴蝶在中央，红鲤鱼一个个见了，欢喜得不得了，游来游去，总亲近不了。肖四爷很响地笑着，喊：“看，快来看，几有味呀！”二愣子和家人都走到鱼缸前，但他们实在看不出有什么味道，一脸的茫然。“再看，再细细地看，你们也许就能看出名堂来了！”肖四爷几乎是哈哈大笑，这在一般时候是没有过的。二愣子和一班子家眷管家还没看出名堂来，只顾哦哦地出声，啧啧地惊讶，脸上堆出笑，不拂老爷的兴致。

随着肖四爷的把玩，有很多人都忘了楼上的事情，只有二愣子一直在侧耳听着。他忽然听到一阵沉闷的响动，他飞一样上了楼，一脚把门踢开，惊呼着：“来人，快来人呀！四爷，不好了，出事了！”众人抬头看时，二愣子双手捧住香月，香月穿一身白绸布褂子，很安静秀气，一副惊人的美。瞬即，有人尖叫了一声：“血——”肖四爷也看到了，香月头上汩汩地流着血，鲜血浸湿了她的头发，往下，把她的衣服也浸湿了。流到胸前，即刻就流成两朵带血的玫瑰。

肖四爷喊：“快，快去请郎中！”自己就噔噔噔地爬上楼去。二愣子看见，喊：“老爷，慢点，你没拿拐棍？”肖四爷一看，自己真的没拿拐棍就上了楼。他站在楼梯顶上面一阶有点气喘吁吁，他扶住楼梯扶手，朝二愣子喊：“快，快放在床上，包扎，包扎，赶紧止住血！”一家人都忙乱起来，跑上跑下，大喊大叫。大太太、二姨太、三姨太都得了信，跑上来，围住老爷一声声喊：“老爷，老爷，老爷，你怎么啦？你可不能有事呀……”肖四爷定了定神，喘住气，一把把几个娘们推开：“老爷我还没死呢！你们要把我气死才行，快到里屋去！”

肖四爷不知是什么时候又下了楼梯，他又坐到厅堂中央的椅子上。他斜斜地靠在高大的红木椅上，身子窝在里头，很不显眼。他的精神一下子消失殆尽，一副痴呆的表情，尽管手中还托着玻璃瓶，他的眼光却没有集中在玻璃瓶上，眼光是散的，撒向大大的空晃晃的厅堂。

“老爷，老爷，血止住了，人也醒了！”二愣子如释重负，躬身站在肖四爷坐着的椅子旁边，屁颠屁颠地报喜。肖四爷一下子立坐了起来，头也抬了抬，眼睛有神得多。他欠起身，二愣子立马把拐棍递了过去，他拄着拐棍把身子站直了。二愣子问：“上楼去看看？”肖四爷站了几秒钟，并不见移步。正当二愣子去扶时，肖四爷已坐了下来，把拐棍又伸放在红木椅边的茶几上。肖四爷说：“我还是不去了，找一个心细的丫鬟陪着，一步不离！”二愣子又问：“还关不关窗，锁不锁门？”肖四爷摆摆手，又摆摆手。

二愣子走了。过了一会儿，二愣子又下来了，说不闹了，人还是咽咽地哭；又一会儿，二愣子又来报信，说不哭了，人都痴痴地不说不笑。再过了一会儿，二愣子又来了，说，好些了，能说两句了，只是一口汤汤水水还是不肯进。

……

肖四爷一个下午都端坐在厅堂上。二愣子来来去去地汇报，他始终不发一言，不表一态，只略略地点一下头，表示知道了。

晚上，楼上彻夜亮着灯，明晃晃地。香月睁着眼，心中却看不到一丝光亮。梯下，厅堂里肖四爷一个人孤孤地坐在那把高大的红木椅上，灯也不点，手里拿着玻璃瓶，他闭着眼睛并没有睡，他的心中亮堂着哩！黑夜过去，明日定是一个亮晃晃的世界！

第二日，肖四爷早早地起了床，早早地洗漱完，还刮了胡子净了脸，头发上也抹了油，一梳一梳地梳得很慢很慢，整得一根一根头发都整整齐齐，精精神神。大太太端上的好几套气派的衣服，他都不如意，穿上了，又脱下，又穿上，又脱下，试了几次，他终于看上一套米黄色的西服。这套西服，他只穿过一次，十年前蓼湄书院的学校典礼上穿过。那次校典，美其名建校十周年，究其实是开办了新学。台面上的人物一律都西装革履，当官的、做学问、有钱的，都是如此。他捐了钱，还不少，也就可添到末席了。他就上台去，竟也一样套了西装，米黄色的，台上台下就响着很多掌声。掌声是冲新学新思维来的，乡下地主的打扮这不跟着时代前进了。当然，肖四爷不知道也不是这么想的，他想着自己还不太老，又年轻又精神，到秋末一定要加倍地收回来！他见台上台下冲他鼓着掌，他也站在头上自己很响地鼓起来，边鼓边笑。他这时就看见主席台上唯一不鼓掌的是那个赵团总了，那赵团总不仅不鼓掌，而且还不穿西服，着黄皮军装，勒了武装带，屁股上还挎了短火，一杆锃亮锃亮的烟杆托在手上，喷出丝丝缕缕的烟雾。他极看不惯。台下也有一个人不鼓掌，很独特的，穿一身蓝布褂子，却戴一副金丝眼镜，就是这个青云先生。

肖四爷忽然想到，这命运真是作怪，现在的这种局面，就是一个水一样的香月把他们几个人都串在一起了。

肖四爷穿戴整齐地上了楼，走到门前，把拐棍递给二愣子，示意他站在门外。他走进里屋，让那丫鬟出来了，然后轻轻地掩上了门。

没多久，肖四爷出来了。

20

春生从没想到要“拔香头子”。若“拔”了，拔到哪里去呢？天下乌鸦一般黑，何处又是他立足之处？可是，他不下山一趟，心里头一直七上八下的。他从大当家的屋里出来后，看见二当家的、三当家的，还有几个弟兄等在门外，好像是有要事相商。春生知道，肯定明天有“买卖”（抢劫）要做。因为，凡是要做“买卖”，都是提前一天几个当家的要碰碰头，谋划谋划，这样“买卖”才能做得顺畅。有两次，大当家的还把春生也喊上。做“买卖”的前一天，“崽子们”不要做任何事，吃酒喝茶摔牌，睡“死觉”都不要紧，反正第二天早上，太阳上了树梢，才清清爽爽一齐到聚义堂里集合就行。

春生下了楼，朝上楼喊了一声：“我睡死人觉，还不行吗？”“嘭”的一声把门关上了。楼上有人探出脑壳来看，进去向几个当家的禀报。然后，把门窗都紧闭了。春生闩了门，直挺挺地如枕木般倒在了床上，头朝下，挺尸一般不动。然而，仅仅一会儿，春生从床上一跃而起，一个脑壳从门缝里伸出，之后，一个黑影从门缝里悄然而出，箭似的跃入屋前的树林里。

春生躲在屋前的树林里好久，眼睛四处张望，寻找机会，他今天非得下山一趟。到三更半夜，神不知鬼不觉地闪进屋子，囫囵觉都不睡，只迷糊一会儿上聚义堂，让二当家的、三当家的瞧瞧，给大当家的长一回脸。

春生下山不久，就在半路上遇见青云先生，他一看青云先生衣衫不整焦急的神情，不等青云先生说完，他一手揭下右眼上的红纸：“娘卖个球，果然……果其然……”他把拳头握得咯咯响，眼睛里喷出火来，拔腿就走。青云先生一把拉住春生，扯进路边的大树下，喁喁说：“春生大哥，是我对不起您，是我没能保护好香月妹子！”边说边用手去捶自己的脑袋。春生一手挡开：“不怪先生，怪只怪那娘卖球的，吃香喝辣的，吸人血的，不得好死！”说完，一脚跨到路中，“我要和他拼命！”青云先生再次把春生扯进大树下，说：“要拼命，也要先救出香月妹子才是！”春生这才冷静下来，随青云先生坐在树丛中商量良策。

不久，春生从树丛中走出，走上山路，上了官道，朝镇街上进发。青云先生先听从了春生的劝阻，不与他一同回去。青云先生本想同春生一齐走，去肖四爷家救人也多一个帮手。春生不准，说你不是去帮我，去了，你不仅帮不了我，还要我分了心保护你，救香月的事不是打了水漂了吗？况且春生没有说出口，他想说我是一个土匪你是一个知书达理的先生，大庭广众之下都晓得，不是拖累了先生吗？春生知道青云先生不仅不是一个贪生怕死之人，而且十二分的义气（这种义气他第一次与之见面便领略了），说出来只会更增加青云先生一同救人的决心。春生转了口，说：“我一个人，独来独往，方便得多，三更半夜潜进肖府，你就等着在屋里接应就是了！”青云先生说：“是吗？”有了接应的工作，也是在救人，想着，心胸里不禁涌动着一股豪迈之情。

青云先生摊开四肢，睡在大树下，呼吸着新鲜的空气，树叶间洒落下斑斑点点的阳光，有丝丝暖意拂在他的脸上。他要养足精神，准备今天晚上的接应。若这次接应成功，定要光明正大地替春生哥保护好香月。他心中顿时有了一个好主意，反正他现在没有老婆，择下时日和香月来个假成婚。成婚之时，遇上赵团总上门喝酒，做个主婚人，赵团总今早不也很是关切着他，保护百姓平安为己任。赵团总主了婚，你肖四爷这个老鬼还敢来抢。我就是和香月一起上街遛街，你肖四爷也只能干瞪眼，心里窝火罢了。当然，这得征求春生大哥和香月妹子的意见，以他的义气春生大哥不会怀疑，以他的人品香月妹子也是信得过的。这样一想，心里舒坦多了，再不似现在一看见春生大哥这么羞愧难当。

青云先生也不悔恨自己空练一套太极拳无用，更不悔恨自己文文弱弱，百无一用是书生了。如此绝妙的主意，谁能想到？！就是孔明再生，周瑜回魂，也只能一个一个——认输。

日头偏顶时分，镇街在青云先生眼前出现，镇街上高高低低的房顶上有了或浓或薄的炊烟，有的直，有的斜。他下意识地用手摸了一下肚子，不摸还好，一摸，像窝了几只布谷鸟一样“咕咕咕咕”直叫唤。他不禁加快了脚步，只要拐过团防局，就上了镇街。镇街上香味扑鼻，糕饼点心，挂面馄饨，小吃怪味，应有尽有。刚一拐到团防局门口，青云先生的脚不听使唤地停下来了。团防局门口围了好多人，他三步并做两步，拨开人群，团防局操场上的旗杆上绑了一个人，他一眼便看清那个人就是春生大哥。他跑了过去，春生都不看他，偏过头去，咬住嘴唇，昂起脑壳去看西沉的太阳。

青云先生想过去问春生大哥，到底怎么啦？未靠近身，已被几个团丁用枪架到一边。春生大哥被结结实实地绑在上面，满身血痕。但他一点儿不惧，这会儿不停地咬牙切齿骂人，骂狗官赵大烟枪，骂肖四爷那个老鬼……赵团总站在旗杆的上手，一手托了烟枪，一手持了短火，不急不恼，来来回回地踱着方步。停下来的时候，看一下旗杆上绑着的人，看一下团团围观的人，他就嚷上两句："镇上百姓，都往旗杆上看，那里绑着白马山上大土匪一个，烧杀抢掠，匪性难改，无恶不作，百姓深受其害，敢怒不敢言。我等为民除害，保民平安。"春生在上面嗷嗷嗷地叫着，骂着，却早被下面围观群众的巨大声音盖住了。只有青云先生，仍然听得清春生大哥义正词严的声音。

有人扯了一下青去先生的衣角，惊奇地问："青云先生，大家都在找你呢！不想，你却在这儿？"青云先生没有作声，点了一下头。有很多人回过头来，都问："青云先生，也是想不到啊！""想不到什么？"有人说："土匪猖獗，光天化日，撬门入室，伤人夺财。""是吗？"又有人说："青云先生，不要想不开，失财免灾。"免什么灾？青云先生如坠五里云雾中。

这时，有人朝他这边大踏步地走过来了，一巴掌拍在他的肩膀上，跨上一步，同他一字排开站定，清了清喉咙，叫喊着："满街百姓，你们听着，这就是蓼湄书院的青云先生，要不是学校里的学生来报案，我还蒙在鼓里，青云先生的房子被一抢而空，青云先生还被捆绑打伤，大伙看看，听青云先生说说！"

青云先生呆了，他一下子成了失盗的主人，遭土匪殴打和众人同情的人。他实在是一时说不出话来。赵团总站到他对面，向他深深一躬，说："青云先生，让你受惊了！是我赵某人没有竭尽职责，深表歉意，还请您多多包涵！"青云先生始料未及，赵团总没等他回过神来，一个转身，厉身冲旗杆上绑着的人大吼："人证物证俱在，怕您抵赖不成？我等为民除害，定要严惩不贷！"赵团总托着烟枪，举着那杆短火，在眼睛上瞄一下，又瞄一下。

青云先生急了，大喊：“赵团总——”赵团总转过身来，并不见扣下扳机，看着青云先生，嘴角有一丝不易察觉的狡黠的笑。赵团总朝青云先生走来，走到他的身边时，突然，停住，回头，喝令他的团丁：“放下犯人，打进死牢，等候处理！”

人群散开。春生被团丁们押着走过青云先生身边，春生看都不看青云先生一眼。

青云先生很晚很晚再走回他的屋里，太阳早已西沉下去。

青云先生一夜无眠。

21

赵团总捉拿春生之由来已久。最早是从春生骑一匹白马驰骋在镇街时起，那耀武扬威的神态，不可一世，傲慢无礼。提着银礼到他家里，高昂着头，说话硬邦邦，完完全全一副例行公事的样子。此前，他还听说民间流传这个家伙敲了梅晚娘一笔。赵团总为这事还上了梅晚娘的门，梅晚娘矢口否认，绝无此事。更可气的是，竟还有人在背后撒播着梅晚娘和这个土匪有点“那个”。不然，好端端的白白地搭上二十担粮食。但也有人说，那人不是土匪，是梅晚娘的远房表弟呢。远房表弟个屁！赵团总吐出一口浓浓的烟雾，在心底骂着：我什么不晓得！梅晚娘从哪里又冒出卵个表弟呢？根本就无影的事。梅晚娘就是葱花，就是许多年前与他朝夕相伴玩家家那个嫩得出水的小葱花。只不过小葱花做了方圆百里名声震天的梅晚娘，顶家的梁柱早早地断了，她就支撑着这个偌大的家业，不再娇嫩不再胆小怕事，把一个大家治理得井井有条，服服帖帖，她就更显威信。

赵团总一再地问梅晚娘：“到底出了什么事？不论我俩儿时的事，况今我掌着一个团防局，要人有人，要枪有枪。讲出来，我替你摆平了！”“摆平什么，又没有什么事？”梅晚娘并不多看赵团总一眼，反问着。赵团总就恼，说：“我是担心着你呢！”梅晚娘有点怪怪地看着他，说：“是么？我有什么事出呢？”

赵团总是问不出什么了。赵团总知道自打葱花成了梅晚娘后，葱化就像变了个人似的。葱花以前总是一口一个卿哥的，跟着他瞎跑，什么话儿都要同他说。可现在，赵团总无论怎样盘根究底的问，都问不出一个屁来。赵团总就断定她肯定有很多事情瞒着他，心里头想事呢！

果然，他把团丁开到白马山下，准备捉拿山上那个土匪“崽子”时，她又冒头了。哼，白马山上的土匪毛子还以为要来一场“削发”。一匹白马换了一头人命，有这等便宜事吗？要不是她差了人来，不管胜算几分，他一定要带兵冲上去，拼个你死我活。他心里窝着火呢！她差了人来，又有亲笔信，信下落款竟是“葱花”，他心头窝着的火一下子浇灭了。信中内容都是为土匪“崽子”春生说情，说是朋友，放过一马。“朋友”二字，刺得赵团总眼痛。还朋友，还表弟呢！心中的怒火一下子点燃，呼呼地一蹿一蹿，蹿得老高。是攻是撤，他实在拿不出主意。

他最终还是放弃了攻山，把队伍撤回到镇上。上了镇街，到处宣扬他剿匪成功，白马山上清了山，告诉老百姓大可放心，日后尽享太平吧！队伍浩浩荡荡开回，锣鼓声震天，彩旗飘扬，百姓夹道相迎。赵团总骑着白马在前头，一路拱拳答谢，脸上堆满笑容和得意。

赵团总心里却窝着火，火且不小，回家就把一顿无名火泼洒在大辣椒婆身上。大辣椒实在不晓得做错了什么，只一味地哭。赵团总第二日去团防局仍是窝火，见着操坪旗杆下拴着的白马，喊来勤务员，说：“把马杀了，中午犒劳犒劳弟兄们。”当赵团总一口一口撕扯着烹烂的马肉时，他心中方才平静一些。

赵团总的心中仍有怒火在烧，他只得暂且忍了。他在等待着机会。果然，机会来了。肖四爷上门抢人，青云先生不可能不去通报春生。长裕街是必经之路，他耐心地等待着。青云先生来了，又去了。他预料春生不久将会出现在小镇上，他吩咐团丁布控好，振作精神，一举拿下。事情说难也难，说容易也容易。

赵团总在团防局他的办公室里踱来踱去，一口一口吸着烟，又丝丝缕缕吐出薄薄的烟雾来。已经是深夜里，他的办公室亮着灯，他在准备明天如何处置那个土匪，该整的材料已整好，他还是不放心，又重新细看了一次，觉得没有什么不妥之后，他把那叠材料锁进自己办公桌的抽屉里。他靠在那偌大的靠背椅上半睡着。那夜，团防里的灯彻夜亮着。

第二日清晨，赵团总第一个起了床，就走到操坪里喊团丁们，喊一个就吩咐一件事，再拍拍他们的肩。团丁们一个个走了，感到肩上各自的担子，一个个去抓紧去落实了。

没到吃早饭的时间，团防局就坐了“三尊菩萨”，都一个个黑清着脸，不说话。他们不是一同来，都是来找赵团总的。先是梅晚娘到，再是肖四爷到，然后是张五毛到。各自又不跟对方行礼，也不交谈，一直干坐着。

赵团总知道，都是冲春生来的。又都一律的提着重礼，有主张严惩的，有主张立马放人的。

一下子，把赵团总推到了浪口尖上：放还是不放？赵团总煞是感到难办，屋里的气氛紧张极了。他拔腿走出办公室，要勤务员进屋去倒茶水。他走到操坪上的旗杆下，望着空空旷旷的操坪，他在琢磨着。

团防局办公室里端坐着的三个人，一口一口地品着茶，猜测着对方的来意，如何对付。当然，他们更想得到赵团总的确切答复。同时，他们也晓得赵团总的答复往往与送礼的轻重成正比，所以今天来时备礼没有一个不出重手的。

怪的是，赵团总却避而不谈，只一味地让他们坐，让他们喝茶。自己一个人却偷偷地跑出去。

赵团总再一次回到办公室里，双手抱拳：“今日之事顺延，你等且回，待我重新考虑，定会给各位一个满意答复。”

赵团总走进东首关犯人的监牢。

22

香月在肖家大屋安静地住了下来。

她不再哭，不再闹，也开始说话了。与常人一般，有说有笑。她也肯下楼来了，与肖家上上下下搭个话儿。她还到大屋院落里来来回回走动，晒太阳，乘凉，看花花草草，看蝶蜂引蜜。

有几个人隔远了看着，嘀嘀咕咕地说：女人哪，要认命！命中没有不强求，命中注定躲不了。这不，看这个女人逃走了，还不是乖乖地回来了。回来后蛮听话的，肯定是想通了。女人啊，什么事情都要想得通，想得通了，就再也不会干傻事了。女人嘛，嫁汉嫁汉，穿衣吃饭；日里烧灶火，夜里暖被窝，把爷们儿侍候好了，弄快活了，是我们女人的本分。那几个女人隔了院墙，故意把话说得高声大气，从墙外硬邦邦地抛过来，等待香月的反应。

香月不接话，痴痴地看着招蜂引蝶的花朵。

香月在心里想着，她一定要把难熬的日子熬过去，不枯萎。

肖四爷那日早早地来到楼上她的卧房，关了门一个人低低地对她说："我这把年纪了，也不图什么，只求不绝了后。等你给我落下了后，要留要走随你。我若是先撒了手，你也不怕，我留下个遗嘱，要走要留还随你。"肖四爷说得真诚，一点儿不像骗她。

香月晓得现在只能"等"为上策，"留得青山在，不怕没柴烧。"春生大哥把她寄住在青云先生家，也是等风平浪静了，有朝一日从山上下来不再为匪，与她过几天安静日子。她定定地看着肖四爷，开了口，说："也行，你讲话可得算数！我也有一点，你必须答应。否则，我死不答应的。你不能敲敲打打办婚事，在外面只能说我是你买来的一个丫鬟。"

肖四爷没想到香月竟是这个条件，先是一惊，继而答道："行，行！还不是一个样。"香月很是坚持："不一样，绝不一样，你必须照我的办！否则，我死不答应。"肖四爷说："好，好，我答应你还不行么？别死不死的，晦气。"

今日，肖四爷早早地上了镇街，神神秘秘的，连二愣子都没带，香月隐隐感觉到出了什么事情。念头一闪，她的心老是怦怦作响。一个早晨，她站也不是，坐也不是，洗漱妆扮，她没有心思，饭也吃不下。她又跑到楼下，来到院子中的花草前，看招蜂引蝶的花朵。

突然，有个人影在墙外一晃，很熟悉。她听到有人喊她的名字：香月，香月，她抬头去看，院墙内外一片安静，没看见什么。再看时，发现有人跳了几下，她看清了是青云先生。青云先生半爬在墙上，说："香月，出事了，春生大哥出事了，前日我上山找他，半路上遇着他下山来找你，不想到镇街上被赵团总放了'阴老鼠'，捆在了团防局的旗杆下，讲定今日要处理的，不知如何是好？我左想右想还是告诉你好。"

香月一下子惊呆了，僵在那儿久久地不说话。青云先生喊："香月，香月姑娘，看看还有什么办法好想？"

结局或者开始

香月后来能够说话了。肖四爷却把她从肖府的阁楼上放了出来。

香月终日游荡在高沙镇的街上。

她要么沐浴在街上慵懒的阳光中，唱着小兔子乖乖的儿歌。她要么三不三扯住过往的行人，神秘兮兮地告诉人家：“晓得吗，白马成仙了，飞了，飞了……”她要么旁若无人一般，双手合十，自言自语：“平安无事，平安无事，平安无事……”只是，她的眼神总是呆滞无光，神情木然。

春生呢？有人说春生被砍了头，有人说春生跟了一帮“八角帽”的人走了，有人说春生好像在梅晚娘的高楼大院里闲着……反正，镇上再也没有人看到过春生。

青云先生还是青云先生，他还在蓼湄书院教书，他常常讲起白马的故事……

我们的生活

如何是好

一线线彩车开过来开过去，一队一队的腰鼓队、乐器队、舞蹈队敲敲打打、蹦蹦跳跳、飞红挂绿地从街口晃过。这时，街上的人成排成堆。唯独你定坐在街口，静守着那担菜担子。你关心的是你的菜。你说："如何是好？我的菜。"你看看头顶着的天上那团火，忙急急地低下头不停地翻看面前的菜，时不时地浇一点点水，蔫了黄了焦了的尾叶子要脱下来，你怕晒了你的"孩子"，你怕你的"孩子"中暑了，你也绝不允许你的"孩子"（你总是把菜当孩子看）衣冠不整、精神萎靡。

你好像什么事都不关心，只关心寒暑节气落雨天晴，说穿了也就只关心你的菜。你说："菜若是烂在地里，不就是一把草了，如何是好？"你实在没有帮手。后来，我从旁人口中得知，你的丈夫好一点点"亮色"，你受不了。儿子呢？你的大儿子还算做生意务正业，可一个劲儿盯着蔬菜队土地征收时分给你的几个钱，说，娘，我进货要本钱；娘，我要和人入股了；娘，我要起新屋了；娘，我要添置家什了……反正两个字：要钱。你哪能不给，2 万多块土地钱全给了大儿子，10 多年了并不见还。你本想开口，大儿子大儿媳却叫苦不迭：看看，两个收账的，读的读大学，读的读高中，钱花得像流水一样……你哪能开得了口，照样不声不响去卖你的菜。

不卖菜不行。你还要养一个孙女。这个孙女是二儿子的女儿，1 岁多开始就是你带着，二儿子看都不看一眼。你并不怪你的二儿子，二儿子落下了脑膜炎后遗症。你也不怪你的二媳妇，二媳妇离家出走是受不了二儿子的病。于是，孙女一带就是 12 年，萝卜青菜、汤汤水水也就过来了。孙女 13 岁那年二儿媳回来了，喜从天降。不久，还和二儿子生了一个女儿。然而，好景不长，用完了蔬菜队土地征收时分给二儿子的几个钱后，一拍屁股走了人。可气的是，留下了一个小的（小孙女），带走了一个大的（大孙女）。你气得两天咽不下饭，一个劲儿问自己："如何是好？如何是好？……"你还是不声不响照样去卖你的菜。

卖着菜的时候，你静静地看着面前的菜担，那一担摆得整整齐齐拍满拍满鲜嫩嫩水凌凌的菜。你轻柔柔地抚摸着一棵棵菜一片片叶，你再也不去想再也不去管那些烦心事了。譬如，三儿这会儿肯定又在哪打牌赌博了，输了钱蔫头耷脑的不像个人样。先前三儿绝不是这样的。开"小手托（手扶拖拉机）"开得好好的，杀猪打屠也干得蛮顺手的，后来受了三儿媳的唆使，嫌累嫌脏，甩手不干了。终日无事，他和老婆四处去打牌赌博。本来不多的积蓄，哪经得起这样的折腾，两年的时间"塘干水尽"。三儿经这一劫，有所醒悟。哪料，老婆没受得住几日的穷酸，在牌桌上径直跟一个手气好的人好了。三儿从此一蹶不振。你恨三儿的不争气，你看着蔫了的三儿，你不禁一次地在心底问自己：如何是好？当着面，你并不大声训斥他，只是平和地说："你还是跟我卖菜去，卖菜靠得住些！"你还有一半话埋在肚子里头：卖菜卖几个钱，再帮三儿寻个靠得住的婆娘。但至今，三儿不肯卖菜，你苦口婆心，他就一句话：饿死也不卖菜！三儿至今也没饿死，饿了的时候回你那里要吃要喝还要点小钱。你没有办法，说："谁叫我是他的娘？"三儿的崽你更得管，你说："一个'豆秧子'，没娘没爹（你说有个这样的爹跟没爹的没有什么两样）的，我不疼他谁疼？"不过，夜里的时候，你在床上翻来覆去睡不着，一遍遍地无声地问自己：如何是好？如何是好？如何是好？……

唉，你都 64 岁了，从你 18 岁那年嫁到才蔬巷里，就一直只关心菜，种菜卖菜，把菜当作宝玉一般（写到这里，我记起有一天帮你办身份证看到你的姓名叫唐宝玉，我不禁若有所思）。而你，有谁去关心你？好在你整个心思都扑在了菜上。你看着长势很好的菜，你像捡了宝玉一样，脸上虽然不笑，心里头喝了蜜糖一样。我不知道你和你的菜要伴到几时，是老？是死？

我天天经过你的菜担旁，有几次想开口喊你一句，你见了我就把头低下去，侍弄着你那些宝玉般的菜。你卖你的菜，买菜的挑好了菜交了钱就走，没有谁注意你。反正买菜的、卖菜的都只注意着菜，也是，有哪一天能少得了菜？有一天，我看见穿着土灰的你左手戴着一个玉手镯。我很是惊讶，怔怔地看着。这回你竟没有把头低下去，而是迎着我的目光，还会心地一笑，自己也看了一下手上的玉手镯，然后双手不停地侍弄着你面前菜担里鲜绿绿的菜。你那玉手镯，我看得出是一种次等玉石，色如菜绿，却在你手上极为夺目。

我思量着你的菜玉手镯。回到书桌前，我在雪白的纸上写下了两个字：菜玉。立刻，我为我写下的这两个字自鸣得意。哟，菜玉。菜呢，玉呢！想想看：有哪一个人一天能离得开菜呢？又有哪一个人不向往着玉呢？生活和人生中的菜玉是不可分的。唯有菜，平平常常，实实在在；唯有玉，更显珍贵和美好。而你，最妙，天天把菜拥在胸前，把玉戴在手上。在我这样想着的时候，慢慢慢慢地，我看见白纸上的两个字如一棵棵菜蔬正在疯快地抽芽拔节长叶，然后郁郁葱葱的菜绿了我眼前的一片天地。

但是，但是，有一天，你没有菜卖，或者你卖不动菜的那一天，如何是好？！

总有一天

我应该算一个单位上的人。我应该算一个有头有脸的人（顶着一个作家的虚衔自以为是）。没有人管我这些，认为我住在才蔬巷里就是才蔬巷里的人。起先我还总是讲：我是某单位的我做着某某神圣的工作，只是现在还住在这巷子里……有点虎落平阳的味道。慢慢慢慢地，再也懒得去说。有人问，就干脆讲：才蔬巷。无贝之财的才，呷、呷蔬菜的那个蔬。说完，无由地笑。朋友怔怔地看着我。许久，问我一句：你就不打算搬出来？说真的，我倒是考虑过，只是这些年来一直和有贝之“财”攀不上亲戚。不过，看着朋友的好意，说，等等，等等，总有一天……

总有一天！想想：总有一天，我要拥有一张宽两米长四米的大书桌。总有一天，我要把书房三面墙从天花板到地面都做了书墙，书柜门全是自动的透明玻璃门。总有一天，我要把靠窗的一面墙面对大河。我要把爱看的、想看的、要看的书都码在桌子上，我要同时摆上四叠稿子（或者四台电脑），小说、散文、诗歌、戏剧一起来弄，我坐在旋转自如升降有序的高背真皮椅里，让书们笔们稿子们电脑们训练有素听我调遣。我镇定自若，成竹在胸。总有一天，我一字千金，洛阳纸贵。到那时，首先是要搬出才蔬巷。不搬出才蔬巷不行，有那么多的记者要来采访，有那么多的领导要来关心，有那么多的崇拜者要来拜访……别说挤进我这 38 平方米的斗室，就是才蔬巷的鸡肠子路也进不来。

搬了地方，首先是要好好地睡上一大觉，最好是睡上三天三夜，最好是横竖在三米宽的大床上，最好是拥有一屋的粉红灯光。想想，我写了一辈子，那个疲那个累那个寂寞那个心碎，有谁知道？起来后，最好有八个高大威武的保安在大院门口笔直地站着，把那些邀请我讲学的、题词的、签名的、约稿的……统统的挡在院外，提小鸡般提到河边，让他们有耐心地等到大河断流，等到太阳从西边升起。我呢？早领着妻儿老小跑动物园、逛商场、去公园了。最急的是儿子，儿子早提出过无数次要来了，什么虎啊熊啊象啊，还有海马……他都在梦中见过无数次了，就先让他美梦成真吧！儿子猴子般地在动物园里跳来跳去，仿佛孙悟空到了花果山。我看着猴子般瘦小的儿子，心田中央立时流过一股酸楚的水流，我感到亏欠了儿子太多，而儿子的要求就是来动物园玩上一天。儿子在那边大喊，我装作没听见，把头移向一边，眼睛里似有风沙吹过，用手一抹。老婆看见，问，是不是累了？累了就回吧！我斩钉截铁地说，不，不！全凭琨儿，玩到他不想玩为止。老婆这回没和我顶，我看到夕阳照到老婆的脸上，老婆向来嫩白的脸上有了时光的印记。我要赶紧告诉老婆，商场是一定要逛的，我在她后面当助手，提东拿西的。挑，大胆地挑！别光顾了挑柴、米、油、盐、酱、醋、茶，美容化妆品尽管挑，金银首饰看上了也挑上。再不要像以往眼睛看着柜台里，嘴上直说：有么子用？骗人，都是骗人的东西！看看，我的脸不抹香不化妆，还不照样好得很！现在不同了，瞧瞧，我的腰包鼓得很，挑就是了！多了也不打紧，一车子装回去，反正有的是地方放，用不完就送人。父母哪能用我们用剩的东西，再说，父母早已不稀罕那些东西了。父母嘛，最稀罕的是去北京、上海、西安等地遛上一圈，当然最好是坐坐飞机、轮船，到那时，这都不在话下。我还想，一定要二老开开“洋荤”，几个小时去日本鬼子那里雄气一回。

嘿嘿！……

我正在想入非非又非非的时候，老婆把门摔得山响，喋喋不休无头无脑地咒骂：这还让人怎么过（生活），一个月 200 多块（钱）电费还要搭上 20 多度（电）空数，米呢气（液化气）呢，还有水费还有卫生费还有牛奶（给儿子订的）钱还有补课钱（儿子放学后补课）……我这回没有捶桌子骂老婆，走到客厅兼餐厅，笑眯眯地看着老婆说：总有一天……我把后面的那句“我们一定会过上好生活的！”用笑眯眯的眼睛说给了老婆。老婆一脸的狐疑，然后，抛过来一句：我懒得跟你讲，我认了，倒了八辈子的霉，嫁了你，一脑子的糨糊！我再次认真地说，等等，等等，总有一天，我们会搬出才蔬巷的！老婆正眼看都不看我一下，把清水里的萝卜洗得白一些，再白一些。我这回竟是蹲下来跟老婆讲，你要对我有信心，总有一天，我们会过上好生活的！我还嫌自己的话没说得直白，又打比方讲：你不看看，过去我们读书时，不是读到“村村有公路，家家有电灯，屋里通电话”，不也变成了现实？

老婆把萝卜切得四四方方水豆腐坨子般大小，满满地摊了一砧板。她回过头来白了我一眼：等到那时，才蔬巷里的人早搬走了。我说，这是肯定的！满屋子里的香气四溢。我知道老婆又在屠桌上买回来几根骨头，这回正在炖着萝卜。老婆总是讲，骨头炖萝卜营养最好，琨儿长身体，我要动脑子，都少不了。我美美地吸着清甜的香气，我又一次想入非非又非非：哼，总有一天……

到时，给我的黄脸婆买几打“太太口服液”，还不是小菜一碟！

没事打打牌

有人说他变化太大，这是事实，10 年前的他，敦敦实实、红绿花色，立起来倒下去都像一截枕木一样，掷地有声。也就是这 10 年间，一碗饭的工夫，他就成了半截枯干的树枝，轻飘飘的悄无声息。有人说他变化不大，没事了，还不照样坐在巷弄里，冬日的太阳底下，夏日的阴凉中，总见他全神贯注地打着牌，这也是不争的事实。

10年前，他35岁，应该是他人生中最火红的时候。他说，他那时一天能做3500个煤球饼，咣当，一个，咣当，又一个……咣当咣当声中，一条巷子都被他印完了“饼子”。他一抬头，头顶上空悬着一个红红的“饼子”。他看看一地的“饼子”，再看看天上的那个“饼子”，他嘀咕着：这日子，不就是几个饼子吗？

说实在的，那时的他只要没完没了印“饼子”，他的饼子就不得了。算算看，一个煤球饼一分钱，10个煤球饼一角钱，100个一块，1000个10块钱，3500个就是35块钱呢，这在才蔬巷里已是一个大数目了！而且，又不要本钱，一身的力气难道还留着去踩板（棺材）；黄土到处可以去挖，拖板车载回来就行。

他就不。做一天煤球饼，起码要歇上三五天。他说一人呷饱全家不饿，他不饿的时候，歇是歇不住的，就约人打（字）牌。才蔬巷如果说还有点生气，那就是天天还看见几个人在玩牌叶子（字牌瘦长条像叶子），有三个四个的，围一圈，背后还有两三个看牌的；甚至还有两个人的，也无一个人在看，但不打紧，战火正酣，那叫挖对。才蔬巷里打牌的人，别看都是些小市民，却总要耍点小钱，耍时，先有个讲究。家家都有正宗的牌叶子，是那种祁阳牌的，摸得油光水滑，透亮透亮的。更有味的是，家家都有一套牌码子，36个扣子般大小的钢片片，锃亮锃亮的。若三个人玩，每人面前码12个，四个人，码9个，两个人挖对，就码18个。先说清楚了，一个钢扣子饼就是两毛钱。每个人捏紧手中的牌叶子，每个人看着面前码的钢扣子饼，太阳落下去月亮升上来，你的钢扣子饼矮落下去他的就码高了，日子就是这般轮回，绵绵悠长。

才蔬巷是县城里头最老的街巷子了。就连住在巷子里头的人都大多是老的了，隔不久，就有人老（死）去了。老人是大事，但是打牌的人仍旧打他的牌，只看面前码着的钢扣子饼。就是做丧事时，都要抽出空来打牌。我很是怀疑他们那句口头禅：没事打打牌。难道老人的事还不算大事？不明明写着“当大事”么？！

他给我家做过煤球饼，又是邻里。那天我家煤球饼烧完了，我急急地去找他，他在街尾打牌。他说莫急莫急，先借几个烧烧，我在打牌呢！

我就再一次说，我家没煤球饼烧了！他显然是不高兴了，说：没看见我在打牌吗？就再不搭理我。我说，急死人了，你还打牌？我给你涨价总行了吧！他竟淡淡地回，又不是老（死）了人？就是老了人，也用不得大呼小叫。每个人都要老的，老就老吧！他手里捏着两个钢扣饼，回过头来说，譬如，这钢扣饼，该去就去。我见着他轻松地输了两个钢扣饼。我说，人啊，一辈子的事！我还想再说，你人一个卵一条，这会儿趁年轻不挣挣，你这会儿不做（煤球饼），你想做的时候只恐怕没有人请你做，就是有人请，也只怕做不起来了。但我终究没有说出口，我不和他这个小市民计较。我走开时，他在我的身后自得地说，人来世上走一遭，没事打打牌，快活赛过活神仙。

我说，好好好，有你快活的时候？！

他不回我，熟练地把手上的牌叶子飞来飞去，再不看我。

我走远了。天上那个红红的大饼子晒得人直皱眉头。我在心里咒骂着这一街巷打牌的人的不争气，有朝一日，打牌打牌，总有你们打得喊天的一天。

好的喊不灵，坏的偏撞上。我的诅咒竟成了事实，还偏偏应验在他身上。他有一日，竟倒在了牌桌上，一诊：脑溢血。他的腿脚再也不灵便了，块头急骤地瘦小。

这是他万万料不到的，也是我万万不想料到的。他原来做煤球饼没有存下钱来，现在想做真是不能做了。好在政府给他上了“低保”。

然而，一个月之后，出人意料地我又看到他坐在牌桌上。他歪坐在牌桌前的轮椅里，他面前的牌桌上除了码着一堆钢扣子饼，还显眼地摆着一菜碗米，白白的米里插了一张张的牌叶子，错落有致，摆成阵式，如临对阵。

我走近了去看，想看出个究竟。打牌的人，没有一个注意我。我看了看他，还在他的肩上轻轻地拍了一下，算是打个招呼。我很为我的诅咒表示歉意。他没有说话（后来我知道他是说不出话来了），他也没有笑，他只一味地看着面前的牌阵。我不知道我和他说了多少话，然而他再没有话说。他倒是在米碗里画出两个字，让我辨认了好一会儿，才知道那两个字是：快活。他的快活是为了什么？他快活的是他这样了他还能打牌吗？他快活的是他打牌时他才真正的快活吗？

我陷入了沉思，人一辈子，不就是图一个快活吗？人活着，最妙的境界不就是为体验到快感吗？他能做煤球饼时想做煤球饼时，咣当咣当，一条街巷都被印成煤饼子，他快活。他手脚灵活时，打着牌时，牌叶子飞来飞去，他快活。他手脚不灵便时，菜碗里的牌阵井然有序，进出有法，也令他快活无比。忽然，我发觉我自己竟然不如一个做煤球饼的他。是啊，人生如牌，再怎样，能快活就行！

再看看牌：一二三四五六七八九十／壹贰叁肆伍陆柒捌玖拾。

简单吗？简单。

复杂吗？复杂。

收破烂的耿老爹

“有——废书旧报纸——烂铜烂铁——么——，有——废书旧报纸——烂铜烂铁——么——，有——废书旧报纸——烂铜烂铁——么——”……

很多人回过头，循声望去，只见一担大箩筐在游动。再一看，中间有个人，两只大箩筐一前一后，人太矮小，就不显山露水了。定睛再看，那人穿一身洗得灰白的中山装，中山装上衣的口袋里还插着锃亮的两支钢笔。于是，大家又怪怪地看一眼，再看一眼，摇摇头，走了。

他不管，仍旧天天挑着一担大箩筐，走街串巷，置身在城市的生活边缘，一路不停地吆喝着。

有一天，我和他打了照面。他咧着嘴唇笑，眼眯成了一条缝，嘴巴皮太厚，笑得虽然起劲，也只开了“一线天”，但我却知道他是真的费了很大的劲，十二分卖力地笑着。他看着我空空的双手，眼睛又绕过我的身子，游到我的身后。我的身后，是我雇了一个拖板车的高大个帮我拖着满满一车的书。

他说，你搬家呀？就一路上再也无话，但他总是在不远处不紧不慢地跟着我。我听得清他的脚步声，我更知道他跟着我的意思。每回看他，他总是咧着嘴，笑。然后，埋下脸去。

进了屋，我就不停地翻东找西。旧报纸、五花八门的杂志、硬纸盒纸箱、啤酒瓶、塑料罐……一股脑儿，能找的都找了出来，七七八八乱堆在他的面前。他就咧着嘴唇，笑，笑得眼眯成了一条缝，嘴咧成了“一线天”；手，不停地忙，却无一丝乱象，一套一套的，熟练有序——折、叠、码、齐、捆，然后，过秤，付钱。钱货两清了，才小心翼翼地拿进箩筐。

他挑起箩筐要走时，又回过头来，说，我姓耿。然后，咧着嘴唇笑。看我心不在焉，他又放下箩筐，竟从上衣口袋里掏出一支锃亮的钢笔，一笔一画地写着，边写边说：耿，耳朵旁生个火字，是明亮、光明的意思。我见他这般认真，便念了一句古诗：秋河曙耿耿，寒渚夜苍苍。他愣怔了一下，有些茫然，然后看着我咧嘴一笑，说，还是您有学问。他慢慢地收起钢笔，突然又抬起头看我，没由头地咧嘴笑说：我的大女儿宝珠，在北京大学读书呢。说完，脸上飘满抑制不住的得意。

我看出他的小心思，也替他高兴，说，难怪你天天收破烂劲头十足呢。他又有些不好意思了，说你可是老有学问呢，她哪当得你哟？你把电话写给我，我告诉宝珠，让她好好跟你学出息，也出一本一本砖头厚的书，光耀门庭……

我知道耿老爹嘴上这么说着，其实女儿在他心里宝贝珍珠一般，骄傲着呢。走远了，他又转过身来，我看见他咧着嘴唇笑，眼睛眯成一条缝。

难为了这个耿老爹，家住郊区，离城二十多里地，天麻麻亮就进城，天墨墨黑才往家赶。每一个大白天，他都是整天到处转悠，不停歇，像一尾鱼，游动在生活的海洋。鱼叭水叭个不停，他也口中不歇，不停地吆喝，生响，悦耳得很。

每回，和耿老爹碰到一起，我只要一说到“废品”二字时，他总要及时地纠正，说：不是“废品”，是“破烂”！他说，我们收破烂的，破烂就是宝贝，就像你们读书人把旧书当宝贝一般。他还说，人也一样，只要有想头，就不会成为废品。说废品时，耿老爹了无精神；说破烂时，却一脸灿烂。次数多了，我就随了他。路上碰到，我就笑着问，收破烂啊？他见我夹着书，也咧着嘴唇笑问，又买书呀？我们便各自打量着自己，都愈发地开心地笑着。

耿老爹是个认真的人，他的大女儿果然不久就和我联系上了，隔三岔五问我一些书里的东西，有时也说起他这个收破烂的老爹，有几次很心痛的样子。我就告诉他的大女儿，说你莫担空头心，你老爹很阳光，很充实，很幸福。

后来，我和耿老爹成了要好的朋友。每逢节庆日，他总要上门来，要我为他家写对联。他家的对联，都是他自己先掏出钢笔一笔一画慢腾腾地写就，我再按照他写下来的书写。不过，他的对联，喜庆是喜庆，却多为“普天同庆，大地皆春”“风调雨顺，国泰民安”“劳动致富人添喜，勤俭持家春色增”，或者“祖国河山灿如云锦，神州花朵艳似朝霞”“年年国庆庆祝新胜利，处处笙歌歌唱大丰收”……算不得新鲜，也算不得不好。况且，他每回来时，还总要捎上几本我喜欢的旧书，我当然高兴，也给他找出一堆废书旧报纸。他就咧着嘴唇笑，笑得眼眯成了一条缝，嘴咧成了“一线天”……

然而，他的大女儿和我的联系却慢慢地少了。只有耿老爹还准时来到县城，一根扁担横在两只大箩筐上，有几次见他孤独地蹲在两只大箩筐中间，蔫蔫的……再后来，连耿老爹也从县城里消失了。有人说，宝珠生了一场大病走了，耿老爹整个人垮了。也有人说，耿老爹后来去了另外一个城市收破烂，他的二女儿在那个城市的重点高中读着寄宿。

如今在我生活的县城里，收废品的个个都骑着小三轮，“突突突”在城市中穿行，扩音机里一路传出一律标准的普通话。每每看着他们，我就想起了耿老爹，想起他挑着一担大箩筐在城市里游走，想起他和他的女儿，还有他上衣口袋里插着锃亮锃亮的两支钢笔。

进城的女子

进城要走 22 公里。

走村口那条路，那条坑坑洼洼的土路，晴天一身灰雨天一脚泥，蹑手蹑脚地走。尽管如此，这条路在大伙的眼里，却是一条长长的黄金飘带。村子里不知有多少人日思夜盼想从这条路上飘出去。

在我的记忆中，草玉姐是最早走出的一个。草玉姐的爹是村里的文书，别看是一个文书，却是村里掌印把子（公章）的，说一不二，大伙都得听。不听，他让你稀里糊涂地就吃了大亏，吃了亏又喊不出声。不听，他敢让你当场下不了台。所以，尽管很多人恼恨他，也只能在背地里喊他的外号：黄鳝壳罗。大伙都讲黄鳝狡猾狡猾的，常常只留一个空壳罗。全村 913 人，黄鳝壳罗都有一本账，算盘珠子一拨弄，噼里啪啦，料不定就有人被他算计了。好在到我懂事时起，村里分了责任田，大伙都忙乱着，他也得忙自己家里的三亩四分地，没多少闲工夫去算计人了。

有一年，他进城去开了一次三级扩干会。回来后，就逢人称赞城里的世界，直说得城里的天是另外一重天、城里的地都不是土长的。还常常逮着人说，哎哟，要是进城了，那是几多的有味，几多的美气！说着说着，仿佛他进了城一样。有很多年轻人也围着他，听。但上了岁数的人，没有几个听他的。晚爷爷还说，咯个黄鳝壳罗，指不定又在算计哪个！就算城里头有一百个好，进城是容易的么？！进城是你咯个黄鳝壳罗想进就进的么？

进城，进城！村里头有几个人敢想？进城，进城，村里几辈子有几个人能梦想成真？只缘那进城的路太长太长，走不到尽头。

就在黄鳝壳罗开了三级扩干会后不久，16 岁的草玉姐进城了。这在村里，不啻是一声惊雷！而且，草玉姐进城那天，那场面隆重得村里的老老少少别说见过，形容起来都毫无办法。我只围着草玉姐看，草玉姐本来就蛮乖态的，那天，简直仙女下凡！许多年后，我见过大大小小的许多美女，均引不起我多大的感觉。是的，你美，你能美过草玉姐吗？看到草玉姐，你才知道什么是美丽。就在我惊叹草玉姐的乖态时，就在村里的老老少少惊叹草玉进城的场面时，不知是谁喊了一句：草玉出嫁了！ 16 岁的草玉就要嫁进城里了！正在大伙恍然明白的同时，不知谁又问了一句：新郎呢？哪个看见新郎么？然而，你问我我问你，没有一个人看见新郎。当然看不见新郎！新郎此时欢天喜地正在家里等着俏嫁娘。真个是做梦都想不到，自己一个瘫痪的大龄青年还有人看上，而且还是一个漂亮聪慧的少女。新郎只能在想，是不是自己上辈子积了德行了善，感动了上苍，上苍怜人……

自从草玉姐进城以后，再也没见她回来过。我也从没进过城，我就一直没见过草玉姐。但我常挂念着草玉姐，总缠住进城回来的人没完没了地问。只听说草玉姐安逸地待在城里，只听说草玉姐在城里的丈夫是某局一个守传达的，只听说草玉姐后来有了儿子，只听说草玉姐和自己的丈夫和自己的公公婆婆并不和好，只听说草玉姐还惹了些风流事，只听说草玉姐在城里头见了村里的人总是躲着……

城里的草玉姐和草玉姐居住的城里，总是无数次地出现在我的梦中。奇怪的梦里，总是最早出现一条弯弯曲曲的土路，眨眼间，变成一条蠢蠢欲动的大黄鳝，老而丑陋。偌大的一座城，还有城里的高楼大厦，在倾斜着，聚散着，变幻着，渐渐地都变成了一个个黄鳝壳。我看着草玉姐一会儿和我在一起掏黄鳝，一会儿忽然变成一条美丽的黄鳝，一溜，很快地钻进黄鳝壳洞里，不见了。我急急地喊，我醒了。白天里，我在泥田里，循着一个个黄鳝孔，找寻我的黄鳝，还有我梦中的黄鳝。

我后来进了城，读书，工作，娶妻生子，在城里安顿下来。我很多次碰到了草玉姐，而且完全有机会有时间和草玉姐多接触。但是，每次草玉姐似没认识我一般，从我身边走过。我一直没能和她说上一句话。尽管如此，我还是尽可能多地了解草玉姐。我原来听说草玉姐的那些事，得到了证实，真的没错。更坏的是她前几年和丈夫离了婚，离了婚的她还不能带着儿子。男方说她生活作风不检点，一直和单位里的一个领导关系暧昧。离了婚的她只想着那领导能和她一起过。却不料那领导的妻儿子女一并向她兴师问罪。那领导当然没有离婚和她一起过，还算有点良心，一个月给她点生活费。她就这样过着，在外头租了一间房子，整日地在屋里待着，有时，也去儿子的学校，远远地看一会儿儿子。

她就这样一日一日挨着日子。她再也没有从城里回去过。她也从不想见从村里进城的人，包括她的爹。以至于爹来过一次后，晓得她的住处了，她又搬到别处租房住。黄鳝壳罗有一次进城找不着草玉姐，第一次来找我问，我明明晓得，我没有告诉他，我还戏谑地讲，是你的女，哪有当爹的找不到崽女的屋？当然，还有一句话，我没说出口：哪见过你这样当爹的？

不知黄鳝壳罗是找不着女儿了，还是什么原因，要他的崽草根来城里。草根进城找着了他的姐姐，好几天都不回去，在城里闲逛。有一天，竟被他的姐姐草玉一顿大骂，要他回家去种田，田土靠得住些。草根竟不肯回去，说，只准你待在城里安安逸逸，就不准我待？爹也同意了的，准我待在城里头。田土靠得住些，你又如何不回去？我又不是不清楚，城里比农村强上一万倍，我死也要死在城里！

后来，果然草根再也不回农村去，在城里待了下来。他太活，原本不是待的料，总想动作，有几回动到了派出所里。草玉姐去过两次后，再也不管了。有一回，草根来了一个大的动作，抢劫杀了人，后就被判了死刑执行了枪决，果真应了他那句“我死也要死在城里”的话。

后来，我们那个村子里进了县城的人越来越多了，有当干部的、有教书的、有经商的、有搞科研的、也有把房子砌到城里的……隔不久，凑一起聚会，总要谈论起黄鳝壳罗、草玉和那个“死也要死在城里”的草根。逢过年清明扫坟，都要结伴从城里回到村里去。

回去时，便常常见到黄鳝壳罗游荡在村口那条坑坑洼洼的土路上，一身邋遢，一双眼呆滞不活，口中却唱个不停，老是些“城里好，城里宝，不到城里城里好。城里怪，城里害，到了城里城里草……”有人说，这个黄鳝宝！还有人围着他转，逗他，逗宝一样。我严肃认真地说，这条进城的路得修修，大伙都得掏钱。大伙忙噤了笑，一个个都点了头。

几年过去了。现在，修好的路，平平整整宽宽敞敞。想进城，想回家，说进就进了，说回就回了，坐上车，一餐饭的工夫，一飘就到了。

飘不走的，是我眼前草玉姐进城的那一幕。

出壳的身体

连续几天。夜，白夜。我发觉我的身体悄无声息地出壳，轻飘飘地离我而去，如一朵白云，飘在半空；似一片枯叶，浮在水面。走走停停，飘忽不定。环顾左右，我又看见好多好多熟悉的、似曾相识的和陌生的身体，他们肯定也都是在半夜里出走和游荡，彷徨，生疑，焦躁，无助，坚定，执拗……是他们各自的表情。

我最先看见东光的嘴巴在不停地掀动，快速地一张一合。他的脸涨得通红，时不时地瞻前顾后，左顾右盼。东光是我儿时的伙伴，我们一喊他，就变调就想笑：东郭，东——郭——。那时，我们刚学了一篇课文《南郭先生》，想必东郭先生也是如此。每每这时，东光总是一身破烂蜷缩在教室的某个角落……

有一天，当失学的东光再次出现在教室的门口时，大伙的眼睛都直了。他背着长长的弹杆，腰里扎紧一根拇指粗的箩绳，右手握紧一柄油光水滑的木槌，肩上的弹杆时不时地滑落，他的左手总能适时地往上提定。

二十年后，我见到东光是在南方的一个大城市里，在一个灯红酒绿的歌厅里。他身背一把大大的电吉他，右手舞着麦克风，身体在旋舞，跳跃，疯狂，嘴里咿咿呀呀地……我定了定神，真的是东光！他也看见了我，嘴角显出一丝异样的笑，只一瞬，他又投入到忘我的躁动中去了。我一直等到他收场，才和他两个一路走在午夜空荡荡的街道上。

后来，我的脑海里常常定格着一幅画面：东光最先走进这座南方的大都市，他背着长长的弹杆，手持木槌，立在街角窝棚，一下一下，哐当哐当地响起，从清晨到白夜。那漫天飞絮，飘飞在小窝棚的上空，飘飞在他空荡荡偌大的心灵天空里。这时，有人看见，那墙角总有一台小小的不起眼的录放机，低处的录放机里的磁带在内部飞快地旋转着，螺旋似的一圈一圈的快乐欢快地跑进了东光的脑袋，拨动他的每一根神经……尽管那窝棚极其简陋寒碜，几根棍子往墙上一靠，上面铺上塑料布，没有门，进进出出把塑料布一角一掀。漏出的风里，明显夹带着棚里充盈的忙碌和快乐，在街头巷尾乱窜。

那天晚上，我分辨不出东光是走在艺术的舞台上，还是走在人生的舞台上？也许，人生的舞台，是离不开身体的。身体的舞蹈，是最原始、最直接的，也是最本质的。

又一日，我漫无目的地走在小镇的街头。一阵唏嘘声，让我侧过脸去，只见有一个蜷缩的身体在表演着杂耍，他把手、脚蛇一般的缠在自己的身子上、脖子上，众人惊讶于表演者手脚的绝顶柔软和娴熟。不久，我就认出这表演者正是久没有音讯的怀子，我简直不敢相信自己的眼睛。怀子表演结束，他面前地下的铁碗里落下稀疏几声叮当的响声。

在学校里，那个时候我们谁都想贴上怀子。跟怀子站在一起，都感到立时罩了一身的荣光。东光没离开学校的时候，是根本靠不上边的。有一日，他竟想用两个烤得溢糖的大红薯和我换一节课的座位，目的就是想挺着胸和怀子肩并肩身子挨身子地坐上一节课。

怀子后来出息了，分在一个体面的单位上班，正儿八经地成了一个公家人。

有一年，怀子单位上最好的同事，原只是个办公室打杂的大毛，一夜之间却成了久已空缺的办公室主任。怀子知道，大毛初小文凭，除了嘴巴子能翻，手脚勤快，别无他长。怀子一回到家，老婆嘴中放鞭炮一样，直炸得怀子整个人都麻木了。自此，“大毛大毛大毛”，经常就在怀子老婆的嘴上挂着。

有一日，怀子回家竟看见大毛的嘴挂在老婆血红的“鸡屁股”上。那一夜，屋里除了怀子再也没有一个人，从不喝酒的怀子独自喝酒，一瓶一瓶的高度劣质白酒摆满了一桌子。

从此，怀子消失在这个城市。

水西村，水东村

小兵家就住在竹山脚下善河边的水西村。竹山高峻连绵，竹木郁郁葱葱，无边无际的一片翠绿。

小兵、竹娃和水仔及水东村的钱进等一班细伢子就爱上竹山挖笋，下善河洗澡。竹荫浓郁，竹子随风发出咿呀的低语。河水静流，波纹荡漾，水草细长，清澈见底。

河对岸的水东村，有公路直通村庄，房屋大多雄伟而整齐。逢二逢七，山山沟沟旮旮旯旯儿就溜出好多人来，场上就堆集了许多商品货物，水东村的宽敞街道就成了圩场。热热闹闹，熙熙攘攘。小兵家所在的这个水西村却房屋稀稀落落，或土砖垒成，或竹木搭建。河的两岸，自成两个世界。河上架一木桥，能摇摇晃晃过河来过河去，上学，赶场……

一日，木桥却被毁了。

那天，小兵、竹娃和水仔等水西村几个细伢子莫名其妙地被水东村人赶出校门后，走过古木桥时，小兵发现爷爷领着水西村好多人站在桥端。

骤然，爷爷一声令下，木桥轰然砍断。

回家后便晓得，天刚蒙蒙亮，守竹林的山丑叔逮住了偷砍楠竹的水东村的钱富。钱富人活，他常过来砍竹子，然后拖到河对岸去搞试验，准备加工成竹筷、竹凉席等等。

山丑叔不管许多，打得钱富一身青肿，又一绳索子把钱富捆个严严实实，带进小兵家。小兵爷爷是村主任，便当场审问。审完，又让钱富按了手印，接着做了一个大牌子挂在钱富胸前，那牌子上用墨笔粗粗地写着“盗窃犯”，就逼着他拿着铜锣，边敲边向河对岸的水东村走去。

水东村人极恼火，怨水西村人太小题大做，太缺德。砍几根竹子数几块钱不就得了？！钱富他爸爸就是钱进他爷爷，气晕了，不看僧面也得看佛面！我堂堂一个村主任，你们竟这样……

于是，钱进爷爷一声令下，水东村冲上好多壮汉，舞锄弄棍，冲向水西村！水西村人捡的捡石头，摆开架式……眼看就要大打出手，形势十分紧急。小兵爷爷一声令下，炸桥断路，再不与水东村人来往；水东村人气不解，勒令水西村娃子从此不准到水东村小学读书。

从此，两村人“井水”不犯“河水”，善河便成了界河。水西人不去赶场，去乡上办事，宁愿走10多公里岩坎……水东人不能来竹山放牛，不能到善河洗澡……

最苦的是一班细伢子，小兵、竹娃和水仔等几个，好好的不能上学（水西村没有学校），好几回跑去竹山顶眺望水东村小学。

夏日炎炎，钱进领了一班细伢子在河岸上满眼贪婪盯着小兵他们赤条条的身子游来游去，却终究不敢下河。因为善河在水西村。

有一日，小兵、竹娃和水仔几个用竹箭射过河去，竹箭头上有一行字：我们想上学！钱进他们几个从对岸打过弹弓来，石子外面包着一层纸，翻开，也有一行字：我们想下河洗澡！又一日，小兵射去一“箭”，钱进弹来一“石子”。于是，他们谋划着。

那是个黄昏，钱进“溺水”了。万分危急之时，小兵、竹娃和水仔恰好赶到，救起了他。他们抬着“淹”得不轻的钱进爬上善河，走向水东村。

这回，他们一个个英雄般，水东村人一个个笑脸相迎，问这问那。钱进家忙里忙外，置办酒菜。钱进爷爷出来道谢，小兵他们提起上学的事。他一点不恼，笑呵呵点了头。

第二天，钱进又去水西村感恩道谢，和小兵称兄道弟；又磕头叩拜，喊小兵爷作爷。小兵爷若不答应，他便久跪不起，泪眼婆娑。小兵爷爷扶他起来，上桌入席，虽不丰盛，却也热情。

酒饭之间，钱进提起过河来玩，上山挖笋下河洗澡。末了，又提木桥的事。小兵爷竟也不恼，沉默一会儿，点头全答应了。

不久，水东村小学来了几个老师，要小兵他们去上学。又是一个月后，乡政府派人来，善河上又架起了一座桥，不是木桥——气派的单拱水泥桥飞架两岸，宽宽的，牢牢的；10 多人并排走，全无走木桥时那样摇摇晃晃；汽车开过，纹丝不动。

桥通了，大家又上学了。小兵、竹娃和水仔及钱进他们，笑得滚成一堆，为秘密而笑，为成功而欢呼。

不久，乡里各村换届，小兵爷爷和钱进爷爷都退了下来。两岸的村主任是两个年轻叔叔。他们领着大伙干，不单单是削竹为篾，还编织出竹箩竹箕竹筛……竹木分期分批砍，运到对岸去，加工成竹筷、竹凉席等产品销往外地。

水西村也修了好多宽敞整齐的楼房，弯弯的山道变成了蜿蜒向上的公路；不久，还修建了一流的水西村小学。

妈妈，再叫声“小宝”

校门口空荡荡的。看着别的同学都被他们的爸妈一一接走，小宝非常失望。妈妈怎么没来呢？莫不是有事缠住她？又等了些时候，仍没见妈妈来。

看看天色已晚，小宝就气咻咻脚咚咚响地回家去，如果不是妈妈生病不来接小宝，就要警告并处罚妈妈。怎么处罚？当然是拿出最擅长也最常用又最喜欢的一手了：用高八度的嗓门直嚷：妈妈真坏！接着就要小拳头一上一下咚咚地轻打妈妈，然后用肉乎乎胖嘟嘟的双手和圆圆的手指头去搔妈妈的腋窝。妈妈就喊：饶命！饶命！小宝小宝小宝……

小宝把门踢得“嘭嘭”响，大声喊妈妈，里面不见半点动静。小宝又顺门缝往里瞧了瞧，没看见一个人。他取下挂在胸前的钥匙踮脚开了门，书包随即也甩到了沙发上。客厅卧室厨房卫生间都没见妈妈的影子，真糟糕！小宝心想。肚子里头直咕噜咕噜地叫唤，到厨房掀开电饭煲一看，连点剩饭都没有。小宝无力地靠在厨房墙壁上，伤心透了！

小宝见到妈妈的时候，是在急救室里。妈妈眼已微闭，说不出话来。只见妈妈无力的手稍稍动了动，小宝急忙把妈妈的手贴在自己的小脸蛋上，明显地感觉到妈妈的手抚摩了一下自己的脸蛋，微动的嘴角是在喊小宝。只一刹那，妈妈的手已离去，眼已闭上，嘴角再也不动了……

再也不能托着腮帮，翘起嘴巴把自己不喜欢的菜推到一边，让妈妈再炒一个；再也不能以妈妈开饭的时间过迟或过早，拿不去上学相威胁了；再也不能看见妈妈在校门口接他时那焦急的身影，夏天手执一个冰淇淋在等他，有一次等小宝出现的时候，妈妈马上迎了上去，把冰淇淋拿给小宝吃。俩人同时发现冰淇淋已溶化得只剩根棍子，就一齐哈哈大笑。笑过之后，小宝仍拿那根木棍子吮着，吃得很甜很开心。冬天，妈妈总拿着大衣在等，在校门口转悠，偶尔把脚往地上重重地蹬几下。小宝披上大衣就问，妈妈，冷吗？妈妈看着小宝，戳戳他的小鼻子：小宝不冷，妈妈也不冷。还有雨中妈妈打着花伞出现在校门口的时候，小宝蹦蹦跳跳直奔花伞、那把能遮风雨雪霜的花伞。花伞下便是一束温馨美满的花儿。

再也不会有这样的时刻了……

再也不能听到妈妈那一声声喊“小宝”时的脆甜了。只能看到黑镜框中妈妈的照片。

小宝妈妈是在去学校接他那天下午出的车祸。一辆发疯的卡车正朝走在人行道上的两个聋哑学童冲过去，小宝妈妈大喊着冲过去，推开她们，自己却没能躲过卡车，倒在血泊中……妈妈就这样离去了，小宝什么亲人都没有了——那个可恶的爸爸因做生意赚了些钱，带了那个女秘书三年前就抛弃了他和妈妈。

小宝再去上学的时候，那天下了一场大雪，铺天盖地，白茫茫，浩浩荡荡。小宝一脚高一脚低赶到学校的时候，也已满身雪白。同学们和老师齐唰唰的眼光全射向他，都围了上来，替他拍打身上的雪花。他很感动，向老师和同学们敬了一个队礼就默默地坐下。老师上的课他一点儿没听进去。天是白的，地是白的，树木山川是白的，头顶的天花板是白的，他脑袋里也是白白的，空空的。这使他难受，伏在桌子上差点哭出声来，他用口紧紧地咬住衣角，泪水已溅满脸颊和书本……

下午放学的时候，小宝急急地狂奔出校门。他怕见着那些同学的家长们亲昵的举止。走着走着，他突然看到前面树丫枝上有一只小鸟，小宝从书包中掏出弹弓，正瞄准要射，发现小鸟正紧紧地盯着他。那目光似流露出一种痛苦、怜爱和无言的伤感。

小宝拉长了的橡皮筋缓缓地收了回来，瞬即把弹弓重重地摔出一丈多远。小宝走近了去，喃喃地说：“小鸟，你一个人在这儿，是找妈妈吗？”小鸟又尖尖地叫了两声。小宝赶紧从书包里拿出饭盒，把中午吃剩的饭菜全倒在地上，又说：“先吃点，再去找妈妈，好吗？噢，小鸟鸟。”看着小鸟扑地一声飞开了，小宝无力地走在回家的路上，眼角上明明有水晶珠一样的东西。

晚上，班主任突然来到小宝家。望着星空，王老师说："小宝，你信吗？地上少了一个人，天上多了一颗星。"小宝呜咽了，喃喃地说："我信，我信。妈妈就是最大最亮的那颗星，她看见我了……"

不久，星光隐遁而去，窗外茫茫的黑暗，又刮起凛冽狂啸的北风。小宝几乎是在哭喊："妈妈，别丢下小宝，叫小宝哇！哪怕叫一声啊……"天地一片黑暗，寂静得可怕。

突然，传来一声亲切的呼唤：小宝——

"是妈妈吗？"小宝激动得抓住王老师的双手乱摇。

"是的，小宝，我是你妈妈！"王老师回答，眼角噙满泪水。

小宝扑倒在王老师的怀里。瞬即风停雨住，天上许多星星闪烁起来，很亮，把光辉大方地倾泻在小宝和王老师的身上。

夜变得柔和而美丽。

山那边

沿320国道行驶，一到湘西南的橘城，炎炎夏日中似有丝丝凉意袭来。果然，出城两公里，只见雪峰山连绵起伏，云雾缭绕。你真想亲近她，得先过一洞门，神仙搭建的石洞门，石壁拔地千仞峥嵘卓立。而在20多年前，在这片神奇而又古老的土地上，小建不识相地呱呱坠地，一家人毫无半点喜悦的情形，叹气地说，又多了一个收债的。要晓得，那年头，多一张嘴意味着什么。小建娘用了许多打胎的土法子，均无济于事。小建拱出生命之门，便打量着敌视他的这人这木屋这片土地。

也许是仇视的缘故，也许是营养的原因。一直到三岁，小建小得蚤婆子大，瘦得像根杆子。远在省城工作的姑父那次回山寨看奶奶。瞧他这等模样，大声骂他大（父亲）他娘，骂得他大他娘大气不敢出，只用一副委屈求助的眼光看姑父。姑父来了情绪，一把抱着小建，用脸揉搓着小建那张瘦得只有皮皮的脸，眼睛都湿润了。

姑父那年四十岁，气宇堂堂，又学得一手好医，中山医科大学的高材生。此前某一年的春天，姑父大学毕业长途跋涉，为寻一种名贵中药，走进大山，走进雪峰山的那边，平溪水的那边。姑妈豆蔻年华，天真烂漫，为他做向导，上山采药。歇息时，为他焖饭洗衣。整整两个月，乐此不疲。那日上山去，竟下起绵绵细雨如丝不断。突然，姑妈喊了一声："看哪！"姑父扫过眼去，乌拉！千寻万寻的名贵中药材就在三丈之外。姑父扑上前去，忙用手急急扒拉着泥土。他知道，一种克服全国范围内当时流行的疑难病症的处方正在制剂配方，而这种名贵中药材非常稀少，却是配方中不可缺少或替代的。他一边扒拉着泥土，一边大声喊道："找到了，找到了，我明日就赶回去。”

第二日，他坐在回省城的车子上。遥望山那边，水那边，他的情在那里，他的心在那里。

两个月后，他又去了山那边。再返回省城时，身边已多了一个豆蔻年华般的姑妈……

姑父决定把小建带走。奶奶开口，说，带走也好，何苦让建儿受罪。山太重，水也不养人。奶奶说话时，谁也不看，只把一双深凹的眼睛去看木门外那遥远的蓝蓝天空。

起初，小建恨奶奶，是她发话不要小建的。后来，他渐渐地更恨他大他娘，姑父姑妈抢走他时，竟不送他，竟不看他一眼，仅仅给了他穿在身上的一身衣裳。

渐渐地他爱上姑父姑妈。他们待他好，比亲儿子还亲，比他那狠心的他大他娘强上百倍。一日三餐，花样翻新，好吃好喝，再也不是那餐餐咽不下肚的树叶粑粑。变着戏法跟他玩，趴在地上给他当“狗狗”。他只要啼哭一下或夜晚睡在床上稍稍动一下，他们即如离弦的箭忙上忙下，忙左忙右，忙个没完。有个伤痛感冒，不管寒冬天的半夜三更还是三伏天的太阳毒照的时候，他们都立马跑着抱他去医院，泪水吧嗒吧嗒地掉在他的小脸上。

后来，小建在省城读书，喊姑父姑妈叫爸爸妈妈。他们每天早晨送他去上学，下午放了学又接他回去。邻居、老师、班上的同学谁都把他当姑父姑妈的亲儿子看，当城里人看。

我大我娘真不要脸！自己的亲生儿不养不打紧，还隔三岔五来省城爸爸妈妈家。每回来，用竹篓子背回去许许多多爸爸妈妈和我的旧衣裤、食品等，满满的一篓。还和爸爸妈妈说，你们留着又没用，占地方得很，不如让我们背回去，好歹有个用处。听他们一说，小建就走开，跑远了吐一口痰，又鄙视地看他们一眼。

有一天，爸爸妈妈把小建从课堂上接了出来。对他一句话也不说，拖着他急匆匆往家赶。一到家，三下五除二清理好两个大包，径直往车站跑。搞得小建很是疑惑。小建就问。妈妈阴郁地说，你奶奶快要走了。他扑哧一笑，走就走吧！心里想，那个老婆婆三寸金莲，又老得快不中用了，就是走，也走不快，走上五十百把米，还用得上你们两个从省城赶回去找吗？妈妈看出他的心思，拍着他的小肩膀说“走”就是“死”的意思。小建一愣，却无妈阴郁的样子，因为那刻他瞬即记起奶奶那张老脸……

去了山那边，水那边，小建生不出半点悲痛的样子。爸爸妈妈却悲悲戚戚，痛哭流涕，尤其妈妈撕心裂肺地哭喊，令他动情。只是他实在寻不出在童年里奶奶对他的疼爱和关怀。妈妈哭唱着奶奶的身世，才让他有了一丝的了解。他大他娘穿一身白，死气沉沉做着丧葬的各种安排，他们也不看他，也不让他去做那些粗活——他大他娘的三个儿子和两个女儿，也就是他的三个哥哥两个姐姐全包揽了。

这次奶奶的丧事，让小建对山那边水那边的家有了个初步的了解。家穷，大姐只得早早地嫁人，嫁给本村四十多岁的大男人，为的是让大哥能读完高中，争取有机会跳一次龙（农）门。二哥在读初中三年级，快毕业了，考中专应该说是没有问题的。问题就出在上中专的新学期那数额不少的学费，栏里那条架子猪顶一下，也是杯水车薪。三哥读了四年就停了，不是他成绩差或不愿读，而是欠大队部的学费没清，新交的也借不来。二姐比他大一岁，照理同他一样也是小学四年级了。她却从来没进过学堂门。有时去放牛或扯猪草，走过学校要伏在教室的窗口前久久地不走，却咿咿呀呀跟着读唱，那眼睛注满了渴盼。

送走了奶奶，他和爸爸妈妈回了省城。

省城里的生活环境，让他迅速忘记了山那边水那边生活的不畅，学校的七彩烂漫使他愉悦舒畅。他又蹦蹦跳跳，高高兴兴，有时还在爸爸妈妈面前要点小霸道，搞点小聪明，有时还去同学家赴个生日晚会等，一直都是往日模样。

自从处理奶奶丧事后，爸爸妈妈改了许多，俩人终日唠叨山那边水那边的故事，说起奶奶和爷爷的事，说起他大他娘，说得更多的是关于他三个哥哥和两个姐姐读书的话题。

他们说，抗日的时候，他爷爷被日本人打死了，他奶奶正好十八，过门不上半年，哭成了泪人儿。小建奶奶擦干眼泪，摸摸肚中那个小生命，投入到运粮小分队中去。那个小生命就是他大，小建妈妈（姑妈）实际上不是奶奶的亲生女，是个孤儿，是一对抗日英雄遗留下的独根。小建奶奶一肩独挑，相依为命。

爷爷走后，奶奶一直未嫁。奶奶生得那个乖态，又水嫩，在大山里数一数二，就有许多男子眼睛转个不停，奶奶竟不动心，带她的一双崽女，做她永远做不完的田土功夫家务杂事，做她白白嫩嫩的豆腐。清晨，村庄还坠入白雾缭绕中，她挑担豆腐，声音悦耳：捡豆腐吆！白白嫩嫩……好心人劝奶奶，何必这样苦累自己？找一个大男人当堵墙，苦累悲楚疲惫之时靠靠那堵墙。奶奶有时也想，却下不来决心，她清晰地记得爷爷那幕的壮烈……

小建他大长大成人，壮壮实实。长到20岁那年，奶奶急得像热锅上的蚂蚁。在山那边水那边，有个规矩，女子十八要开花，男子二十要当家。奶奶到处托人上姑娘家去说媒，为壮壮实实的20岁的儿子。有姑娘父母开口，小伙咋样咱不管，彩礼不能半点含糊，有这个就中！一句话就难到奶奶了。靠她单薄的身子，瘦小的肩膀来抚养一双娃崽，都压得喘不过气。也有姑娘家说，彩礼可以不要，来个扁担亲就中。扁担亲在大山里极盛行，是指两家穷人你把女儿嫁给我儿子，我把女儿嫁给你儿子，从扁担这头换到扁担那头，相互不吃亏，行之有效。这扁担结亲是两家大人的事，拍了板，不管儿女同意不同意，都铁定了不反悔。

奶奶起先也考虑了许久，后来瞧着小建姑妈蹦蹦跳跳满山里跟着那个省城里的大学生去采名贵中药，她打消了这个念头。

就在那年那个多雨的春天，小建姑妈去了省城。他大也找了老婆，奶奶也给人家做了老婆。奶奶嫁给他外公，他大（父亲）当了上门女婿。

小建一天一天在长大，读书的年级一年一年在增高。他逐渐明白山那边水那边的昨天。

他大他娘照样过一段时间来一次省城他爸他妈家，背一竹篓子。又大又深的竹篓里有时也倒出十几个红薯或几斤花生或几个糍粑，他就感到极惊讶。惊讶的还拿走他许多码在床底下的旧课本。他讨厌他大他娘，一把抢过，说，不要你们动我的。他大他娘仿佛受了委屈，嘴角掀动，说不出话。这时他爸他妈走过来，拖开了他。他回头一望，又见他娘把那些旧课本颤颤抖抖塞进她那满满的竹篓子里。她们迅速背起竹篓子离开他爸他妈家，低着头默默无语。

自从他大他娘低着头走了那次，整整五年时间没再来省城，没再来他爸他妈家。小建忙于中师毕业，竟不觉得。还是那个双休日回家吃晚饭，他爸他妈在饭桌上唠唠叨叨。他们对他说，建儿，你快毕业了，抽空去看你大你娘，你哥你姐。

他不想去，却不想惹他们生气。说，没时间，学校团委和市学联组织一个二十人的队伍下乡调研，投入社会，实践探讨，很重大的一个事。他爸他妈一听，没有话说。他临出门时，他们又喊了他一声："好好去，回来后还是去一趟山那边。"他只得嗯嗯地应允。

闲着没事，他去市"希望工程"办公室协助了几天工作，登记捐款捐物。有一天，市雨花区育才学校一个五年级叫夏良的学生直奔希望工程办公室，他脖子上费力地挂着一个袋子，双手各拎一个小包，背上还有一个大包。小建忙上前，去接他的包。这些东西全捐给贫困山区的失学儿童。有衣服、鞋帽、书包、课本、文具盒……夏良说，他们学校曾收到一封公开信。教师在班上念读的时候，教师哭了，学生们全哭了。那是怎样的一封信？一封在大山深处体验生活的作家找来一名瑶话专家根据一个11岁的放牛娃口头信翻译记录而成。黑黝黝11岁的放牛娃在大山深处深深的呐喊震撼了每个人：我——要——读——书——

没过几天，市学联和学校团委组织的活动通知启程。上了车才知道是去山那边水那边他家乡的瑶寨，小建的心情好复杂。一路上，他不动声色。同学们被高山的险峻、巨石的峥嵘、山色的青翠、水流的喘急所感染。一到瑶寨，瑶民们自发地举办一台联欢晚会。他们载歌载舞欢迎远方的客人，唱歌是唱敬茶歌，特制的熬茶醉人呀！跳舞是跳盘王舞，这舞只在祖先盘王生日那天跳的神圣舞蹈也隆重地跳起。那个黑黝黝11岁的放牛瑶娃也来到晚会现场，同学们一拥而上，赠礼物表决心。最后，晚会不得不停止，变成一个演讲会，一个捐款捐物的募捐大会。而小建一直没有离座，看着这一切，他的心灵已在备受煎熬，已在遭受拷打，无以言说。

小建去了那木屋。整整五年不见面的他大他娘喜出望外，高兴地问这问那，哥姐及侄儿们团团围着他。他应答着他们，不等他问他们，他们争先恐后地说，满是憧憬，说山里办起木材加工厂、竹篓厂，他大他娘都在厂里做工。他放松着脸，替他们高兴。

两个月的实践活动，同学们与瑶民们依依不舍，正在话别。汽车再三鸣笛，他们才一步一回头上了车。

小建没有走，留在了山那边水那边当了一名小学教师。

得福老汉

依辈分，该叫得福老汉“九叔公”，却连穿开档裤的一班细伢子也“得福老汉”“得福老汉”地叫。

据说，得福老汉快出生那会儿，他爷爷召集了一院子的长辈和七大姑八大姨一起搬凳子坐拢来合计：“我老李家穷了三代了！老书上说，‘强也强不过三代，弱也弱不过三代’。孙伢子就要降生了，取个好名字，靠他福起来！”众人齐附和，就一起抓头挠腮，苦思冥想，满屋子吧嗒吧嗒声，烟雾袅袅状。爷爷站起身来，一锤定音：“早福晚福都得福，就叫得福吧！”

得福后来长得老高老大，熊一样壮，山豹一样强，双腿能夹住石磙。踏着露水出工，顶着烈日做工，背着月亮收工。背微驼，是压的；皮肤黝黑，是风吹的。整土、施肥、锄草、犁田耙地、插秧打禾……样样在行。一年到头，攒下的工分竟养不住两片薄薄的嘴唇。家底太薄，又一大家子人，一个个都是愁眉苦脸的。三十六七了，高高大大不缺胳膊不少腿的得福也想寻个媳妇，却嘴说不出硬话，手拍不响胸脯。人家一讲到彩礼，他就蔫了。一家人都替他急，爷爷、爹、娘更是跑断脚后跟，效果全无。老李家的“香火”要断了吗？敬香磕头卜卦，神灵都应承了的，况且名字也取得好好的，难道说话不算数？一个个无数次地遗憾、愤懑、质询、责问。

有一年，田地包产到户，家民当家作主！得福来劲了，没日没夜在田地里转，让山风吹拂，与白云为伴，用星星和月亮做成油灯。后来，他承包了村里的橘园。橘子熟了，阳光斑斑点点地洒落枝叶间，映着黄灿灿的果实，只见满坡的橘树被累累的金果笑弯了腰，得福也满意地笑了。不等他开口，生意人蜂拥而至，一篓篓，一车车，运往各地。他手中便是一把把的钞票。不几年，又去承包鱼塘，弄出一个鱼跃人欢的局面。那一年的春天，四十三岁的得福娶回一个蛮乖态的黄花闺女。

这一来，就有人忌羡得要命。骂得福“老牛呷嫩草”，还不是仗着几个钱。那女子恰好听到，说，你若是也这样勤劳上进，也有“嫩草”随你呷。说完，咯咯地笑个不停。也有人说，得福有了今日，沾了名字的光，得福听到，大骂，狗屁！懒得蛇钻屁眼都不管，还想过上好日子！

前年回家乡一趟，去看了得福。他竟显得愈发年轻，背挺得很直，脸也常挂着笑。有许多人竟“九叔公”“九叔公”地叫个不停。

婆 春

村子里很安详。很多时候，花婆不哭不闹，不惊不乍，不言不语，就一屁股坐实在村口的那棵老槐树下，一坐一晌午，木木地老是望着眼前那条弯弯曲曲的长长的土路。瞧见她，风也停了，云也住了，时间仿佛停止了，连空气好像都凝固了。

小时候，听奶奶讲花婆是个“花痴”。那时，我不晓得“花痴”是啥意思，更不明了花婆的故事。

只见春天一到，花婆就变了一个人似的，很活泛。花婆满村子里疯跑，花鞋花裤花棉袄，头上插着的桃花朵，粉嘟嘟的，一颤一颤。花婆爱在荷塘前久久地照上个人影儿，然后一个人自言自语，随即一串银铃般清脆的笑声在水面上洒落。

也常常看见花婆照过人影后，总是把头上的桃花朵摘下来，一瓣一瓣地掰开，一点一点撕碎，双手捧着，先呵一口气，又深深地吹一口气，再往上抛，纷纷扬扬，飘飘洒洒。花婆愣怔一下，立马去空中抓，老是抓不着，头顶的桃花瓣纷纷飘落在微微荡漾的水面上，一塘碎桃花，星星点点地灼了人的眼。

奶奶说，你花婆是在等人，等他的小男人呢。花婆的男人比花婆小，是在一个有点寒意的春天里远走的。刚刚过了门的花婆哭得花枝乱颤，月容尽失，萎坐于地。有人说花婆的男人是远走了台湾，有人说是在城市的另一个天地里早安家立业了，也有人说莫不是烟消云散撒手人寰了。

但是，花婆笃信，自己的男人自己最清楚，知根知底。在万物生长的季节，在桃花朵朵开的春天里，自己的男人就要回来了。一个个春天，在花婆的心海深处，春意盎然，万物生长，百花盛开。所以，每个春天的到来，花婆是村子里最先得到讯息的。花婆一扫冬日的愁苦，总是把自己打扮得光光鲜鲜，笑容如花，走起路来也是轻步如飞。

大伙看见花婆一身花花绿绿坐实在村口的老槐树下，两眼瞭望村口那条弯弯曲曲的长长的土路，不约而同地抬起头，看看花婆，望望高天，说：哦，春天到了，谷种该下水了……

有人说花婆简直就是一个春婆。奶奶一字一句地纠正地说，不是春婆，是婆——春——

我记住了花婆的故事。我更深深地记住了奶奶说的“婆春”二字。

我想，我是记住了一个春天。

兰花手帕

兰婶娘家很穷，兰婶只得早早地嫁给我家六六叔。那会儿她常上街赶场，总要来我家坐坐，一声不响久久地看着熙熙攘攘的场上。我小，问兰婶瞧着什么哩？兰婶一次也不回。兰婶头上束着的兰花手帕，飘上飘下，左右摆动，旋舞似的。蛮乖态。我说。兰婶蛮好看，也怪。我娘说，她太阴沉，没寿年，和六六过不长久。

果然，我娘言中。倒不是兰婶，是六六叔先撒手西去。六六的娘问神，说兰婶克夫，命中注定的。六六的爹娘就齐齐地把冷眼、讽刺、辱骂、责打泼洒在兰婶身上。尽管兰婶常常忍泪默默无言，还是被六六家撵出了门，儿子不能随她走，那是六六家的“香火”。

许多年后，兰婶又来到我家。也坐很久，也瞧门外熙熙攘攘的场上，头发上仍束着兰花手帕，却说很多话，眼睛格外光亮。不久，兰婶便在小镇上开了个小饮食店，生意做得红火。

有一天，兰婶竟来工商所找所长，她要开一家土特产公司。过了一个月后，兰婶的土特产公司便开了张。她请了六七个人做事，还有一个断了左手的男人做账房。一年之间，她的公司成为小镇企业明星。

有一次，兰婶来所里领奖，顺便给我一张请柬。我料定是她公司请我喝酒，忙推说，我一向不喝这酒的。兰婶脸顿时绯红，急急地说，看，你看了再说。我一看不打紧，好久才回过神来：是兰婶的结婚酒。又好久才问，那宝生，宝生是谁？我公司那个管账的。

我问，公司还好吗？兰婶忙高兴地应：好，还好。又说，我问过神的，这几年运气好走，不怕，得狠干一番。我说，你当真信神？她说，神是要信的，信则有，不信则无。她看着我极惊愕的样子，哈哈笑道：神就是自个儿！我爽快地应承兰婶，说，去，一定去。兰婶又哈哈说道，得带上你那位喽。

又一阵风走了，兰花手帕，飘上飘下，一摆一摆，舞得极是欢快和自信。

瘸 叔

那是一个燥热的夜晚。瘸叔和四婶的心也浮躁不安。

楚子瓮声瓮气一句："我只认一个爹的！"

像轰天巨雷，两颗心碎了。四婶全身倚着木墙，泪水淌成串："瘸哥，别恨楚子……怪我，苦了你一辈子……"瘸叔怔了一会儿，转身苦笑着走了。

夜深了。闪电似的长剑，把天刺裂了。大雨倾盆，河水涨了，涨了！

瘸叔披起一件蓑衣，疾步消失在雨幕中。全然不像平时走路一高一低的样子。

水漫过河堤，直冲四婶家而来。楚子和他娘四婶慌忙搬东拿西。

瘸叔大吼一声："想找死！奶奶的，快走人。"

瘸叔把四婶拖出了屋，又跳进屋子用力一把把楚子推出屋。"轰轰轰"，屋坍塌了，瘸叔被罩在里面。

雨水住了。瘸叔躺倒在自己的小屋里，四婶坐在床角低着头偏过身去，乡邻们齐刷刷地挤满一屋子。满屋子静极了，能听到每个人"咚咚"的心跳。

人生犹如流水，往事渐渐遥远，却又觉得历历在目。那个年代那个年龄，瘸叔不瘸，爱着同村的四婶，四婶也爱着瘸叔，只为了一个"穷"字爱不到一块。

在四婶出嫁的前些日子，瘸叔去矿上扛一百多斤的矿木没命地挣钱。到底是没能挣回那么多的彩礼钱，倒把一条腿挣瘸了。

后来，四伯病逝。一直过着单身生活的瘸叔瞧着四婶带着楚子日子过得很紧巴。时常给四婶家送这送那，也帮着做了不少杂活力气活……

重重地沉沉地“扑通”一声，拉回了众人的思绪。原来是楚子跪在瘸叔床前了，半晌叫了一声“爹”，那声音底气十足，十分的坚定。

瘸叔灰暗的眼睛倏地睁得好亮，脸上也极放光彩，嘴角露出长长的甜甜的微笑。继而，又缓缓地摇了摇头。

啜泣声在屋子里充盈。忽地四婶疯了一般捶胸顿足，撕心裂肺地哭喊。

哭声久久地回荡着。

瘸叔的腿再也瘸不动了。

多苋子

那荒年难月苦日里，连蕨根粑粑观音土都难寻觅了。八奶奶肚兜中那个小生命还硬要抢着来到人世，一落下来，八奶奶只剩下一口气，斜躺在冰凉的灶炕边，懒得睁眼看一看。后来，八奶奶常唠叨，又多了一个苋子，本不该来。

按辈分，善塘院子里有些人该称八奶奶的崽叫晚叔或晚爷爷，却从未见人喊，大伙一律喊他多苋子。多苋子来到世上，似很是知趣，大灾小病从不染，泥巴灰尘堆里滚，天寒地冻一身单衣单裤，衣是短袖，裤脚吊得老高，扯也扯不落。吃喝更不敢讲究，饥一顿饱一顿，是隔三岔五的事。也怪，多苋子却长得健健旺旺，黑不溜秋，五大三粗，看不出一点旱坏的迹象。

日子难熬，乡下人家少有人去怨天怨地，怪这怪那，一天一天地过，看起来也还平静。平静的日子里旋起不少的波浪是因了多苋子那个夏日正午的故事。那个正午，多苋子躺在仅四指宽的长凳上昏昏入睡时，天边突然响起一阵嗡嗡声。他连爬带跳下长凳，双腿如飞跑上凤形山脚的麦地。回来时，有人看见，他肩上扛着一个用五颜六色花布裹着的大箱子。

不久，善塘院子里很是沸沸扬扬。有人说，多苋子发财了，捡了一箱金子。于是，有人立即去问多苋子，他只是笑。有人就翻，两间茅草土砖屋翻了个遍，没翻着，箱子也不见了。又问多苋子，他还是笑，不说话。有很多人在晒谷坪里凶凶地骂：多苋子，这狗日的！发了天财也不拿出来分，一箱子的钱，呷得落吗？多苋子就大声地申辩：没有，没有，这是没影子的事。又起誓。

一日，多蔸子的茅草土砖屋里竟走进一位姑娘，惹得全院子里的人把头颈扯得好长，鹭鸶一般。又齐齐地骂：多蔸子，这狗日的！行起运来门板都挡不倒。

关于那个正午的故事，一直在村人口中久久地演绎。公社派了两个吃公家饭的来大队调查，也终是悄无声息地撤了兵。有人说多蔸子这狗日的真行，定是用了一笔钱打发了两个公家人。第二年夏天，村里分了责任田，搞了承包。全村人一片欢天喜地，再不把时间与精力扔在谈天说闲中，到处一派紧张和昂奋，希望与憧憬充溢于乡人的脸面。田野里满是蠕动着的人影，人来人往，空前忙乱。

恰在此时，多蔸子家出了卤水。那乖态的女人拿着菜刀剁着砧板大骂多蔸子。三天三夜，骂得多蔸子站不稳脚，还撕扯着多蔸子，说他骗她。后来，女人离家走了，一去不返，和多蔸子离了。多蔸子虽然阴郁了几天，还是去了刚分的责任田。他果然不比一般，五黄六月，赤膊上阵，一亩多责任田在他手中弄得熨熨帖帖。没过两年，多蔸子接连承包了鱼塘和果林，常常出入乡镇县城，吃穿装扮也颇为讲究，竟还娶回一个黄花闺女。

后来，据多蔸子实言相告，那个正午的故事纯属子虚乌有，是八奶奶临终前为了替大龄的多蔸子娶妻生儿传宗接代托付的“良”策。多蔸子又说，他后来分了责任田承包了鱼塘果林，倒像捡了一箱金子一般。

多蔸子说起那个久远的故事，满脸苦楚和悲怆。他说，好在后来的日子还了他一个澄清自己的机会。

华仁懒杆子

善塘院子老老少少都说华仁懒，一个农家汉子，犁田耙地不管，喷药杀虫不管，挖地锄草不管，桃李果子园也不管，就连挑担水碾筐米捡把柴火都从不沾。空有一副高高瘦瘦的架子，远远地看去，似立了一根电线杆子，大伙便送他一个“华仁懒杆子”的外号。取笑他，他不屑理论。他晓得“云南”“四川”，晓得天文地理，晓得国家大事，晓得琴棋书画……还晓得“这个”“那个”，文绉绉的样子。激动时，却口水泼溅，手舞足蹈。有些人便起哄，问他，何晓得屋多的大事？他便晃动脑壳，双眼微闭，叹道：“可怜！可怜！这个说如你们，也是白费，不如那个……”便紧闭了嘴，拂袖而去。院子里时不时把他拿出来当反面典型教育年轻伢子，说：“莫学他，懒得蛇钻屁眼都不管，一事无成！”

华仁懒杆子其实是喝过墨水的，一直读到高中毕业。论起来，院子里多年没几个。用他自己的话，他是相当于秀才的。到底没能“中举”，便回家要修地球。他却不肯，说：“秀才还要每日捣弄土疙瘩吗？呸，要干就干大事，干个天翻地覆。这个地方不彻头彻尾那个，绝对不行！”村上书记怀庭四叔公听了，大骂：“文不文，武不武，还‘这个’‘那个’……”他昂起头颅，看也不看怀庭四叔公一眼。他依旧大活小活从不沾手，或紧闭房门看看书、写写字，或终日游荡在院子里角角落落，讲“这个”“那个”，说时事政策，谈改革开放。

爹娘奈何他不得，气恼，心烦。“是个懒虫，调也调教过，骂也骂过，打也打过，不成气，有什么法子？”“想开了就好，就算养着他，不去抢不去偷，也算烧高香了。”

他老娘以为崽娶了媳妇，就会多多少少改点懒毛病。虽说是“二手货”，死过男人的，一副邋遢相。他坚决不肯，老头子大声斥骂：“不撒泡尿照照，一条懒虫！”他冲老头子吼：“要成，你就娶了，我懒得挂名。”他依旧不干正经事，30多岁的人，常和年轻伢子们在一起，说什么超前发展，招商引资……还说当了30年支书的怀庭四叔公是阻碍村里发展的第一大障碍。气得怀庭四叔公直骂娘，拍拍干瘪的身躯，鼓着“牛眼珠”吼：“要在土改时，我就毙了你这小子。如今，我是书记，一索子勒了他，还是可以的。”华仁懒杆子他爹娘听到，忙去向怀庭四叔公赔礼，要他担待着，不把那懒虫当人看。

怀庭四叔公大人大量，不去和他一般见识。华仁懒杆子却不买账，到处说：“他肚子里那点水，也配当书记？这回开大会，大伙把他选下来，才会有好日子过。”他本无资格开会，却冲进会场“这个”“那个”说个不停，手舞足蹈。怀庭四叔公这回不是吓人的，几个民兵一上去，就把华仁懒杆子来了个狗吃屎，又一索子捆了，要送派出所。

华仁懒杆子一气之下走了，带着屈辱无声无息地走了。时间久了，大伙竟记不起曾经还有过一个华仁懒杆子。只是在取笑时，说某人懒时，讲你能懒得过华仁懒杆子吗？他懒得蛇钻屁眼都不管。说某人哈时，讲你能哈得过华仁懒杆子吗？他娶老婆说要他爹娶了，他懒得挂个名。大伙就笑得出了眼泪。笑过，才记起院子里原先有过一个叫华仁懒杆子的人。

华仁懒杆子走出善塘院子后，常出现在方圆几十里开外的地方。照理说，他有许多同学在南边搞公司，很红火的。他若去了，也会弄一份工作干干，不说发财，食宿绝无问题。在那边，靠的是嘴巴子。他的嘴巴子就不一般，英雄有用武之地。可他硬不去，围着善塘院子，在方圆四十里开外的圈子里混事干。有时，他在县城里摆个摊子，摆满许多儿童玩具，飞机啦，坦克啦，玩具枪啦……生意蛮好，却时常不固定哪处，很有打一枪换一个地方的样子。但绝非是为躲税务、工商。有时，把个摊子一肩背了，下乡去卖，四野八方地走，独独不去善塘院子。

后来，又在县城里开了一家农技书店，专卖农业科技发财致富的书。不久，又办了一个读书班，招拢了许多风华正茂的年轻人。他那张嘴发挥到了极致，纵论天下大事，传授科技知识，惹得县科委文化局里的头头们都亲自上门，和他握手，拍他窄瘦的肩膀，还说两句鼓励和表扬的话。他高昂的头颅又好似昂高了许多，眼睛晶亮，一直久久地远远地看着，嘴角挂上一丝微笑。

善塘院子里也有些年轻伢子偷偷跑去县城，瞧华仁懒杆子的店子。这回，他极为热情，一个个待为上宾，问这问那。又“这个”“那个”介绍店子的各类书籍和读书班里的种种情况。末了，竟免费在书架上取了许多大大小小厚厚薄薄的书，往你手上塞几本，他兜里放几本，一点不吝啬。隔不久，善塘院子便跑来一些年轻伢子，或取许多书，或在读书班里听上老半天。这些年轻伢子照着书上侍弄田土庄稼，收成好了许多。又搞些科技养殖，很红火，手中换来不少钞票。

有许多年轻人请他回家。他有点阴阴地答：“这会儿不回。”眼睛闪过一丝光亮，倏忽即逝。有人问，难道真不回吗？“回是一定要回的！”态度坚决得很。

一天，村里头又来了两个年轻伢子，风风火火满头大汗跑来，不是借书，更非去读书班里听课。他们把华仁懒杆子从读书班讲台上生生地拽了出来。不管正经的课堂，不顾他满脸的怒气。附耳几句，华仁懒杆子竟转怒为喜，抬头看天，遮住一片太阳的微薄的烟般的浮云正在静静地飘散开去。

走上摇摇晃晃的古木桥，院子里锣鼓声震天。他笑了，开心地笑了。一行迎接的队伍，怀庭四叔公走在前头。

一村人围拢他。大伙第一次真正地笑了。那天，天空极灿烂。太阳公公也开心地笑了，它一脸金黄，爽身而出。他看着大地，大地上的万物真像改变了许多。

七爷爷的梦

七爷爷是善塘院子的一个人精。脑瓜子一转，很会来事，伸出手就能捡便宜。

有几次，几个上了岁数的正堂人训斥七爷爷：也不怕脸臊，吃浑饭，做鬼事，变鬼都讨人嫌，下辈子也甭想抬起头！七爷爷振振有词：各有各的路，犁有犁路，耙有耙路。人不死，粮不断。活人又岂能被尿憋死！

七爷爷昨夜做了个梦，硬是让人高兴。他那块靠公路边的水田，水汪汪的一片，阳光照射下，泛出片片金光，煞是喜人。他瞧着浮想联翩。恰在此时，一辆轿车飞过来了，擦身而过时，忽然冲出公路，在空中翻腾几圈，直落下他的水田……

他一早便兴冲冲走向公路边的水田。只有坐等，才能不放弃良机。阳光灼热烫人，灰尘铺天盖地。时间一分一秒地过去，信心一点一点地俱增。太阳已正顶，他抬头望天，天上金光闪烁。正往下收回目光，忽见一辆轿车呼啸而来。他兴奋得一跃老高，向路中跑去。“嗤——”马上一个急刹车，车横了，慢慢地摔了下去。

田是水田，又不高，车子斜撞了一下，还是立在水田中。不久，就围拢了人。又不久，找了车，找了铁索，找了人，把个轿车拉了上来。一打火，竟能启动起来。付了几个小钱，准备走。七爷爷大喝一声：慢着，就这样便宜走人？！

怎么着？

不怎么着。农民老实了就该受欺侮吗？土能生金。搞坏我的田，影响了产量。老百姓苦啊，一粒粮食一粒汗。大伙儿来评评理。一声高一声低，又说又哭，还是引起稀稀的几声附和。

田里又没禾又没麦。难道还打劫不成！那个司机凶凶地吼。一脚踏进车里，便要启动。七爷爷冲到前面，一身伏在车头上。不管哪个劝，就是一动不动。凶巴巴的司机也没了辙。

好久，才走出一个干部模样的人问他是不是善塘村的？是又咋样？难道还想套近乎，他在心里说我可告诉你，回去告诉你们村主任，要他陪着你明儿个赶早去镇上缴罚款。懂不懂，荒地是要罚款的，这是法律。还愣着干啥，滚一边去。

七爷爷压根儿没想到，一惊一乍，没缓过神来，轿车一溜烟跑了。

村主任也跑了来，大喊：何书记，何书记——大伙儿都发蒙了，原来那个干部模样的人是镇里新上任的何书记。

真是遇到对头了，有许多人窃窃私语。七爷爷蹲在地上，蔫了。

人群慢慢散去。有几个上了年岁的正堂人还在劝他：别再吃浑饭了，正正堂堂过日子，平安无事的好！

猪佬丁

小镇老街的丁一以杀猪打屠著称，人称猪佬丁。

猪佬丁杀猪打屠已有15年零1个月又21天，他记得清清楚楚。

猪佬丁杀猪，从不要人帮手，也不像农家要搁一条宽宽的板凳。他就拉了猪来，左手一把抓住猪耳，右手握刀顺猪耳侧轻轻一送，一转，即刻又抽出来。白晃晃的屠刀红艳一片，那猪来不及哼一下，就趴地无声了。接下来就用一瓢，盛热水盛凉水均匀洒遍猪的全身。猪佬丁这时双手执刀，飞舞于猪的全身，一下，一下，即现出一片白生生的颜色。劈脑，开膛，破肚，洗肠，整个过程不到10分钟。

东方鱼肚白时，猪佬丁一手抓一只猪的前脚，一提，又一挺，一头全猪就伏在他的背上。猪佬丁脚板踏得“咚咚”响，出了老街，来到农贸市场。“嘭”的一声巨响，一头全猪很利索地上了屠桌。猪佬丁朝手中呵一口气，拿起屠刀，招呼前来上早市的顾客。

猪佬丁卖肉，只一刀，就砍个准儿，绝不来第二刀。要2斤，就不会是1斤9两或2斤1两。猪佬丁卖肉，不卖公猪肉母猪肉瘟猪肉死猪肉，顾客放心，专称他卖的肉。不到晌午，一头猪就卖个精光。他便早早收工，回了家去。猪佬丁不像其他杀猪打屠的，整日搞得疲惫不堪。他每日都精力充沛，拥有一个好心情，想必也有一个好收成。

猪佬丁三十有四，人高一米八一，魁梧大气，又满身的肌肉，一身的劲。他爹娘早逝，留下一座临街两个门面的房子。这些年他杀猪打屠，生意又好，钱不多也不会太寒碜，养个老婆是不成问题的。他却一直没讨老婆，好怪！

后来，有人说猪佬丁曾说过一个姑娘。双方起先都还中意，不久那姑娘变卦。说猪佬丁是个杀猪的，退一万步说他若能是一个食品站杀猪的，倒是有商量的余地。

此后几年，猪佬丁不管何人热心牵线做媒，姑娘上门，他一个也不搭理，粗粗地嚷：“我一个杀猪的，就杀猪！”

一个很富诗意的秋天，那位变卦的姑娘又来猪佬丁处，千般柔顺万分温情又连连认错要和猪佬丁恩爱一辈子。猪佬丁黑青着脸，一直不说话。待那姑娘表演完，他一句脏话骂出了口……

时隔三年后的春天，我去了小镇。猪佬丁还杀猪，却不是一天一头，而是十多头几十头地杀，还搞了个肉食加工厂。猪佬丁竟娶了老婆，老婆也算半个猪佬，原先在乡下骑一辆单车走东村串西村，杀了猪卖，买了猪杀。刚嫁过来，她就带几个伙计驾台小四轮“突突突”下乡去收猪。

不久，猪佬丁竟不准老婆沾猪屎臭，把老婆打扮得花枝招展，终日里闲逛。许多人见了猪佬丁老婆便满脸堆笑说，你前世修来的福，嫁了一个好男人。每逢此时，猪佬丁老婆竟满脸悒郁。

猪佬丁的肉食加工厂生意愈发地红火，惹得不少捧铁饭碗的屁颠屁颠地跑了去。后来，有人传言，说猪佬丁在厂里拴了一个漂亮的女人开票，是不是情妇，不晓得，反正是那位变来变去的姑娘。有好事者盯了许多回梢，竟寻不出一点暧昧的蛛丝马迹。

世间原本就是怪。比如说猪佬丁，其大号为简简单单三画勾成的“丁一”，其实，人绝不简单。

万二爷

他原来的大名叫郑小兵，因了一则趣事，得了个“郑万二”的绰号。又因了手中很有些钱，被人喊作“万二爷”。

万二爷起先是做木材生意，正儿八经办了手续后赚头不大。一日，他邀了几个朋友玩牌。几个朋友很有些来头，工商、税务、木材检查站的都有。那天，他们玩牌搞了点“刺激”，一日一夜万二爷竟输了一万二千元，万二爷当场掏钱，惹得几个朋友很是欢畅。自那以后，万二爷的木材生意就做得很安生，极红火。

万二爷在外头做着生意，一年到头少回家去。每次回家，总邀些人到家里玩牌，万二爷每玩必输，输时则掏钱，掏钱时则显舒畅，牌友们更是舒畅无比。玩后，妻子冬桂常和万二爷唠叨，却总干涉不了万二爷，万二爷照常玩牌照常输钱。时间久了，冬桂也不管他的玩牌，就常四下里嘀咕：他家小兵回来了，发工资了！她把万二爷输钱叫作替牌友们发工资。

冬桂若当着万二爷的面讲，万二爷就骂：一个臭娘们儿，屁都不晓得一个。后来，冬桂在门前摆一桌球摊，人家打一盘她就收五毛钱。可万二爷回来后，就不准收钱，免费让大伙儿乐乐，就有很多人来打桌球，便不交钱，冬桂想收也收不了。

万二爷人缘就极好，也很显威信，三教九流都买万二爷的账。

万二爷在外头的生意愈做愈大，极少回家。老街有人传言万二爷在外头肯定有了情妇，买了别墅。冬桂听到，仍一个人不声不响地干这干那，眼光却极无神。

忽一日，万二爷回了老街，去了镇上，走进镇企业办大楼。自此万二爷极少离开镇上，也从未摸牌，终日在镇企业办忙乎着。冬桂也整日脸上放着光，乐呵呵的。

有人告诉冬桂，万二爷向镇上捐了好多的钱。冬桂许久无话。后来，冬桂逢人就说，回来就好！

万二爷回到镇上后，极少有人叫他万二爷，大都叫郑小兵或老郑或郑主任。万二爷的人缘和威信也愈发地衰落。可喜的是万二爷和妻子冬桂的感情蒸蒸日上。

邱三儿

日月如梭，缓步当行，便可行出几分明媚。邱三儿时常站在自家的旅店门前，面对流逝的时光久久地嗟叹不已。邱三儿原先不开店不当老板。他，老街上无人不知，中不溜儿的个头，灰不溜秋的脸儿，怪里怪气的性儿。从小跟着娘，爹死得早，全靠娘替缝纫社扎扣眼、钉扣子过日月。

邱三儿也许起先是有个大名的，老街的人却一律喊他邱三儿。后来，娘也去了，邱三儿就一个人浪荡，用完了积蓄，他就走东家找个熟人串西家攀个亲戚，拉拉话儿，帮衬着人家做个活儿打个下手的混碗饭吃。起先还行，久了，人家就躲着，就丢白眼，就背后说很损人的话。邱三儿看着听着就忍不住性儿，有时就寻事吵嘴打架。邱三儿很凶，闹起来就没完，鼓着牛眼珠，常说的话是，我人一个，卵一条，怕啥？

但一碗饭是要弄的，他就终日在镇上各条街上游荡。有时，帮谁家老板卸卸货，或帮谁家打打零工、跑跑腿、看看门或搬个家什，这档子事时常有，倒能对付一两顿饭，报酬却是没有，而且邱三儿大清早就得去转悠，眼珠里要带活儿。

后来邱三儿寻了个做煤球的营生，倒能多弄几个钱。这煤球一做两年多，又改收破烂，走街串巷去收。他在车架上吊两个大大的箩筐。收是个名，十有七八是捡的。也不知是哪日，邱三儿堆满破烂的屋里冒起了炊烟，有人跑去看，回来就说，邱三儿捡了个妹子，模样俊俏，只是穿得破烂些。

一日，老街上开来卡车，在破烂堆积如山的邱三儿门前停下，一车又一车，有人数过，竟拉走七十三车。

过了些时日，邱三儿翻盖了潮湿不堪、一边斜的破木屋，起了两层楼，开起旅店。老街毕竟是老街，人来人往，二省七县都涌来这里做生意，歇脚的人多，邱三儿的旅店生意很不错。又加上邱三儿老婆待人平和，吃不吃饭，住不住店不在乎，进店歇脚，也要端杯热茶送上。邱三儿老婆还有一手绝活儿，据说其祖父的祖父是做皇帝御膳的，不知是真是假，反正她掌厨的手艺很高。这一来，生意极是红火，邱三儿和老婆又开始筹划门面扩充的事了。

不久，满街的人竟翻出话来，说邱三儿旅店生意这么好，是有名堂的。晓得么，那邱三儿老婆白天忙掌厨，夜里忙住店，来来往往、又多又杂的男人岂都是不吃腥的猫？再说那女人常在河边走，哪有不湿鞋的。那些话，起先邱三儿和老婆是不晓得。久了，听到了一些，就关了店门。

有人说，不是关了店门吗？果然就是……也有人说，这邱三儿和老婆怕是赚了不少钱，只管吃利息过日月了。

后来，邱三儿又开了店门，请了十多个男女服务员，一律的整齐礼服装束。还在二楼搞了个卡拉 OK 厅，又在店门前做了一扇墙大的铝金属框架，里面框着各色样式的奖状、证书，一数，竟 43 块。

开业那天，老街的人全来了，只是一句冷嘲热讽的话都没有听到。

王四麻子

王家小四走出老街后，老街人只记得他脸上堆着很厚很厚的麻子粒粒。

王小四自懂事起，依着一个美国的外公，就做了董事。

王小四再回老街时，老街还是一色的木屋。木屋斜斜地你连我我连你，窄窄地如一条阴暗的短巷，破旧潮湿不堪。王小四就想起屋，这老街的屋一个人是不好起的，需得老街的人一同起屋才行。王小四就去一家家凑，凑了半年，没几家愿起，说没钱。

王小四就愤懑，说一句吓人的话：一把火烧了老街。

果不久，老街毁在一场大火中，滋滋啵啵烧了三天三夜。

大伙就记起王小四的话，目光中就有几分猜忌和仇恨。

大伙又见镇里干部带走了王小四，就作欢呼状。镇里宣布：老街的人吃住在王小四的公司。

大伙心里又明白了几分，就都恨恨地吃。愤愤地骂：这个王四麻子……又悄悄地议论，王四麻子怕是要吃“花生米”的。

半年后，在老街的废墟上立起两排崭新的楼房。老街的人从王小四的公司里出来时，各自拿着一把钥匙。都一脸的笑：这个王四麻子！王小四远远地站在公司的钟楼上看着，堆着很厚很厚麻子粒粒的脸舒展开了。

后来，报纸上表扬了王小四，说王小四出资建造了一条新街。

拐子胡同的门

拐子胡同很古怪。拐子胡同里的人也古怪。

间或有生人在拐子胡同里走着，七拐八拐准会又转到老地方。拐子胡同里的人管胡同入口不叫入口，叫门。他们说门内是一家，门外才是另一方天地。

两堵老高老厚的城墙中间留下0.4米宽的空间，就是拐子胡同的门。进出拐子胡同的门恁难，需侧着身，提腹收气耸肩缓缓地移进去；同样移出来也得如此一番，且要极认真极谨慎的。在移进移出的刹那，就发觉人像变了形似的，扁扁的，窄窄的，怯怯的，不像个人样。

拐子胡同里王胡师傅也算个人物。王胡师傅在小镇子上的鞭炮厂上班，移进移出拐子胡同的门的次数要多些。王胡师傅有个习惯，爱和自己的女人睡懒觉。早晨王胡师傅常赶不起班，就急急地一手抓几个硬馒头，一手提一个篮子，篮子里放的是晚上熬灯做的鞭炮。行色匆匆往厂里赶，出胡同的门就忘了要侧着身提腹收气耸肩，就馒头鞭炮飞得满地都是，王胡师傅脑门上就冒金星，也间或擦破块皮流点血。王胡师傅就愤愤地骂，和谁干架似的，吹胡子瞪眼睛跺脚跟，很凶。末了吼一句：他奶奶的，我迟早要把这门炸了！

王胡师傅捡起地上的馒头吹了吹灰尘，又一一拾起鞭炮装进竹篮子，仍侧着身提腹收气耸肩头顶竹篮缓缓地移出去。出了门又狠切切瞪一眼老高老厚窄窄的胡同的门。

拐子胡同里本有蛮多人对它不满，甚至都齐齐地要求改门修门建门炸门。但一百多年过去，仍没有人动过它。

虽说王胡师傅是炮筒子性格，手中又有鞭炮雷管炸药，但也不碍事。王胡师傅咒骂一阵之后不过又是咒骂……

拐子胡同的门还是拐子胡同的门。门内的世界沉闷、苍老、僵硬。门外的天地却满是躁动和奔腾。

简·爱

23岁的七叔眼睛老是骨碌碌围着兰妹子转，兰妹子全当不晓得，一本书遮着俊脸，却遮不住丰胸、细腰和肥臀。七叔便狠狠地盯，好似要呷掉一般。憋不住，有一日七叔便嘴中咿哩哇啦："兰妹子，兰妹子，你跟我回家做老婆……"双臂张舞着扑向兰妹子。兰妹子尖吼一声，吼得满坡吃草的牛都一双双牛眼珠鼓鼓地盯着七叔，七叔住了手停了嘴。兰妹子把手中的书合拢，杏眼圆瞪，训斥："也不瞧瞧啥货色？小学都未毕业，看过几本书？还说要老婆，你懂啥叫爱吗？"七叔真被问住了，嗫嚅着。倏忽，七叔抬眼瞧见兰妹子手中书名《简·爱》，音高了气也壮了："懂，我当然懂。我要你，我讨你做老婆，我跟你生娃，这咋不是爱？明摆着的，就这么简单，你的书上不也是这么说吗——简爱，简单的爱？"兰妹子哈哈大笑，笑得肩都耸起来了，手也摆动起来，手中的书在七叔眼前来回地晃，晃得自己眼泪都笑出来了，满坡的牛也哞哞地叫着，欢快地跳着。七叔怔住了。

七叔还烧窑，一日三餐过得滋润，只是一遇到兰妹子就急急地低头避开。又烧了一年后，发了的七叔不声不响地离开了黄土岭。兰妹子仍是没有离开黄土岭，满坡的牛仍旧温驯地陪伴着她，落日的余晖映出她优美的身影，身下是绿毯般的青春草地，手中定格着一本卷了页的书。虽然衣服洗得发白，补丁越叠越多，却丝毫不影响她俏丽的眉眼，好看的脸模子和那迷人的身段。

三年后，七叔举止端庄谦谦有礼回了黄土岭，口袋里装着一本毕业证书，袋子里背满的是一沓沓书。他一路脚步轻快地走进村子。向村东头那座低矮的土砖屋走去。门虚掩着。他轻轻地敲了一下，又一下，又一下，门开了一掌宽，缝隙间探出一颗蓬松的头，两只眼里探出惊奇的光："做啥子？啥？兰妹子，你要找兰妹子吗？对面鸡公山脚下……""嘭"的一声把门关了。

七叔满眼灿烂，鸡公山脚，满坡绿草，蝴蝶飞舞。落日的余晖下有成双成对的黄牛悠闲地踱来踱去，一个姑娘仰天躺在草坡上，脸上盖着那本熟悉的《简·爱》。此情此景，多少次睁眼所见睡眼所梦。到了，梦就要圆了，昔日那"我要，我要你跟我回家做老婆……"又响起在耳边，脸不禁一阵阵红，火烧火燎。他定了定神，毕竟不同以往，他懂了，懂得"爱"的全部。那个"爱"字几日几夜也讲不休道不尽，那个"爱"能讲得天地为之动容海能枯石可烂……

他刚开口讲了那个字，她就简单地回了句："你把彩礼钱给我爹，我跟你回家做老婆。"原来爱就这么简单？动不动就脸红，就低着头，就瞪眼骂人的她，竟无一点羞涩之意，说得坦坦白白，实实在在。他想去看那本《简·爱》，她手中拿着的却是一把山药，他明白山药可以拿到收购站换钱，换几个钱换油换盐，这山窝里实在没有太多挣钱的路子。

他转过身，泪水润湿了双眼，他忙用衣袖拭了。接着，拉开背袋，抽出一本白花花的东西，落在草坡上，满坡的牛群停止了走动，太阳也不知啥时消逝了，西边的天空中布满血一样的残阳……

她冲过去。拿起一看，书的封面上有两个熟悉的大字——简·爱。

……

瘦成秋水

秋生老伯一屁股跌坐在秋日里。

一晌一宿总觉有块“石头”困扰着他。一大清早他便披衣下床，上土坝来转悠。

他看了看四周，都是灰灰的一片。天空是灰的，山坡上的树木也都挂了白霜，灰头耷脑的，秋天的田园也是灰扑灰扑的，就连远处的村庄上空袅袅飘飞的薄薄炊烟也是灰白灰白的。水库中的水蓄得一点儿不肥，有很多处地方显了山露了水，下了水的地方都是一圈一圈的硬土，干了，结了壳，留下印记。这不能不让秋生老伯痛心：咋咯么瘦？真不像个人样子！

他走下土坝，扭转脑壳，久久地回望了一眼，那眼里分明有水一样的东西。

透过眼中的水雾，秋生老伯仿佛看到千军万马在水库上擂鼓助威，红旗猎猎，一番热火朝天的景象。睁眼再看时，又是灰白灰白的一片，静无声息。

他绝不甘心，又一路小跑上了土坝，再看那一库瘦瘦的秋水，薄薄的一层雾浮在水面上，水面灰灰白白，不亮闪不清澈。唯有轻轻的一丝秋风，从这一弯瘦瘦的秋水上拂过。

他走下土坝，走进田野。急促的脚步不觉地停了下来，排排荒田似千军万马等待他的检阅。他走近，一块田一块田地查看，这儿看看，那儿摸摸，又拍拍，再跺跺。好像将军正在查看他作战归来的士兵，把你的军帽戴端正，替你扣好风纪扣，擦擦你的脏脸，拍拍你的肩膀，摸摸你的伤口。伤口好宽好深，坎坎道痕。肥肥的禾田却是因了没有营养，无以乳汁哺育，结不出壮实的果实。那营养是水。他再一次落泪，是看见他的士兵那单薄的瘦瘦的身躯。他再一次回望那远远的水库，他在心底里无数次起誓：再苦只能苦自己，再干不能干水稻！

一连几日，秋生老伯在土坝上转悠，倒剪着手。有人放出话来，这秋生老伯肯定有名堂！秋生老伯听到，不言语，只是浅浅地一笑。这时，村支书站出来说话了。他说，也不看看，白纸黑字，这是要钱的买卖！随他放鱼歇凉，只要有钱。哪个多嘴烂舌的乱讲，怕家里藏着的钱起了霉毛，不晓得也（承）包它一包？这一讲，爱嘀咕的人都熄了声。不料，秋生老伯家里竟“大闹龙宫”。他老婆哭天喊地，痛心疾首。原来是骂秋生老伯那个“杀千刀”的偷偷地拿走她4000元钱，那可是她一角一块攒拢来的，要在这个冬天帮四儿讨房亲的。

秋生老伯不像那些个搞承包的，该放水时放水，该蓄水时蓄水。到了夏天，一水库的水浩浩汤汤，碧绿碧绿，肥汪得很。那个夏天，尽管闷热无雨，田里却是蛮湿润的，禾苗也是很显生气，一村人再无争吵打骂声，个个舒畅无比，像是呷了甜西瓜一样。

一收了秋，秋生老伯就一家一家地挨个儿喊，催大伙都上土坝。他说，修水利架桥，都是千百年的好事，造福子孙后代！一村子的人当面都嗯嗯地点头，转身就走开了，就是没有半个影子上土坝。后来，一看见秋生老伯，就远远地躲开了。秋生老伯喊不来人，白天就一个人上了土坝，一担土一担土地担，一个石头一个石头地垒，一滴汗一滴汗地接着流。

灰灰的土坝上，灰灰的天空下，灰灰的远山中，唯独有一根灰灰的影子。那影子一日比一日瘦长。那影子就是秋生老伯。

第二年的春天，有点像个希望之春。村里的水库收归县里，由县里统一管理，统一收取水利费。虽然村里有人说这用水放水还要交钱，但秋生老伯却是十二分的赞成。他说，政府是该重视了，管天管地管水利吧！就是收点钱，还不是取之于民，用之于民吗？他走上土坝，凝视良久，眼角里渗出水里。在水里他又看到了——红旗猎猎，号角声声，人山人海，浩浩荡荡。

可是，那个冬天真太像冬天了。除了水库旁边的“火柴盒”（一间小房子），除了那“火柴盒”里那个水利局派来看水库的王老头还半阴半阳烧一缕两缕烟火外，其余的就全是静了，静得怕人。唯有秋生老伯一日一日地去土坝上走，一遍一遍地去王老头那里问。王老头都是千篇一律地回答：上头说，没列入计划。秋生老伯不甘心，在王老头那里磨蹭，说，你是不是忘记报了？你是不是没跟领导重点讲？王老头从他那件黄军大衣里把头探了探，把那壶热得冒气的小米酒壶嘴往口里一伸，喉咙里咕咕了一下，方才不紧不慢地说，报，早报了，还重点讲明了。我不报，万一出了事，我想坐牢不成？！老伙计，一个字——等吧！说完又去把那把小米酒壶放在火上烤。秋生老伯还没有走的意思，还唠唠叨叨地说，都交了水利费的，一亩地要交32元，钱都打鬼去了吗？都好多年没治了，还等，等到出事了，看谁负得起责？

秋生老伯后来不久就倒了床。他躺在床上还是念念不忘水库。老伴站在床角低低地哭泣，说，他爹，你再也不要多管闲事了，一辈子还管不够吗？随他们咋样，咱不管了，好吗？秋生怔怔地看着自己的老婆，似不认得一样。老伴伏下身来，捧起他的脸，未出声来已是哽咽无语。好久才说，他爹，你也不看看，你不知瘦成个啥样呢？

秋生老伯黄瓜似的老脸对着水库的方向。嘴角动了几下，说，我瘦？我再瘦也瘦不过秋水。那秋水才瘦呢！

一觉醒来，秋生老伯大呼小叫，一脸的虚汗，忙催老婆快出门去看，他梦见水库里的水发了脾气，土坝溃了堤，一村子的水，汪汪的，黑黑的。

秋生老伯老婆走出院子再回转来时，秋生老伯已断了气。

一会儿，秋生老伯家里哭天喊地。又一会儿，屋外一片灰天灰地，远处的田野、山林和天空都黑压压的一片。一刹那间，耀眼的蓝光划破了黑夜，一个霹雳在空中巨响，惊动着茫茫四野。

鱼 殇

杉溏村的太大子终日搬一把木椅横在堂屋门前，眼瞪瞪望着对门的虎形山发愣，恁怪的。众人走过门前，熟悉的不去打扰，摇摇脑壳走了，不熟的仿佛要看出个究竟，就用言语去探他，他竟不吱一声，无法，还是摇摇脑壳走了。

太大子原本是蛮威风的。他清楚地记得正是某大报发表社论《鼓起干劲，力争上游》的那会儿，刚刚踏进三十岁的门槛。身体从里到外都充盈着活力，有的是劲；眼睛晶亮亮，走路兴冲冲，一天到晚憧憬美好的明天，宣传着共产主义的指日到来。驻点的公社刘书记，和他谈得来。一次在大队做报告："毛主席教导我们，'青年人像早晨八九点钟的太阳，世界是我们的，也是你们的……'杉溏要跑步进入共产主义，领头的是关键！太大子这种青年，就是毛主席希望的那种青年……"这时，旁边有个干部模样的人提醒刘书记：太大子还不是党员。刘书记理也不理，一掌重拍在桌子上，说："反正，铁定了的！太大子，好好干，'人有多大胆，地有多高产！'"

太大子受宠若惊，脑壳鸡啄米似的点个不停。瞬即，举起左手，高呼："'鼓起干劲，力争上游！''人有多大胆，地有多高产！'用六个月时间，跑步进入共产主义！……"会场顿时急昂起来，刘书记捏着胡子坐在主席台上笑眯了眼。

太大子三十而立，果真立了起来，仿佛杉溏大队是他的，他就是杉溏大队。太大子正如刘书记所说的那青年，果真没让他失望，把杉溏大队的工作开展得风风火火，杉溏大队的名气便似坐了直升机一般。这下，红旗插遍杉溏大队，太大子常常出现在各类大会小会的主席台上，一律是胸戴红花，口若悬河，口水泼溅，高举左手，出尽了风光。

刘书记说，这青年是毛主席说的那种青年，有几下子。有几下子吗？太大子掌管杉溏大队不到三个月，成绩大大的有：一亩地产 3000 斤粮食，10 万斤红薯，一棵白菜 300 斤。杉溏大队人人能读书作画，个个能写诗唱歌，夜夜有电影，餐餐有鱼肉。

餐餐有鱼呷，却要了太大子老婆的命。杉溏大队红旗满天，少不了检查的领导，参观的同志，牵线线似地来来往往。太大子书记家无疑是第一站，地里的产量，嘴上能汇报；读书作画写诗唱歌早就操练了，早就预备了；唯有这餐餐有鱼肉，不好对付。太大子极聪明，想出一个法子：呷剩的鱼骨头留在碗里，不丢！检查的、参观的每回来，老婆便极默契地配合，端着碗好似呷得差不多了，剩下些鱼骨头。然后，把嘴一抹，就收了碗。很生动，让人很艳羡。

有一回，又是检查的、参观的牵线线来，又是太大子老婆很生动地演戏。不同的，检查的当中有一位省里来的首长。首长双目有神，很是威严，紧盯着太大子老婆浮肿的脸和手中端着只盛了一抓饭的饭碗，饭边上是一堆颜色深黑的鱼骨头。太大子老婆望一下首长，又望一下端着的碗，本想自我解嘲地说一句：“餐餐有鱼肉，都厌了！嚼一点鱼骨头，有味。”果真筷子就夹了几块鱼骨头往嘴里塞。首长没有说话，阴阴地走了。

当晚，太大子也阴阴地走回家中，下午被首长重重地训了一顿。回家不见老婆，灯也不亮，气不打一处来，吼：“臭婆娘，死到哪去啦？”老婆没有出来，也没答话，只从里屋床上传出喔喔声。一看，是喉咙里卡有鱼刺。忙喊人，想办法，无用。郎中也来了，仍无用。三日后，“臭婆娘”在时断时续的喔喔声中死去。

自此，杉溏大队的太大子再无了晶亮亮的眼睛，有的是一双死鱼般的眼睛，终日眼瞪瞪地望着虎形山，虎形山脚下有他呷鱼呷死的“臭婆娘”。

鸡 怜

那时候，杉溏院子家家生活不好，不像现在天天吃米饭，三不三（湘西南土话，意即时不时）就割块肉，小锅儿里刺刺啦啦。好一点的，顶多屋里有一把红薯干，有几块干萝卜丝。愣没想头吗？也有。盯紧的，是一年四季的鸡屁眼儿。红红的鸡屁眼一启一合，屙金子屙银子，大人们紧锁的眉头便松缓了些，娃儿们就跳着笑着嚷着：下了，下了！仿佛下出一片灿烂的天空：上山去挖笋，下河能捉鱼，过年穿的是新衣裳，书包里背的是新课本……娃儿们拍着手唱着：鸡啊，鸡啊，多啊多吃食啊；红啊，红啊，红啊红屁眼啊；屙啊，屙啊，屙金屙银屙不停啊；叫啊，叫啊，咯咯咯地叫啊；笑啊，笑啊，呵呵呵地笑啊……

杉溏有个乡俗，家家娃儿都放鸡。一清早，把鸡赶到草坡上和树林里去。叽叽喳喳的鸡们张大着眼睛，放眼四顾，时而奋力振翼，时而向前一跃，时而盘旋上下，扑棱着翅膀。一只只多彩的小昆虫，一根根新鲜的嫩草，都自鸡们长长的喉咙咕咕而下。娃儿们各自数着自家的鸡，转过脸去向同伴们炫耀。有几只鸡吃饱了，躺在柔和的阳光下小憩，它们伸直了腿，拿嘴去梳刷翅膀，悠然自得。

光宝远远地坐在那棵大树下，茫然地看着眼前这一切。他往日绝不是这样，他数数时常高兴大叫，一脸得意。他那只灰黄色的大母鸡，啄食快迅得很，每日早早休息的必是它。灰黄灰黄的大翅膀，一遍遍梳刷，在柔和的阳光映照下，乖态无比。今儿个，也不啄食，也不梳刷，陪光宝坐着，任凭光宝那双小手一遍遍去抹它全身的羽毛，一动不动，一声不叫。它瞧着远处的伙伴，又瞧着近处的光宝，是那样的忧郁而宁静。

眼睛扫过去，左边两米开外有四只小鸡叽叽喳喳，眼睛立刻闪出光亮。久久后移开，那眼睛里分明水晶珠似的。灰黄的大母鸡疾步走过来，站在四只小鸡的中间，挥动翅膀把它们环住。四只小鸡也异样起来，偎依着母鸡。

光宝流下了眼泪。今儿个，不是他坚持，根本不用出来放鸡。昨天夜里，娘已做出决定：送光宝去进学堂门。光宝蹦跳得老高，日思夜盼的就是这事。咋不想，一起放鸡的狗儿、大兵和后强早一两年都进了学堂门。怪娘？不怪！娘薄薄的肩承受不起。人家有爹，有爹就能挣10分工，光宝爹死得早。光宝只有娘，娘疼光宝，早想让他进学堂门，只是实在交不起学费。“今儿个去进？”光宝有些疑惑。果然，娘说：“要进，卖了那只灰黄大母鸡！”光宝一下呆住了，天天清早伴他的灰黄大母鸡，天天被娘敬若神仙的灰黄大母鸡，要卖掉了！他无法接受这个现实。大母鸡有段时间虽没屙金屙银了，过去的日子却功不可没，一家大小开支都靠它，奶奶的药罐子有它才能抓回药。大母鸡新近孵了四只小鸡，又有了新的憧憬。再说，大母鸡与四只小鸡相亲相爱，同行同宿，从不分开，这叫他如何忍心呀！他断然回绝娘：“娘，我不进学堂门！”娘十二分的惊讶，瞬即一巴掌打在光宝的脸上：“小杂种，你要气死娘！”气消一下，娘又唠唠叨叨：“娃儿，你也不小了，要懂事呀！咱宋家要靠你去挣面子！你死去的爹托梦要我把你送进学堂门，我不能对不住你爹呀！”光宝捂着发烧的左脸，眼睛定定地盯着鸡笼里四只小鸡和那只灰黄大母鸡。四只小鸡已酣然入睡，温驯地偎依在大母鸡怀中，唯有那只灰黄的大母鸡不倦地半躺着，一双眼睛警惕地盯着。光宝怜爱地看着大母鸡，大母鸡也定定地注视着光宝。光宝终于冲口而出：“莫卖大母鸡，我就进学堂门。”娘也早消了气，一把揽光宝入怀。光宝看到娘潸然落泪的模样儿，也觉得难过，静静地靠在母亲的怀中。一时间，一边是光宝靠在母亲怀中，一边是四只小鸡偎依在大母鸡身旁，温馨、宁静而幸福，天地无语。

卖大母鸡和进学堂门，简直就像鱼和熊掌。光宝那时候，选择只能是娘的选择，娘不能对不住死去的爹，娘不能误了光宝的前程。就这样注定光宝以后几年，进学堂门，出学堂门，又进学堂门。光宝有一个怪癖，看到鸡总是一种无限爱怜的眼神，坐在餐桌上也从来不吃鸡肉。

光宝决心最后再去放一次鸡，娘只得答应。那个清早，光宝就满腹心事坐在那棵大树下，无限怜爱地看着那只灰黄的大母鸡。灰黄的大母鸡仿佛是早有知觉，晓得昨天夜里和今后的一切似的，也心事重重地立在光宝的旁边，先是无限怜爱地看着四只活蹦乱跳的小鸡，后又与四只小鸡长长久久地亲亲热热，难舍难分。光宝再一次落泪。那个清早，光宝放鸡很晚很晚才回去，一直等到娘站在山脚急急地喊。光宝捉了一小袋的昆虫，采了一把嫩的草食，追到几只肥肥的蚂蚱。光宝把那只灰黄的大母鸡叫近了，拿一只只小虫去喂，一根根草食去喂。哪料母鸡衔到嘴里，并不吞下，又一口口去喂四只小鸡。光宝感动得泪水涟涟，呜呜地哭出声来，无限怜爱地抱着那只灰黄的大母鸡，带着哭腔唱道："鸡啊，鸡啊，多啊多吃食啊；红啊，红啊，红啊红屁眼啊；屙啊，屙啊，屙金屙银屙不停啊；叫啊，叫啊，咯咯咯地叫啊；哭啊，哭啊，哭哭啼啼哭不停啊……"仔细去听，才知最后一句改词了。

牛 魂

杉溏院子九根爷年岁最长，脾性最怪，火气最大，活儿最多。一天到晚看不惯院子里的青年人，动不动自个儿跟自个儿较劲，发脾气，唠唠叨叨没完。若哪个不识时务去碰九根爷，一顿好骂泼天而下：“你个兔崽子，忘了本啊？你爷爷的爷爷，你祖爷爷的祖爷爷，你的老祖辈冤啊，生了你这个没出息的！你忘了本啊！对得住哪个？要晓得，庄稼人不能没有牛啊，庄稼人更不能对不起牛啊。要晓得，牛是庄稼地里的魂哪，没魂庄稼地里就生动不起来呀……”

九根爷骂人，没一个敢回。一院子里的人都晓得九根爷的德性，他爱牛爱得要命。三扇两间正屋，一间是九根爷住，一间九根爷用来堆牛草，关六头牛不成问题。牛栏起得老高，砌得也讲究，比正屋都强。九根爷一辈子爱牛、伴牛。冷了，牛栏里堆好厚好厚的干草；热了，替牛洗澡，梳刷，还在一边扇打蚊子。冷不得，也热不得，更饿不得。九根爷边放牛，边割牛草，怕牛吃不饱。每回放牛回来，九根爷都背着一篓子的牛草，鲜鲜嫩嫩。九根爷天天离不开牛，牛过得舒畅，他心情就好，就要喝几盅米酒，在牛栏前边喝边看牛，心里就美，喝酒就有味，吃起饭来也香，睡起觉来也甜。逢九根爷高兴，你去碰他，他绝不发脾气。有的年轻人就逮着这空儿，奚落九根爷：“九根爷，九根爷，你是不是特喜欢牛身上的臊味，牛屎的臭味？”九根爷竟一本正经：“你个兔崽子，你是不懂的，我特爱闻牛味。”年轻人疑惑：“牛味？”九根爷就笑：“不懂吧！不懂回家闻闻。”回家当然不会去闻，也闻不出。杉溏院子只有九根爷会闻，只有九根爷爱闻。

九根爷逢人就赞牛："好牛就一定会拉犁儿，一声不吭耕啊耘啊，一片片泥土翻过来，整过去，秋收后硕硕果实，欢欢喜喜。"九根爷说到这里就停下来，仿佛泥土翻动后的一股股气息浓浓地灌入他的鼻孔，他嗅了嗅，深深地吞进肚里，全身舒畅得要命。接着又讲起来："牛啊，庄稼人的命，庄稼人的神！在生，舍得出力，地里才长粮食；死了，又献出了身，竟做得好菜。它忠啊，义啊！有几个人当得它。它一生吃的是草，干的是活，效的是忠，献的是义。"九根爷讲着讲着，又停下来，用手去抹眼泪。

早晨，九根爷在后，几头温驯的老牛在前，一步步走上草坡，走进树林，早晨的太阳染红了他（它）们一身。晚上，九根爷把一盏酒盅，唠唠叨叨陪牛说话儿，牛昂起头睁着眼在听九根爷无尽的心事。日复一日，年复一年，都是这幅定格的古老的画。

九根爷爷爷的爷爷，那时没牛，给地主当牛。想牛，望穿秋水；买牛，攒不够钱。九根爷爷爷的小妹，九根爷的姑奶奶，替九根爷家挣回一头小牛，她进了一户人家做小。小牛真调皮，蹦跳着，哞叫着。爷爷说，那头小牛真逗，谁见着都想摸一下小牛的头，毛发光亮，膘肥体壮，肚儿溜圆，"哞"地叫一声，清清脆脆。叔爷爷二十出头，也极欢喜小牛，常常牵着小牛走上草坡，走进树林。一日，在树林里遇到邻村一个砍柴的姑娘，不想，各自看一眼，便看到了心。从那时起，便天天以放牛为借口，小牛做掩护，山脚、树林、河边、田野，都留下两个年轻人的脚印。这是好事，不好的是邻村姑娘的兄长横竖一个理：娶走小妹，我不管，送一头小牛就行！到底爷爷家没把小牛送过去。叔爷爷为此不吃不睡，满山川田野里跑，叔爷爷病了，一家人绝不怪小牛，也不恨那姑娘的兄长，只恨那日子的穷苦。牛是无罪的，牛是庄稼人的宝，庄稼人的盼头。

到九根爷手里，田地分到家了，日子已好过许多，栏里关着一头老黄牛。有了老黄牛，九根爷仓里有了余粮，房里有了老婆，走廊上有活蹦乱跳的"兔崽子"。一晃数年，牛也默默，九根爷也默默，屋里却闹起来了，添了闺女，添了儿媳，添了孙娃。"南边"更闹腾，杉溏院子里有许多男女青年壮劳力都去那边捡"金元宝"，有许多人家嫌牛碍了手脚，牛必缠着个人，就卖了牛，弃地南下。九根爷一家一家去劝："莫卖牛，莫卖牛！”“莫卖牛，我怎脱得开身？”有人反问。九根爷郑重地回答：“我替你看。”有人就笑，“有这事？”还是把牛卖了。也有人信，果真把牛交给九根爷看。牛多了，九根爷清晨早早就去割牛草，忙得很。一到春耕，九根爷忙得不歇气，张三李四王二麻子等等各家都等他牵牛去耕，他忙得更欢。那一段时间，他气色不错，精神焕发。

不久，不知谁家弄了一台耕整机，也能把田整得稀烂，突突突地在田里翻转着，又快，惹得许多人欢呼雀跃。有人便从九根爷家牵了牛回来，去了牛市上。九根爷急了，逢人就说，那铁牛，能翻角角落落吗？能犁深犁透吗？能耕烂耙匀吗？……九根爷掰着手指头，硬要说出一百个不满意。院子里的人也不和九根爷争，该卖牛的仍旧卖。

九根爷阴郁了许多，常常和牛唠叨：“那些个兔崽子，吃亏的时候还没到！”

有一天清早，九根爷丢了魂似的，满旷野山川里跑着喊：“哞——哞——，哞——哞——。”九根爷那头老黄牛不见了，昨天夜里还说上话儿哩！又喊人四处去寻，无踪无影；托人到乡派出所报案，十天半月，杳无音讯。九根爷仍到处去喊：“老黄，哞——哞——，老黄，哞——哞——。”声音喊得嘶哑，徒劳。日思夜想，心急如焚，九根爷就病倒了。病倒在床，九根爷仍不忘吩咐家人去寻找老黄牛。

九根爷的儿子旺宝送他去医院治病，治了不见成效，一日病似一日。旺宝心痛不已，非常愧疚，本想说出来龙去脉，却张不开口。旺宝曾多次劝爹把老黄牛卖了，光卖牛肉都能卖个好价钱，也省去爹费时费力费神。春耕时，喊一台铁牛“突突突”几个小时就完，又快，又花不了几个钱。爹大怒，要拿栗木敲他的脑壳。无法儿，那个深夜，旺宝喊人便偷偷地把牛牵去卖了。

不久，冷冷的一个深夜，九根爷病情加剧，脸煞白流汗，把旺宝叫到床前：“旺宝，我要走了……我看见老黄了，老黄一身血淋淋，老黄冤哪！你要懂得，牛是庄稼人的魂哪！答应爹，再……买……”话未完，九根爷竟去了。

旺宝声嘶力竭地哭喊。送走九根爷的第二天，旺宝买回一头小牛，哞哞地叫，活蹦乱跳，蛮逗人爱。

关于鞋的故事

一

天，酷热。小草，蔫了枯了焦了。一个瘦矮沉郁的孩子，着一身松松垮垮大人的衣服，斜挎一个黄不拉叽破旧的书包，一步一步从路那头丈量过来。孩子光光的脚板一脚又一脚踏在滚烫灼热的青石板上，孩子的眉头一下又一下蹙着。

孩子加快了脚步，一会儿就上了对门路边高坝上的一块地里。那地里有一个妇女在挥舞着锄头，背上竹篓里有一个不到一周岁的小孩儿。

“姆妈，我放学了。”

“嗯”妇女口动了一下，仍继续挥舞着锄头。

过了好久，孩子一边扯草一边怯怯地说：“姆妈，我……我要……买鞋”。

“啪！”妇女握着锄头的手翻开来掴在孩子的脸上。

妇女大声呵斥道：“要个鬼！我买得起吗？我养了你们几个容易吗？”

顿了一顿又说：“你爹每天要挑担挣钱，我给他买了一双皮草鞋，你难道要穿你爹的鞋吗？！”

孩子摇了摇头，眼角噙满了泪水。

二

他极疲乏斜斜地躺在厂房门前的竹凉椅上，定定地注视着街面。街里空荡荡的，街面白白地放着几许光亮。

思绪上蹿下跳，乱乱的一片。我错了吗？苦苦十余年寒窗，放弃了分配在省城的优越环境，忍痛割舍了都市中的女友……我办了这鞋厂，为的是乡亲们日子过好一点。可乡亲们日子好过了，却对他颇多微词，背地里嘀咕他……难道我做错了什么……

在厂子赢得很高信誉的时候却生产了一批劣质鞋，他火了恼了要把那批鞋全烧掉。乡亲们说烧了怪可惜，就分吧。

他恼了，开除一批又一批不称职的乡亲。他横了，他重奖重罚，他一次奖励某技术人员，顶得一个工人十年的工资。

他烧了。后来烧出了很大利润，厂子烧得红红火火。

厂子大了，他也阔了。他向贫困山区捐赠了 5 万双鞋，他向灾区送去了 10 万双鞋……

于是，县里乡里有了关于他的很多报告。

三

他去了县里。县长的桌上放着一双年代久远的皮草鞋……

他向县上捐了十万元。他走了，他撤走了他的鞋厂去了南方城市。鞋越做越好，厂子越办越大，成了一个实力雄厚的集团公司。

他仍不忘每年回县里一次。他脚上穿着极考究的鞋。

乡村守望者

出了正月初三，整个杉溏院子，一夜之间，“闹日本”一样，姑娘小伙、壮男少妇都没了踪影，留下老的老，少的少。一时间，乡村阒然无声。

伟雄唯一没有溜掉。他站在村口那棵古老硕大的槐树下，久久地望着远方，远方的天空红霞满天，慢慢地透出些许金黄来。回顾身后，头上是一朵朵铅云，一团团烟雾，脚下是一丘丘荒田，不远处则是一个个光秃秃的馒头小山，一律冷灰的色调。伟雄不竟皱了皱眉头，不一会儿，他就迈开双脚异常坚定一步快似一步地走进村子里。

他的出现，立时引起村子里不小的骚动：老人们一个个拍着他的双肩，拍一下，说一声，不走就好。又拍一下，爽朗地笑说，不走就好！

村支书河水九叔公在喊，伟雄忙朝大队部走去。他毕竟是一个代理村干部，这是河水九叔公正儿八经向他宣布的。干部不干部，代理不代理，他可不管哩！只是他已经答应一村老少留下来了。他的脚步不禁加快了许多。

河水九叔公披着一件分不清面料的棉袄，嘴里叼一杆水烟筒，见面就劈头盖脸地问：“荒田咋办？修路咋办？看山咋办？还要疏渠，还要加固水库，还要催收统筹……”伟雄没有说话，只盯着这位干了几十年的村支书那件棉袄久久地看，然后一双手伸到河水九叔公眼皮底下，说：“拿来，拿章子（村委会印章）来！”

伟雄一步快似一步，一根烟工夫就上了大叶水库堤坝，走走，停停。又一根烟工夫就上了村里后山的园艺场，看看，摸摸。再一根烟工夫，去水渠，去田地，这儿脚踹踹，那儿手量量。然后，又爬上了山，在山顶上临风而立，手夹着烟，烟雾袅袅，目光如炬，凝视着远方。

不几日伟雄换上那套非正式庄重场合不穿的西服，把皮鞋擦得锃光，头发梳得整整齐齐，还抹了水，脖子上还系了根花带带，去了城里。

一天，二天，不见回来，村子里就有人焦急；五天，十天，还不见回来，一村人个个都扯起鹭鸶脖子去望那条长长的似黄金飘带的弯弯曲曲的山路。到了第十一天的傍晚，伟雄不声不响地回来了。一回到家，冲了个凉，就上床打起了呼噜。

没有几天，村里园艺场有人来承包了，大叶水库里有人放鱼苗了。又过了十天半个月。有一天，天气格外的好，阳光洒了整个杉溏村里村外上上下下一地，闪闪地眨着，疑是落了一天一地的碎碎金银。恰在此时，有一支大队伍开进了村子里，清一色的壮后生，抄着不少的铁家伙，把铜墙铁壁般的胸脯和手臂都露在外面，迈着大步，从村子里老少娘们的好奇的眼光中走过，走进后山那座光光的大石山。

河水九叔公大发脾气，说："不得了，要坏事！"

有一夜，伟雄和河水九叔公一同逮住了一只"夜猫子"，还有一只出墙的"红杏"。这可不得了，尤其河水九叔公脚踹得嘭嘭响，要一索子勒了这两个孽种。"红杏"是杏花嫂，"夜猫子"是包石山的铁牛，一贯少见黏黏糊糊，这回竟逮了现场。杏花嫂的公爹五爹爹气得要命。当天就倒了床。河水九叔公一脸黑青冲着伟雄，但等伟雄发话。伟雄竟不看他，一挥手说："算了，救人要紧，救人要紧！"铁牛不等伟雄把话说完，背起五爹爹拔腿就走，杏花嫂跟在后头，一路去了乡上的医院。一个月喂水喂饭，端屎端尿，没日没夜。

出殡的路上，铁牛端着灵牌。丧事办得隆重，三班七十二人，个个壮得像头牛，是铁牛从后山采石队里挑选出来的。

又不久，伟雄竟怂恿杏花嫂去法院诉讼离婚，法院竟登报公告后，缺席判了。伟雄立即撮合了铁牛和杏花嫂的喜事，搞得隆重得不得了，一村人欢天喜地。喝酒那天，就只有河水九叔公死活不肯来，他在大队部里咬牙切齿，咒伟雄不得好死。

不料，卡款子一事在全村引起大伙的不满，伟雄差点栽掉。杉溏村子里远在外地打工的年轻人一年到头难得回来一次，回来时也不敢把钱鼓鼓囊囊装在衣兜裤袋里。但家里的一屋老少一年到头都是眼巴巴地望着，就三不三（不时）地把钱邮了回来。自打伟雄接了印把子，一律把汇的款子卡了。张大婶去问，我家二虎寄了二百元是吗？伟雄说是。二大爷说那龟儿子是不是寄了一百元？没错。又有三婆婆颤巍巍地来问，小香子来信说寄了一千二百六十元，是不是真的？伟雄张口就答，上月二十六号寄的，一千二百六十元，一点不假！就是不管你咋讲，他就是不给，说："替你保管着，甭担心，要好，年底一起给你，本金一分不少，外加多多少少一些零头，保你满意！"

河水九叔公一直在背后要看伟雄的把戏，人前人后到处说，看，要看的，到底到年底你卵个雄球有个咬卵法，看我不把你的印把子收了，还雄气得很吗？！

到年底，伟雄变戏法地果真拿出了钱，还付了利息，分了红。伟雄说，都是大伙该得的，他帮着大伙把钱投进铁牛的石厂了。

有一天河水九叔公蹲在大队部操坪前那根旗杆下。伟雄大踏步走了过来，走近河水九叔公身边，说："我一直在想村里学校的事，大队部空着不是空着，整修整修，用做教室，蛮好！"河水九叔公"噌"地一下跳起来，一脸愤懑，脖子上的青筋暴起，却一时半会儿说不出话来。许久，许久，才说："你敢？""敢不敢？你明天上午看我的！"说完，又大踏步地走了。没走出十步远，回过头来喊："弄晚了，奖状可就撕了，我可先打招呼了。"河水九叔公一屁股跌坐在旗杆下。

整整一个晚上，河水九叔公都是站在大队部那贴满一堵墙的奖状下。每一张奖状，都是一个故事，都是一段历史，都是他闪光的足迹。抚今追昔，感慨万千。他有时久久地不动，有时摸摸那褪了色的奖状，摸着摸着，不禁心酸酸的一片。忽地，一滴老泪吧嗒落了下来，正好落在他的解放鞋上，湿了一片。快到天亮时，河水九叔公才开始收奖状，一张张摊开，抚平，再在上面放上报纸保护。伟雄带着基建队一直等在门外，整整抽了三根纸烟，才见河水九叔公缓缓地从里面出来。河水九叔公一出了禾坪，伟雄大手一挥，几个年轻的泥水匠一溜就上了屋顶，砖刀剁得啷啷响。伟雄走来走去，跑上跑下，喊这喊那。几个泥水匠当中有人喊，我们晓得，别在这里，危险！走开，走开。伟雄答："别管我，你们抓紧，抓紧哟！娃娃们等着换教室。娃娃们的教室，绝对马虎不得的！”晓得，晓得。这里危险，你还是走开的好。伟雄一直没有离开，直至中午快收工时。

眼看着要收工，泥水匠都准备从屋顶上下来，又借机把拆落的一根足有半抱之粗的梁柱放下来。恰在此时，河水九叔公从门外似箭一般地冲进门内，走到门后，在门后处扯了一张纸下来，刚转身要离开时，那根大大的梁柱自屋顶快速而下。屋顶上的几个泥水匠都吓呆了，伟雄看见，飞也似地扑过来，整个儿身体压在河水九叔公身上，后脑上已被重重地一击，瞬即，湿湿的流了下来。当惊魂不定的泥水匠走了下来察看，伟雄已是奄奄一息，河水九叔公总算没事，手里扯着一张大跃进年代的奖状，伟雄的鲜血染红了它。

自那以后，河水九叔公癫了。逢人就说："伟雄那娃，中！伟雄那娃，中！……"

大队部已是窗明几净，屋子里传出一阵朗朗的读书声。那根老旗杆上已换了一面鲜艳的国旗，迎风飘得呼啦呼啦响。

天上的太阳很好。

洪 福

四月，莺高飞，草疯长，头一回开始真正暖和的春天。

水口乡乡长易虎正驾着吉普车疾驶在回乡政府的毛马路上，同车的还有乡政府的六位同事。这不，大伙刚从六十多里外的县城里潇洒回来，都喝得有些高了。都高兴呢，大家憋在乡政府连值了一个月的班，今夜里乡长开恩了，跟大伙说，走，自家放自家一半夜的风，上县城里爽一回！

回来的半路上，易虎乡长突然大喊：不得了，不得了了！快看——黑天黑地里，轰轰隆隆，排山倒海，铺天盖地。等到大家清醒过来时，才知道是水，涨水了，涨大水了！那水，从天上泼下来，从地上冒出来，从崇山峻岭中扑过来……

易虎一把掉过方向盘，车和水龙赛着跑，易虎他们要去陈家院子喊起熟睡中的农民。车一路狂奔，几个乡干部一路高喊，有两个还跳下车去砰砰砰敲打村民紧闭的房门。陈家大院子在黑暗中醒过来，人们一脸惊恐地点着火把向山高处转移。易虎他们掉头往乡政府行驶，没开出一百米远时，有一个驻村的干部说，易乡长，我记得陈家院子后湾里还有三户人家呀！易虎一个急刹车，忙掉头往回开。边开边喊，边喊边开，声声震天。后湾里三座木屋渐次亮起了灯。易虎他们的车开到了，三户人家已从湾里上了山，此时，水也跟着扑过来了。水，淹了车轮子，爬上了车窗，平了车顶……一会儿，水龙发起龙威，翻江倒海，呼啸着冲过来。一棵一棵树被连根拔起，易虎他们的车子被冲翻在地，打了个滚，接着，又被冲出十来米远，没了踪影……

此后，什么都不知道了。副乡长小刘只知道自己死死地抱住了一棵粗壮的大树。

小刘醒过来的时候，水停了。易乡长和其他五个同事泡在了水中，再也醒不了了，再也不能喊话了。

来了领导，来了亲人，来了医生，来了记者，来了慰问团，来了一切该来的人。

接着，小刘上了报，上了广播，上了电视。易乡长和其他五个同事也上了，他们的相片都加了黑框框，很醒目。

随后，中央、省、市、县和邻市邻县邻乡，还有香港、澳门、台湾同胞，海外华人和外国友人都送来了抗灾物资和拨款捐款赠款：支援灾区，恢复生产。

灾区清扫了，消毒了，供水了，供电了，冒烟了，垒屋了……毛马路修成了水泥路，装运物资的货车源源不断从水泥路那头开过来。田园也转青了。

后来，总结工作，推广经验，论功行赏。小刘死里逃生，抗洪有功，当上了乡长。县里，灾前早有预测，工作部署得当；灾后重建工作不等不靠，迅速安排到位，得到市里省里和中央的肯定。县委书记提拔当了副市长，专抓防汛工作。县长名正言顺地成了书记。县长建议提名三把手党群书记当县长，市里很快就同意了。当然，做了实际工作的常务副县长理所当然做了三把手（党群书记）。宣传部长宣传报道及时挖掘典型有功，当了有职有权的县委常委、常务副县长。分管副县长总算跨了一大步进了县委常委当了宣传部长。群众生命财产无小事，民政工作是关键，民政局长跻身副县长。乡里书记进了城，当上了“京官”——县民政局长。当然，大家也没有忘记易虎乡长和其他五个乡干部同事，郑重追认为烈士，成了家喻户晓的英雄。

小刘心里却总不是个滋味。

小刘最早和县里书记讲他和易虎乡长他们几个是上县城耍了小半夜。县委书记一点儿没有听见似的，也不看他，摆了摆手，说，我早知道了，你们是好样的，你们查了大半夜嘛！后来的汇报后来的报道就一律是县委书记定下的这个调子不变，稍稍有些变化的是他们几个如何爱民如何无惧，英雄应该是什么样子，他们就是什么样子。小刘想若是真的报道了他们那晚脱岗的事，结果不知是个什么样子。他想，那样也对不住易虎乡长和同事们，死了都落不下个好。

小刘想：要是死死抱住那棵大树的不是他而是易虎乡长，不用问，易虎乡长肯定这会儿当上书记了。易虎乡长想书记都想了好多年了。

后来，小刘想明白了，他就是把事实真相翻过来了，也没有谁会相信。而且他也知道，如果那样，所有的一切都将翻个儿，灾上加灾，“瘌子上面加盐醋”，这是谁也不愿意看到的！

当了乡长的小刘日日夜夜都待在乡政府里值班。没有谁知道，一个人在的时候，他就想起那场洪水，和洪水带给大家的灾难和福分。

他想，总有一天，哪怕是闭眼的那一天，他也一定要讲出来，好轻轻松松地上路。

手的姿势

黄土岭上有点怪，男男女女，少小时喊娃，老大时仍喊娃。

良成娃，本姓廖，瘦矮，无父母，黑不溜秋，是呷“百家饭”长大的。每回他只要听到有人喊“良成娃”，就觅着声音，跑步前进，赶近两三步远，立停，双手往胸前一抱，大爷大妈爷爷奶奶地喊，嘴巴里就像放了糖。若是对方吩咐个轻松活，一点也不打折扣，立马就弄得熨熨帖帖。就算婆婆婶婶唠叨个没完，他也是认认真真地听着，脑壳鸡啄米似的点个不停，一脸的诚意和感动。

二十四岁那年，乡派出所招联防队员。良成娃去试，忘拿户口本和大队的介绍信了。良成娃说：“所长，您等着！我立马拿来。”所长不当回事：“我可不久等，一个钟头不回转，那就别来了。”所长对乡里旮旮旯旯清楚得很，黄土岭一个来回，起码一个多钟头。哪料半个钟头后，良成娃已经立定在所长面前两三步远，双手紧握户口本、介绍信往所长面前一伸，规规矩矩地静等所长发落。所长当过兵，一瞧这架势，低头望他那双腿，抬头又看他这双手，说了声：“就是你了！”扭头就走。良成娃忙提了所长的公文包，紧跟在所长的屁股后面走，而且不紧不慢，总是在所长背后两三步远。

整整两年，良成娃就是这样跟着所长鞍前马后地转，到了第三个年头，就转成了队长。联防队长官不大，权不小，因此常有人来求他办事。起先，良成娃也随和，也不耍权。但久了，良成娃便不再随和，一双手也不再往胸前一抱。搭起腔来哼哼哈哈，说起话来颐指气使，头高昂，胸脯高挺，一双手往腰间一插，他一双眼睛好似“长”在脑壳上，很少正眼瞧人。当然，对领导是例外的。

有一回，良成娃带着几个联防队员在乡场上冲来冲去。冷不丁一句“良成娃”冒了出来，站在身旁的是黄土岭上良成娃家隔壁的七爷，七爷眯笑着眼看他。这句过去听起来亲切无比的称呼，良成娃今天听起来不仅不亲切，而且有点刺耳。他没有应。于是，七爷又来一句：“良成娃，七爷喊你咋不应？”良成娃双手插着腰，恶恶地说：“廖队长就廖队长，什么良成娃不良成娃？”说完一转身，走了。走了几米远，又回头横着眼盯了七爷一下，撇下个愣愣的七爷。

在联防队摔打了几年，良成娃一双不大的瘦手却是捞了不少的“油水”。闲逛在乡场那条柏油马路上，尤其是夏天，他常戴一副墨镜，穿一身丝绸褂子，一双手不得闲，右手握了两个钢球，来回地转，左手时不时伸开来，往空中一抓，好似要抓点什么“油水”。黄土岭上的乡亲再也没有人去派出所找良成娃办事，在乡场上遇着，既不喊良成娃也不喊廖队长，显得很生分。

有一回，良成娃想捞一个大“油水”，竟然做了手脚，放走了一个关着的重刑犯。第二天，是个艳阳高照的日子，他心情爽朗极了，一路走在乡场上，全身轻飘飘的。突然，眼前一片炫目的光亮，一副锃亮的手铐，铐住了他那双伸得笔直握紧两个拳头的手。他好似被电击一般，一下栽到了地上，往日的威严一下子消失得无影无踪。

两年后，良成娃又“出”来了。那日天气阴冷，他背了一个铺盖，双手抄在袖筒里，孤独地走在回黄土岭的路上，不说话，不昂头。过了松木山，弯过柑橘橘园，他就到了黄土岭！良成娃抬头一看，张开的嘴巴难以收拢：村口的大路上站着一堆人，为首的是七爷。好久，好久，他才走过去，放下铺盖行李，双手捂着爬满愧疚的脸。透过指缝，他看到一道道亲情的目光；听见一声声“良成娃”的呼喊，是那样的亲切。

七爷接过他的行李铺盖，递给七娘，张开一双大手紧紧地握住了良成娃那双瘦小的手。良成娃跟着七爷七娘走向那座低矮的小木屋。他明显地感觉到，站在村口大路上的乡亲仍在默默地注视着他。良成娃勾着头，一双手抱在胸前，频频地点头致谢，泪流满面。

报答

小山和秋月是一对姐弟。小山是弟弟，长得大山一样结实。秋月是姐姐，如一弦月牙，洒了一身的清辉。

小山和秋月都是爹娘的手心手背，手心手背都是肉。秋月是姐姐，就要分得出手心手背，就要处处让着弟弟，护着弟弟，挂着弟弟。小山是弟弟，有了烦心事棘手事，总是第一个记起姐姐，问姐姐，烦姐姐，难姐姐。弟弟没有半点不自然，姐姐当然也无一丝不情愿。

小山念小学。秋月扯猪草，放牛羊。姐弟俩天天相见。小山说，姐，我教你认字。姐笑着点头，眼睛里很明亮。

小山读中学。秋月田里刈禾，地里锄草，山上砍柴。姐弟俩一个月见一次。秋月每次去送米送菜，小山说，姐，我读完中学回家，田地山上的活我都包了，不要姐拢边。姐摇着头，眼睛里头亮了一下。

小山后来上了大学。姐弟俩一年也见不到一回。姐姐去了南边的城市。弟弟每次收到姐姐的汇款，就和姐姐通一次电话。小山说，姐，你给我的太多，我这辈子一定要报答你！电话的那头没有动静。小山分明感觉到姐这一回既没有点头也没有摇头。

小山想要去南边看姐姐。他很多个夜晚梦见姐姐，姐姐的一双灰暗的眼睛让他在夜里时常睡不着觉。

四年的苦熬，小山终于出了头。他要向姐姐兑现自己的诺言。

姐姐已有很长一段时间没有和他通电话了，虽然钱还是按时地寄，且一次比一次多，却总让他不放心。姐姐常常没有一个固定的地址，只是时不时用电话和他联系。找姐姐就很不容易。小山不管，他想姐姐为了他，那才叫真不容易！

小山找到了一个同学。那同学上到大学二年级就走了人，如今在南边城市已是一个几千万元的老板，牛得很，也很有几分活动能力，什么道上的朋友都有，什么事情都敢做——只要赚钱。

到达南边城市的当晚，那同学硬拖着小山去赶一个化装舞会。陪舞的女孩儿身材娇小，于忽明忽暗的彩灯闪烁下，如一弦月牙，洒了一身的清辉，很熟悉。

小山逃离了那个舞会。第二日，也逃离了那个城市。

那秋月呢？有人说找到了，有人说没有找到。反正再也不见秋月回来过。

小山回到了乡下，去了爹娘的坟前，一个人哭得不像个人样。自此，小山留在了村子里，忙碌在田里湾里，山上山下。村子里后来有了机器声，车子来来去去。

当了村支部书记的小山常爱和青年人讲一对姐弟俩的故事。

谁都知道，谁都没有说。一个乡里人的故事，藏在乡里人的心里，默默流传。

轮　回

老马、大马、中马和小马是一家四口。老马是爹，大中小三匹“马驹子”围着老马转。当爹当妈，“马驹子”个个长得膘肥体壮，毛滑如漆，跳着叫着。老马生一双海鹰般的眼睛，看着欢蹦乱跳的“马驹子”，就分明看到好远好远的世界，好美好美的前景。

老马在厂子里也是一匹千里马。能耐不错，能量不少，昼夜马不停蹄。伯乐就很像伯乐，给他戴红花，上光荣榜，喊喇叭表扬，坐主席台做报告，又推荐给伯乐的伯乐来接见。那一段，老马觉得千里万里，像风一样飞过，没有什么到不了的地方，若攒足劲儿，直可腾空入海。

老马觉悟其实很高。夜里睡在床上兀自进行思想再教育，懊悔自己的极端个人主义、非组织观点，骨子里还存在盲动主义残余。就常常把自己批得体无完肤：老马，你算什么？你还不是一匹老马吗？若不是有一群普普通通的马们垫底，若不是有伯乐慧眼识马，不就是老马、病马、死马，就算你灵，充其量算一匹野马。野马怎么了？无组织无纪律，脱了缰，只会摔得粉身碎骨……老马越想越后怕。

老马就从心底深处无限感激组织感激人民群众。老马就始终把头埋得很低姿态抬得很高，一声不响做工作，又谦虚谨慎，见了荣誉就躲。老马要讲，就讲领导如何如何英明、组织如何如何强大、人民群众如何如何伟大，讲得情真意切，感激涕零。这样一来，老马就愈来愈像老马了，厂子内外公认的模范标兵。

老马另一份感激。就是把大马从学堂里拉了出来，献给了厂里，向党和人民群众输送了新的血液，也算他老马家对组织表心意。

再过了几年，中马出落得俊秀飘逸，又读了大学，算得一介人才。此时，不再一味强调根正苗红，开始重视起臭老九——知识分子。老马毕竟是老马，念念不忘组织上的培养之恩，群众的拥戴之情，决心坚决回报。正是厂子用人之际，就是他老马家出力之时。中马大学一毕业，或可以读研究生，或可以留在北京、上海风光风光，百分之百不会回这个边远山城半死半活的厂子里来。但中马毕竟拗不过老马那一天一封的挂号告急信件。中马看到了那信，一如看到老马急切的眼神，眼睛里滚出点点泪花。于是，中马回到了厂子。

又过了几年。小马也大了，却不成器，书也不念，终日里闲逛。老马很是伤透了脑筋，劝小马进厂子里做一点小工，别到处逛，逛出事来。小马却不买账，说，别说做小工，就是正式招我进厂，给个你老马屁颠屁颠一样的车间主任，我还不稀罕呢！老马气出病来。他晓得厂子这几年越来越难了，已很难养活厂子里这一大群人了，别说招工，要小马进厂做小工，都是给了他天大的面子了。

他老马还能说什么呢？他看着日益破败的厂子，他看着越来越不像话的小马，像揪心一样痛。

其后几年，老马家日子一天不如一天。先是大马下岗了，接着中马也插不上手，最后老马也无事可做了。小马已经有三四年不见人影了。据说，小马临走时抛下一句话，他去闯荡去了，回来后给大家一个惊喜。谁信？反正老马绝不相信。

有一天，小马真的回来了，不仅没有逛出事来，还一身光光鲜鲜。老马老是往小马身上瞅，一脸的不相信。让老马怔怔地最不相信的是小马这回还收购了一个大厂子！而厂子不是别家，正是老马干了几十年、小马招不进工的厂子！

机器又响了，工厂又冒烟了，中马、大马又进厂了。好说歹说，老马又当上了车间主任。

老马到死也没有弄清，搞来搞去，又是一个轮回！老马到死都没说。

党　魂

清明那天，我动身回乡扫坟。在车站候车室遇一愣头青，满嘴胡话脏话：“党员，又有几个好的？不过，一张党票能免三年徒刑！”我极为愤懑，狠狠地赏了他一拳。他一怔，捂着脸颊：“我说我的，碍着你什么？”我怒瞪着他：“你再胡说一句！”他见我一脸黑青，气势汹汹，话到嘴边又咽了回去，慌忙走了。

路在连绵的绿山中弯弯曲曲地延伸，我仿佛看见乡下那栋衰老的破屋和大伯。大伯似一堵古铜色的墙立在广袤无垠的旷野上，灰白粗长的眉毛下，一双严峻的眼睛审视着世间。

大伯人灵聪，办事利索，又肯帮忙，很得村子里人的喜欢。不久就当记工员当生产队大队会计。大伙都说，大伯蛮有出息的。就连大队书记吴七爷也在人后讲：这小子，了不得。谁料大伯眼里掺不得沙子，脾气很倔。一日，竟和吴七爷在大队部闹了起来。听说，吴七爷要大伯记一笔账，可大伯硬是不记。不久，大伯就丢了大队会计的美差。但他劲头仍蛮足，领着青年男女修渠道修水库修马路，搞得轰轰烈烈。

后来吴七爷因那笔账撤了职，从部队回来的石生老伯接了位。石生老伯开始与大伯相处很不错，后来断了交往，是因为大伯爱骂人。

大伯骂人，出了名的。不管你官大官小，只要做错事，他就和你干架一般，揪住你的胸襟，怒问：“你像个党员吗？”据说大伯曾揪过公社书记。石生老伯被大伯揪过多次，且被大伯告了一状，受了个党内警告处分。那是上级领导来大队指导工作，石生老伯用大队学校卖粪的钱买了一只母鸡招待了。大伯竟怒气冲冲揪住石生老伯说：“娃娃们连课本都买不起，你公款送人情，你像个党员吗？”骂人还不算，大伯又越级上告，逼得石生老伯只好赔钱，做检讨……

我去了祖辈父辈的坟山，远远地望见有一个人跪在大伯坟前，捶打着干瘪的身躯，一声又一声干号：“我不是人……我不是人……”这人就是石生老伯，见到我，双手抖抖颤颤把一个木盒子交给我。木盒子是大伯生前留下的，打开一看，里面竟是厚厚一叠入党申请书和建议报告。我心血沸腾，久久地立在那儿，哽咽着，把 47 份炽热的入党申请书一份一份焚烧在大伯的墓碑前。刻在墓碑上的字在我眼前变幻着，最后竟极清晰显出两个大大的红字：党魂。

父亲的铁盒子

父亲是个老实农民，却也见过世面。

母亲说，你父亲在部队上干过，要不是回来了，也能当上什么长的。

又说，同你父亲一起在部队上干过的伙计有的当上了“门长”，给毛主席守门。

我说，母亲，那不是“门长”是营长，是警卫营长。

母亲便怔怔地问：“它很大吗？”

我点点头。

母亲似懂得了什么，喃喃地：只可惜你父亲……

有一年残阳如血的时候，母亲一生下卫国就大出血。天上地下血红一色，蔚为辉煌。急坏了满村子的婆婆婶婶们，乐癫了我父亲的几位叔伯兄弟，他们向我父亲拍了电报，说是“带嘴的”，等着取名儿。

那时，父亲所在的部队，即将开赴朝鲜战场，保家卫国。在部队立马开赴的当天，父亲收到电报。

于是，集合时，口令“向右转”，父亲“向左转”；“向前看”，父亲嚯地“向后看”；“跑步向前”时，父亲却“原地踏步”恁起劲！后来部队首长以父亲“耳聋”“不宜战事”送返家园。

父亲背着背包走了。不是去了硝烟纷飞的战场而是回了雁雀纷飞的江南家园。

父亲很顺当地把他刚出生的宝贝蛋取名作卫国。后来，我知道那个年代出生的人叫卫国的很多。

父亲一声不响地回了家乡。至于是什么原因回来的，父亲从没有谈起，也对别人取笑他的“耳聋”没有异议。他侍候蔫蔫在床的母亲和卫国一月后，也就是卫国满月的第二天，又进了镇上的武装部要求归队，死磨硬缠两个晌午。武装部长少言语，就四个字：不宜战事。

自此父亲表情悒郁，只字不提部队上的事。逢人家谈论部队上的事便避瘟疫一样疾疾地走开。有几回走不及，父亲全身竟痉挛一番，似黄蜂叮咬几口一般。

后来就常常见父亲在死寂的深夜，一个人孤单单地坐在窗前，出神老半夜。有几回，卫国从噩梦中醒来，见父亲轻手轻脚地从枕头底下取出一个布包，借着窗外射进来的月光，卫国看见了一枚鲜艳的五角星，同样鲜艳艳的一副领花，还有一枚金灿灿的不知是什么的东西。

第二天，父亲做工去了。卫国翻出了那枚五角星，喜欢得不得了。就别在自己那顶半新半旧的布帽上，在一班细伢子中很是神气，惹得小伙伴们“啧啧”的称赞，就你瞧瞧他摸摸。卫国站在中间踮起脚尖又神气了几分。突地五角星掉到了地上，捡起一看，是别针断了！卫国傻眼了。

父亲出工回来后，卫国第一次被父亲打了一顿也是最后一次。末了，又见父亲把那枚断了别针的五角星放在那个很精巧的铁盒子里，又用手帕包了。这回放在木箱子的底层。

那个精巧的铁盒子自那以后再没有人动过。只是在父亲去世后，母亲把那铁盒子放在父亲的胸前，父亲那时很安详。

红木梳子

晓仁是个农村伢子，爹死得早，留下孤儿寡母，母亲苦挣苦熬，落下一笔债，却丝毫不敢耽误娃崽的学业。好在娃崽学习蛮用功，成绩顶呱呱，从跨进学堂门到大学毕业，一路顺顺遂遂。眼看好日子马上到来，晓仁娘竟一病不起，得的是肝癌。不日，晓仁娘去世，临走前，抖抖颤颤端出一个木盒子。晓仁哭得昏天黑地，撕肝裂肺地哭喊，终不能喊醒母亲。

本想着把母亲接去单位享享清福，现在能去的只是母亲的木盒子。盒子是母亲一生的珍藏，内装一把精巧古朴的红木梳子和一对银耳环。晓仁把盒子看得很重要，仿佛如母亲陪伴他身旁。

晓仁刚分到水泥厂那阵就谈了一个对象。热乎得准备婚事的时候，晓仁把珍藏在箱底的木盒子赠给女友。女友揭开一看，似乎受了天大的委屈，转身拔腿而走。晓仁收拾起木盒子，从此不理女友。女友后来悔悟，隔三岔五来单位找，赔不是，晓仁就黑青着脸，一声不吭。后来，晓仁就常带着那把红木梳子在身边，和老师傅青工们伙在一起，少了刚来厂子那阵豪情满志、大展抱负的气概，再不说过头的话，再不讲大政策小道理。他时时竖着两只耳朵，一副毕恭毕敬的样子，嘴上嚅嚅应承着“是，是”，“对，对的，是这样子的。”又时常记得人家七大姑八大姨的生日吉辰，就领头凑份子喊“喝酒”。厂长主任书记们的办公室住宅楼也常看见他的身影。

晓仁再也没有什么独特的了。要斤把米酒炒一碟猪头肉，与大伙蹲下来围一围吹牛皮说痞话闹腾老半夜，嘻嘻哈哈吵吵嚷嚷，若喝红了眼，骂娘打架来个“荤素”齐全也是有的。唯独一点不同，晓仁身边时常带着一把红木梳子。大伙你拿去横两梳，他拿去竖两梳，他极乐意，笑着看。许多人都拿去梳，红木梳子却愈发的好看和清洁，老红老红的，锃亮，又极滑腻。

有一天，水泥厂迎来厂庆的大喜日子，厂里一派欢庆热闹的气氛。晓仁被抽到内勤组，负责打杂跑腿传递信息等一应杂事。那天来了许多头头脑脑，镇长、书记、县经委主任，还有副县长，隆重得很。庆祝大会开始，头头脑脑在主席台就座，晓仁在一旁倒开水，隔着两三米远。那天副县长做报告，念几句就看一下天空刮起那不大不小的东南风。他就用手抹抹头发，那风像要和他拗劲似的，又吹过来，副县长眉头就皱一下。晓仁看在眼里，当副县长眉头正准备皱第三下的当儿，他瞬即一踏步递上那把精巧的古朴的红木梳子。副县长满意地挥着那把红木梳子，一梳，两梳，再一梳，两梳。副县长又继续念报告，就念得极为流畅和舒心。

后来，开完大会，晓仁就被叫到厂部办公室，副县长当着镇长书记经委主任们亲切地问起晓仁的情况，厂长书记忙不迭地回答。说什么晓仁已不记得，只记着头头脑脑们的满脸笑容和赞许，最为清晰的是副县长那只宽大的手掌在他狭窄少肉的肩膀上拍一下，又拍一下，他觉得一直温热了一下午。三个月后，晓仁被破格提拔为水泥厂厂长。他西装革履，侃侃而谈。各项改革方案已在逐步实施。他满脸春风，绘制宏图。

唯独让晓仁厂长遗憾的是，那把红木梳子已不在身边。晓仁厂长后来日子顺心、顺意，却时常有一点不习惯，总爱往衣袋里摸那把红木梳子。

九八七

今儿个又是过年。雷七赶在腊月二十九下午才从城里赶回家。雷七在城里办了一个公司，从农村里拉了许多人去城里打天下，竟也红红火火。雷七就愈来愈少回家了。今儿个不是老婆秀梅三番五次打他的手机，他肯定还不想回家里去，公司里头的女秘书安妮小姐死缠着他不放。老婆秀梅在电话那头不轻不重地说，你不回来，今儿个过年，我可不晓得跟娘咋说？

雷七断断不敢忘了娘死前的吩咐。每年过年必得要请了娘从阴间来，杀了猪宰了羊，喊声娘；噼噼啪啪爆竹欢叫着，告诉娘；甜酒比蜜甜，（苞谷）烧酒喝得个个脸上发了烧，先让娘亲尝一尝；春节联欢晚会马上就要开始了！娃儿们，前排沙发上给你奶奶留个座。娘要问，咋今儿个恁闹腾？雷七赶忙告诉娘，全国人民开大会。开完大会开小会，雷七还要向娘一五一十汇报一年的收成。就为了这一年一年的过年，雷七从不敢有半丝的松懈。

雷七赶回家，老婆秀梅不见有一丝异样。年毕竟像个年的样子，年货、气氛都是有的，大门上倒贴着那斗大的“福”字似向他眨着眼，他还是显得无事一般，照样去请娘，照样来过年。还是年夜饭，还是爆竹响，又是开大会（看晚会），又是发红包（压岁钱）。一切像往常一样，照例大人发给小孩儿。雷七家却有一点点不同。老婆秀梅那年发红包时也给雷七发了一个，说，开门红，是祝愿男人的生意红红火火哩！钱不多，可那时雷七心里头是热了一下又一下。就从那时起，雷七也每年给老婆压岁钱，他想着老婆里里外外也不易。慢慢地，雷七每年给红包时就不想事了，反正有钱，反正多给一些就是了，几千元几千元的发。而老婆发给他的红包却是一成不变的，反正票子或新或旧，或零或整，都是 168 元钱。今年老婆发给他红包时也还是那样讲好话，也还是那样高高兴兴。不同的却是里头封的钱多了许多，987 元！他以为数错了，又数了一次，还是 987 元。他就想，是老婆少放了一元钱，要想发，不离 8，都是这个习俗的。他又想，老婆这回封了这么多，是不是有什么原因？可转眼又想，可能是家里的家庭收入大大地提高了的原因吧。过了不久，他还是淡淡地问了一下老婆秀梅。秀梅也是淡淡地回，那双眼却是紧紧地盯着雷七，说，也没什么，封 987 元钱我是问过娘的。娘要我给她传话，她临走时吩咐给你的话，你记住了吗，你记到心里头吗？老婆说那“987”三个字时是一字一顿的，其他的话都是极平淡。

雷七脑袋里却是嗡了一下。他久久地自言自语，987，987。九八七，九八七。哇，久发妻，是久发妻！瞬即他脑袋里好像开了花，老高老大的一个人怔怔地立在那里。好久，好久，他才回过神来。他终于明白老婆秀梅的良苦用心了，是要他永远地记住自己的结发妻子！

雷七跟我说起这些时，满是深情，又满是愧疚。他说，明年给老婆的红包要大大地减少了，老婆又不计较钱多钱少，红包只封 527 元。多余的钱，他要封给村里村外的十个贫困户，每人也是 168 元。

夜色沉重

今天得去朋友家。我家发生“经济危机”，“财政赤字”一再出现，“财政部长”下了最后通牒：再不寻个生财的道儿，就先拿我开刀，烟酒全戒，宝贝书送废品收购站……

唉，成家难！也怪不得老婆，两个人干巴巴那点儿工资，上有老母，下有小孩，一家四口，光糊口就不够，还要搭人情世故。老婆再能干，“巧妇也难为无米之炊”。

去老朋友家怎么说呢？就说找个第二职业。对，都兴这个，也体面。

朋友家虽好久不去，却好找，1路公共汽车终点就是。哟，有点不像，是这儿吗？门上挂着“环球股份公司驻湘办事处”牌子。

“你找谁？”一小孩儿从货柜背后探出脑袋。

“哦找，我找方国平，你认识吗？”

“你找方国平，你是他什么人？”

“他朋友！”

小孩儿摇摇头，吐出两个字“不像！”

我说：“为什么？”

“不为什么”，小孩儿向马路那面一个很“派”的“款爷”努努嘴，“那才像。”

我没再和小孩儿争论下去，说：“我找方国平有要紧的事，你能帮我吗？”

“要紧？”小孩儿用疑问的眼光看我。

“你不信？”我也回敬了一个他一样的眼光。

小孩儿不屑一顾，来了句“现在谁信谁呢？！”我被噎得够呛！

僵了好久，我仍在等。小孩儿好似不耐烦了，“喂，你若真是方总的朋友，就找找吧！”一撩衣襟，把大哥大递给我，又给了我号码。

我怎么也接不通，脑门、手心都渗出了汗。他又甩过来两个字“土包”，我又呛了一回，他给我接通了。

是国平在接，并承认了我这个朋友，并说那个称他方总的小孩儿是他儿子我世侄。

小孩儿把我引到他家，等了好久不见他爸回来。一个人干坐着显得有点难受，就和小孩儿扯谈起来。

“你爸很忙吗？”

“生意场上哪个不忙，不忙能行吗？”

“能挣很多吗？”

“不多也不少。”

我忙掉过话题：“你多大呢？还读书吗？”

“十三，早两年就不读了。”

“这么小就不读书了，为什么？”

“不为什么，能挣钱就是有本事，我爸也只读过小学二年级，不照样大把大把挣钱吗？他还当个什么学校的名誉校长哩！”

我很是惊愕，不过国平当名誉校长是真的，他给校方捐了十万元。

我觉得话不能再谈下去了，就说：“你爸还没回来，你妈呢？”

“你是问我哪个妈？”

“什么？”我异常地惊奇。

“我是说我有四个妈，第一个妈刚去世第二个妈没空几天就补了缺，后来二妈离了婚三妈来，前些日子四妈离婚了，这位子还空着。”停了一下，又说：“其实，后面的三个妈是算不得妈的，只能算方总的妻子或情人。”

“噢”。我怔怔地站在那儿。

如此氛围，我不便久留，提脚悄悄离开方家，小孩儿没有发觉。

回来的路上，月儿一直很圆，却被几块乌黑的云块遮了，星星映着，带些清冷的口味，湿墨染过夜色，夜色变得沉重……

夜晚，躺在床上，老婆已睡熟，我却久久不能入睡。

明天是否还去方家？

吹哨呼风来

山娃来到城里念书，第一个感觉便是偌大的城里竟没有山，也老无风。有同学兴趣很高地带他去看山，山是假山，土包子一样，他瞥一眼，阴阴地走开。风倒是有，一丝丝地都是从喧嚣、繁杂和热浪中逃出来，有气无力的，不清爽，不生气。一个上午，上课下课，山娃都坐在教室里，不爱动，不说话，脑袋贴在桌面上，眼睛望着窗外久久地出神。全班同学其实都特关心他，大家都知道，山娃的爸爸是消防烈士，前几天在救火中去了。

放学了，山娃一个人走在前头，关梓从后面追上来，友好地拍了拍他的肩，很神秘地说："跟我去一个好地方，可好玩哩！"山娃并无多大的兴趣，只是关梓太热情，又一只手老是挽着他。关梓一路上把要去的地方，说得天花乱坠，好像世上再也寻不出第二个这样的胜地，直比上了书的还上书。

"哇噻，制净洲——，到了，快看！哇噻，好美哟，帅呆了！哇噻！！"关梓早松了手，跳着，叫着，把个书包丢到半空，落下来，又抛上去。关梓乐了好一阵后，却见山娃立在几米开外，进不了氛围。又走到山娃面前，再也不光顾自己乐了，而是牵着山娃的手一步一步地走进制净洲的深处，走进制净洲的美丽。是的，这个洲是小城的福地，累了烦了悲了喜了有闲了锻炼锻炼身体了，尽可以来，一桥飞架，四面环水，洲上树木如荫，鸟语花香，草地松软……

只是这几年来，一下子洲上冒出100多家卡拉OK、舞厅、啤酒屋、休闲房等。昼夜不停，就是鬼哭狼嚎之唱音，就是酒杯碗筷交错声，就是嘻嘻哈哈浪笑声……就再不如从前，树也阴了，鸟也飞了，草也蔫了。当然，没有多少人注意。人家注意的东西，现今都很现实，是眼前晃动着浮在槲净洲上半空中的快乐。这快乐，实打实，嘴巴流油，穿肠而过，心跳加速，彻底放松，舒坦着嘞。

山娃老是往洲边边上走，他怕听那刺耳的声音，他怕见着那些打着饱嗝散发一身酒气的大腹便便的很光鲜的家伙，还有那打扮得花花绿绿一扭一扭一只一只的“红嘴鸟”。他似乎没见过这等世面，他总是觉得这洲上的东西很不自然，他也显得很不自然。

山娃顺手从路边的树上摘下一片叶子，看看，整个叶面都焦黄了，他只得丢了。他再摘一片，放近嘴边，嘴里呼呼吹气，叶子也许因了卷曲，丝丝啦啦地，吹不响亮。他又把叶子用手抚抚平，一下，一下，又一下，想必是叶子太蜷曲、干枯，经不起用力抚，皱烂了，他只得放弃了。树叶落到地上，他望了一眼，很可惜的样子。

关梓很疑惑，他实在弄不懂山娃在搞什么名堂。但只好随他。老师说，大家都要关心山娃，尤其他这个班长，今天下午就是班主任特意安排的。关梓还是忍不住问山娃。山娃说：“我是在喊风哩！”“喊风？”关梓不解。山娃并不回答，好像喃喃自语：“风，风躲哪去啦？都躲哪去了呢？没有风，那还了得？没有风，哪能吹绿树？没有风，哪能吹开花朵？没有风，哪能吹动鸟的翅膀？……”

山娃终于摘到一片阔大还算青绿的树叶，放在嘴边很响地吹起来，是那样地投入，是那般地动情。关梓在一旁都看得入了神，山娃的吹哨，起起落落，声音高高尖尖，既有节奏，又有韵味，唱歌一样。关梓想，太迷人了，没有什么东西不被他迷住的。

然而，风却不肯来。山娃很沮丧，这在他“青山拥云动，绿水映月明”的家乡是绝对不会出现的。他每回吹动起片片树叶时，呼呼呼地，万千树叶都竞相地撒欢，风就舞起来。而此时，把手掌横在空中，不见风拂，摘一根狗尾草竖起来，纹丝不动，他很是失望地把那片叶子放在手上搓来搓去。他像是对关梓说，又像是对整个槲净洲上的人说的。山娃说：“风来不了，风来不了了……”过了一会儿，又说，“晓得吗，晓得吗？山那边，我的家，风都在树上跳着舞，风都是绿色的哩；风吹到脸上，一舔，甜丝丝的！”唔唔，唔唔，山娃的脸上很有些抽动。

一个月后，刜净洲上的一切娱乐建筑全部撤除。洲上再次恢复了往日的清静，有鸟儿起落在枝头，树枝动了动，树叶随着摇摆起来，起风了！

据说，是关梓当县委书记的爸爸关仁下的命令。

又听老辈人说，大炼钢铁那会，洲上的树被砍得七七八八，也是一个小孩儿的哭声喊停了砍树人手中的斧头。那个小孩儿的父亲就是带头砍树的。小孩儿哀求的哭音令人心碎，在佛净洲上空回旋：“莫砍了，莫砍了！瞧，树流血了，流好多好多的血哟！”没有人顾及小孩儿的哀求。小孩儿跳开去，站到一棵大树下，紧紧地护着，叉开手，又喊：“留下，留下好吗？留几棵也好，要不，鸟儿都安不下一个窝了……”哇，哇哇，哇哇哇……直到这时，那伙人才你看看我我看看你，停了下来。也是从那时头起，佛净洲才被改名为刜净洲的。

小孩儿会长大，树在长高，时光都会老去，许多东西都不记得了。有风吹起的时候，真好。

我想飞

这一向，郝繁荣下了岗，一年只领得800元生活费，一家四口没法生活，他就常常为“米米”（钱）日夜犯愁。有一天，他一个人又坐在家里，喝着米酒。喝一口，咬一个酸辣椒，他寻思着：这米要是能生米，几多好？他举着杯刚要猛喝，又放下，一看，突地，一拍“猪脑壳”，呀呀的，这不有了！

郝繁荣就立马蒸起了米酒卖。米成了饭，饭成了渣，渣成了水，水成了“米米”。“米米”好，“米米”好！“米米”能换更多的米，能要到更多的想要的好东西。郝繁荣想着想着就想笑，只是没工夫笑，就笑在心底。酒烤出来，他一肩挑了，大街小巷去叫卖，连倒把胡同里都有他的酒香。

常常还有露水的清早，郝繁荣就起了床。他是瞧准这会儿工夫，老大爷老太婆正要晨练呢，平常人家的壮男主妇，又都要赶早出门找事捞“米米”。他的酒很抢手，大伙都说酒纯，劲大，喝下去，能祛寒，能提神，能长劲。当然，又不贵，一块二一斤。不像那些这会儿还穿着睡衣搂着玉手酥胸女人（是长期、短期还是临时租来的？）的高级“骗子手”（骗财骗色是骗，不知骗官骗老百姓算不算骗子手？），一出手，XO、人头马，千儿八百的抛，倒水一样。红红的，那可是血水呀！人头马面的畜生！郝繁荣想起来，就冒火。

郝繁荣冒火归冒火，冒火之后就走神。想当初，他也是走在镇上坑坑洼洼的泥沙街面上，倒剪着手，一步一步地丈量过去丈量过来。见人三分笑，高声地招呼：吃了冇，吃了冇？那时他还是一个镇供销社的副主任，好歹也算个人物哩。加之，大伙和他混得烂熟，总是一口一个郝主任喊得顺溜。他慢慢地就听出来了，那个“郝”字音中，有一半多是“好”的成分，他就愈发地高兴。尽管正副主任一溜儿五个，按姓氏笔画，他排在最后。一桌牌儿，他多半只有看的份，看也看得兴起。一桌酒儿，人家吱溜喝的美气，他添酒忙个不停，照样也来劲。这样的日子，现在想起来，还很是留恋，蛮有回味。

后来，郝繁荣的单位慢慢慢慢就凉了，不光是喝不上酒了，会也开不上了，工资也开不出了。只一样，牌换成麻将，砌得更勤，整日整夜。也不要紧，反正无多少事可做。到最后，只用得着守门了，留守人员定四人，“东”“南”“西”“北”四扇“门”，他不“中”，姓氏笔画惹的祸！郝繁荣就很窝火。他终于在没人的时候，骂了一句“妈妈的”！

郝繁荣挑着到处转悠，肩上的担子一下一下地轻了，口袋里的“米米”一点一点地多了。他的脚步也就轻快多了。他竟哼起不知名的小调，晃晃悠悠，就觉得不像在走路，全身轻飘飘的，好像要飞。

一路欢快到屋，就喊春兰婆春兰婆。老婆还在里屋床上热被窝，翻了个身，喊喊喊，喊春吗？郝繁荣竟不恼，也没觉得肚子饿。嘻嘻地笑着，我是喊春哩。说着，三下五除二剥得身上没一根线。一抬腿，滚进被窝里。一会儿，郝繁荣就觉得老婆像一只馋猫，有节奏地哼哼唧唧，一声比一声大，他越加起劲。郝繁荣就觉得自己好像飞了起来，起起伏伏，自由翱翔。渐入佳境，过瘾，神仙似的快活。

米酒，郝繁荣一卖就是 8 年。八年抗日，妈妈的！胜利在望。那天早上郝繁荣卖酒回来，先和老婆美美地过瘾地“飞”了一回，就翻出那个沉沉的木盒子，块票毛票，还有硬币，一扎一扎地，堆成一座小山。两口子一数一个上午。数完，破例又“飞”了一回。接着，郝繁荣就出了门。

先是扛着那个木盒子去了信用社。然后，又去了佳园安居小区。

一直到掌灯时分，春兰婆还没见郝繁荣回来。她这才急了，急的倒不是死鬼的死活，一个大活人还怕哪个娘们抢了去？急的是那一盒子的汗水钱攒了 8 年，刚刚攒够一套两室一厅的安居房。要弄丢了，岂不是白忙活了 8 年，那倒是真真要了两个人的小命哩！

一路寻了去。刚到蛇口中路，就见 10 多米远处围了里三层外三层。

有人喊，撞坏人了！春兰婆身子无由地一颤，发疯似的拨开人群，挤了进去，朝里一望，她全身发软，瘫成一堆。

醒来时，一片白，墙是白的，天花板是白的，眼前每个人身上都是白的，白得晃眼，她想不起什么，脑袋里一片空白。

谢天谢地！她和死鬼都醒过来的那天早晨，又是一个阳光灿烂的日子。郝繁荣记起该是“飞”的时候，他朝同屋12号床的臭婆娘递去一个熟悉的眼神，两人同时会心地笑了。郝繁荣想做一个飞的动作去逗老婆，一动，腿脚都上了钢板，吊在半空，一点儿飞不起来。手倒是能动，他先在胸前的口袋里拿了一串钥匙，扬起来，索索响，让老婆听见。停了好一会儿，他又举起那本大大的病历卡，翻开来，胡乱地画着一套平面的二居室，门前歪歪斜斜地写着一副对联。上联：佳园家园月圆人圆；下联：郝酒好酒日久地久。房子的两边还有两行更大的字。一行是“家挣下了”，一行是“老婆，我想飞”！

两人都躺在病床上，久久地对看着，会心地笑着。一线光亮射过窗来，郝繁荣顿感双眼一辣，不等老婆发现，他飞快地用手一试，把双眼投向窗外。

天气很好，又是一个忙碌的日子。

猪 事

旧友张君，一向忙得飞，偶尔有两三次擦身而过，也只点点头。

猪年伊始，张君竟来我处坐谈，而且谈的是关于猪的话题。此时我正写着一篇谈猪的文章，就很得意滔滔地说：“猪在大地的儿女中间，它的心地最善良，在爱的阳光沐浴下，它满怀信仰与忠诚。享受着无限的自由，胜于有限的钱财。猪的志向宏伟，而且无拘无束。”张君静静地听着，久久不说话。我说完更是一脸的得意和自豪。这时，张君抬起脑壳，从牙缝里迸出一句话来，说：“其实猪生和人生没啥两样。”我即刻一脸的惊讶。

他说若不是儿时家贫，若不是他早就深觉猪的重要，也许他不会领略猪生的深刻。他说他极难忘童年的记忆中家里只能称 0.5 公斤猪肉的日子，一年到头家里喂养的猪不出意外，除夕的年夜流油的嘴巴便咂得贼响，来年的春天准能欢蹦乱跳背着书包上学。

那年秋天他产生一个奇异的想法，认为读书是别人的事。于是，也弃学回家养起猪来。爹娘失望透顶，粗粗地骂他：这么没出息。

后来，他养猪贩猪发财了。一次他向母校提供两万元赞助。在大会上他过去的老师都慷慨陈词，将他的当年赞成这也不凡，那也优秀，而这些话强加在他这个当年在学堂里时时想着养猪而成绩一塌糊涂的学生头上，心里不是滋味。况且在捐赠仪式上，教育局长又郑重聘他为名誉校长，并在会上一再提出要大家向张君学习，张君望着主席台下一千多双晶莹无邪蓄满崇敬的眼睛，心中更是打翻五味瓶一般。

许久，张君抬起脑壳满脸苦痛地说：“今后我绝不再去养猪，我想去成人学校读几年书。”我又一脸的惊讶，瞬即“哦”的一声。我想我应该懂了，便和张君许久静静地坐着，默默无语。

上体育课

在我家乡的学堂里，一提起上体育课，大伙儿都走得欢，想干、爱干、可干的事真是多得没法儿说。男生们一个个筋斗飞到了操坪，三下五除二甩掉上衣，绾起裤腿，就开起仗来。人呼啦一下分成两拨，两个领头的“剪子包袱锤”一划，便立刻分辨出你是“好的”，他是“坏的”，再正规一点就是八路军消灭日本鬼子。当然“火力”很猛，喊声震天。其实从来都不当真的，绝不伤皮肉。但胜利者的骄傲和喜悦，失败者的悲哀和绝望，却是溢于言表的。也有不做激烈状的，打打陀螺，圈得呼呼响；骑骑拐马，高高地在上面，看着地下的同伙，就有十二分的得意；或是蹲在地上，拿一截小木棍，三两下就画起一个棋盘，顺手捡几颗小石子，就“楚河”“汉界”杀得难解难分；夏伏天，好得很，一个猛子扎进水塘里，不等上课钟敲个“烂”，就是泡在塘里不上来；下雪天最好，垒雪人，打雪仗，雪块落到嘴里，嚼着竟是甜的。女生们，总是一团和气，总是扎在一堆，总是天天在丢她们的手绢，唱她们的甜歌，踢她们的毽子，跳她们的田字（一种简单的乡村儿童游戏），好像永远做不完，好像永远快乐着。

初一那年，我考进了城里的重点中学。我真是舍不得那些一起摸爬滚打的同学，但我很多个夜晚常梦见自己坐在城里宽敞明亮的教室里。我义无反顾地走了，我奔我的新天地去了。

那是进校后第四天下午的第六节体育课上，慈目面善的老体育教师凶险得很。一上来，就把嘻嘻哈哈的同学们唬住了。接着跑一圈又一圈，还逼我们一个个四肢落地往地上压，还美其名曰俯卧撑，就是他妈的狗吃屎！累得同学们一个个呼爹喊娘，却是吞在嘴里，不敢作声，哭笑不得。接下来就练向左、向右、向后转、向前看齐、原地踏步走。在练原地踏步走时，一抬腿，一甩手，我心里“咯噔”一下。我知道我自己甩了同边手。我马上看了一下旁边，还好，老师和大多数同学都没有注意到我。庆幸之时，站在我们第二排右边末端的一个朝我这边看，那是王道德。不好！他看一下还不算，又看了一下。不一会儿，还踏出一步来向我这边看。我立刻把自己的双手紧紧地夹在身体两侧，用左手手指指着右脚，用右手手指指着左脚，指望着不要出错。一动，还是错了！又努力了一次，还是不行。在接下来的练习时，我尽量只动脚，少动手，我晓得今天只要能蒙混过关，实是万幸。原地踏步走！我应付地走着。我不敢看别人，也不敢看自己，我只盼着快点下课。时间过得真慢，我猜想着那时有一排排眼睛都望向这边，每一双眼睛都望着我，望得我脸火烧火燎，望得我手脚完全乱了分寸。坏了，彻底坏了！体育教师喊出队。我一下子木了，但我的脚却不听使唤。先是听到一两声唏嘘声，接下来就有吃吃的笑声。我局促得不得了。又是一串哈哈大笑，我完全乱了阵脚。

然而，好久，好久，却并不见体育老师训斥我。待我抬起头时，只见王道德同学站在队伍前原地踏步走着，夸张地甩着同边手，惹得更多同学的哄笑声。

许多年过去了，我想着那节极其寻常的体育课，我想着王道德同学。

20 年后，有一次我回了母校，见到白发苍苍的老体育老师，我提起那节极其寻常的体育课，提起那个王道德同学。老体育老师不紧不慢平静地说，我看见了你的。又说，王道德同学其实根本不甩同边手……

王道德同学体院毕业后留在母校任教。我晓得他的体育课一定会上得很好。但我没有去看他。

我回到家，认真地写上这些文字，期盼能有更多的人看到我的这则故事。

考 试

我和斌根本就不是一条线上的。他爸是县法院的院长，我爹，一个承包村园艺场的老实农民，说大了，也就是管土疙瘩的园长。斌爸爸是经常开会做报告审犯罪嫌疑人，威风凛凛。斌也就在校园里把头抬得高高的。我呢？反正只有一个老实巴交的爹，又长了一个榆木脑壳，就只会啃死书，把头埋得低低的。

后来，有一件事彻底改变了我对他的看法。我同桌有一只锃亮的白身金帽天鹅钢笔，写起字来龙飞凤舞，别在上衣口袋里，亮晃晃，白晶晶。他走起路来，一摇三摆，时不时把笔掏出来，又插上，还用手轻轻地一抹，低下头往笔帽上吹一口气，又一抹。然后，昂起脑壳，头发一甩。我艳羡得要命，好多个晚上做梦都在握着那一只锃亮锃亮的白身金帽天鹅钢笔。醒来时，手上没有了，有的是一手的湿汗。

两个星期后，我回了一趟乡下的家。再回到学校时，我一反常态，眼睛明亮亮，脸上笑盈盈，走路兴冲冲。上第二节课时，当我得意地掏出一只同样锃亮的白身金帽钢笔，正准备挥洒挥洒时。同桌发出一声大叫："钢笔，我的天鹅牌钢笔！哎哟，不见了！"同时，同桌眼睛一瞟，看见了我，眼珠子似不转一般，直定定地瞪着我。这一来，全班人的眼光齐刷刷地扫过来。立刻，似无数只蝎子咬住了我的手，握着钢笔的手停在了半空。

我说啥也说不清楚。没有谁会相信我的话。一样的牌子，一样的颜色，一样的新。一个刚有了，一个刚丢了。笔又很贵的，乡下人买得起吗？就是买得起，又舍得吗？同学们的眼神就是一个个问号。

就在这时，斌霍地站了起来。他变戏法似的拿出一只同样的钢笔，然后煞有介事地说：“叫，叫鬼哟！在这，我玩玩。要用，问一声，拿去就是了。”没事似的。我的同桌还想说什么。他瞪着眼：“看，看什么？我还偷你的笔吗？！我家里哪样买不起？”

一场风波，烟消云散。

从那以后，我就觉得斌也不是那样讨厌了。慢慢地和斌交往起来，时不时还帮斌复习功课。斌和斌的家里人都对我极好，时不时送这送那，还时常在我手紧时借钱给我，只管借不管还，我硬还，他和他家里都总是推托。斌什么事，都一点就会，唯独功课总是进不了“油盐”。

转眼高三毕业。决定“生死”的一场考试到了。

极巧，斌的位置就在我的后面。斌很郑重其事地要我在考试中关照关照。那天晚上，斌的父亲把我叫了去，一双满是期待的慈祥的眼神。我想着他们家对我的好处，终究还是答应了。但我迟疑了一下，说，要发现了，咋办？斌当院长的父亲拍了拍他厚厚的胸脯，我打包票还不成嘛！

考场上，斌已经发出了求援信号——他的手指已在桌上轻轻地敲了三下，而且我也明显感觉到他急切的眼神。我记起我的承诺，马上把答案抄给他。忽然，心里“咯噔”一下，万一出了问题，自己十二年寒窗的熬灯苦战，母亲的望眼欲穿，妹妹的重重的筛子（农村里一种用来装猪草的篮子）……我不敢多想。转眼，又想到斌的父亲，当院长的父亲，拍胸脯时的神情。应刻没问题的，还是抄吧！刚提起笔抄了两题，我又顿住了，这么轻易抄给他，真是太便宜了他，他不费吹灰之力，真是太不公平！不过我立即进行了自剖，真是小家子气！我又接着抄了下去。

边抄边想，难道全部抄给他，一个不留？我又有些踌躇。我的内心一直在做激烈的斗争。一会儿是想起爹教我做人要诚实，不做假，一会儿眼前又出现那次斌的及时出手……还没争出个结果，却已经抄完了。一对，我吃了一惊！竟然忽略了第10题，直接抄了第11题的答案。这样一来，后来的全错了位，当然全得泡汤。我一惊一乍，全没了主意，呆了一般，弄得斌又发了几次信号，我都没有拿准主意。斌一急，伸了手来将我抄的答案一把扯了去。考完后，斌说，还好，我还快，总算抄完了，好险！我很不好意思，说，少抄了一个，对不起！他说，少一个，不就是两分，不要紧的！其实，你是对的，要都抄了一模一样的，不作废才怪呢！我感谢都来不及，还说对不起，对不起的是我，让你担惊受怕了。

结果可想而知。我像做了错事一样，再也不敢见斌和斌的家人。

去年的同学会上，我见到已成大款的斌。我醉酒后对斌说，我做了一件错事，一直对不起你。我说完，他哈哈笑着：错，你错了！我又红着脸应，是我错了，我和盘托出，请他原谅。不，不，我谢谢你还来不及哩！要不是那年一题之差，今天我顶多和你一样混上个屁股大的股长。

我怔怔地再无话说。

缘

是一个下午，我静静地坐在书桌旁，只有噼噼啪啪敲打电脑键盘的声音，心中一片澄静。我不禁双手合拢，连连称谢："谢天谢地，南无阿弥陀佛！（楼）上无麻将响，（楼）下无鬼哭号，我辈有福了。"

一敲，一敲，竟敲得耳中是静，眼中是清，心中好润，脑中遁空。仿佛冥冥之中我已入仙成佛，一切红尘皆被看破。

咚——咚——咚，我不动，也懒得作声。咚，咚，咚，我略动了动，不情愿地问一句，谁？咚、咚、咚……我只得起了身，去开房门。

"南无阿弥陀佛，南无阿弥陀佛，打扰施主！"从半开未开的门缝间约略看见有一个衣衫不整之人。我下意识地觉得此人十有八九是变着法儿来上门乞讨的（这一阵有很多讨饭的扮装和尚化斋），忙关门拒客。哪料此公好像早已猜透我小人之心，一只脚伸进来顶住房门，双手合十，深深的鞠一个躬，再念一声阿弥陀佛。然后，变戏法似的拿出一张红红的烫金请柬，口中念念有词："施主，且慢！在下并非乞讨之人，也非邪恶之徒，奉某某大法师之命，特请施主在某某吉日吉时去某某山赴会。"我迟迟没有要接请柬的意思，喁喁说道："我，我可是不信的，你是弄错了吧？"他说："绝对不会有错，瞧你的面相，是有佛缘的。你拿着，又不要你的钱！去不去？也是随你的便。"我一愣，竟接了请柬，翻过来翻过去地看。果然，上面不仅有我的大名，还有我的地址——某某路某某号，我一惊。就在我且惊且疑之间，他又递过来一张过塑的贵宾卡，红红的，硬硬的，蛮精致。有"欢迎施主光临某某山某某寺，门票免费"字样。我盯住那"门票免费"四个字，脑海里出现一个念头：

万一哪天去某某山游玩，拿着这张票还是有点用处的！我把门票夹进了钱夹子里面。对那公笑了笑，正返转身去。他又一次双手合十，说：“施主且慢！瞧你佛缘不浅，我佛还要赠你礼物。”像变戏法似的，又在衣衫里捧出一尊观音菩萨像，那是做工考究的工艺品，在市面上也值个二十元。再看那观音菩萨宝座下有很多的钱币，堆叠在那里，金灿灿地晃眼。

我问：“送的？”他点了一下头。

我又问：“不要钱，当真？”

他脑壳鸡啄米般点个不停，瞬即镇定下来，马上双手合十：“施主与佛今生前世均有缘分，何谈俗事？钱不钱，生不带来死不带去。”

我一把拿将过来，紧紧抓住，生怕飞走。

他说：“施主，且请放好！瞧你一脸的佛缘，我佛还有话说。”

我不愿放过什么，毕竟真是有缘，而且有分。机不可失，时不我待。

“施主与佛缘分颇深，今生来世我佛定会渡于施主的！请施主落下大名和贵址。”

写就写吧，反正不要花费什么，说不定将来还能捡个便宜呢！写完，那公说了：“难得与佛一场，就请施主施点人事（银两），寺院里一定留下你的大名，佛主心中一定会记得你的诚心。”

我涨红了脸，说：“你，你不是开头说，都不要钱的吗？”

“哪里收了你的钱？一个捐字，捐多捐少，就看你的诚心了，也是你的佛缘了。但起码要在60元以上，个个都要捐的。”

我瞧他那架势，不捐恐怕不行，只得不情愿地从钱夹里夹了好一阵，找了几张零的、烂的，甩给他，20元。给他20元，我是盘算了的，那个观音菩萨工艺品在市面上能值两张“兵”，终究不吃亏。

他说：“20元，少了。”我看都不看他。

他说：“40，40总是要捐的吧！”我白了他一眼。

他又说：“那就38，要想发，不离8！”不得已抽出一张拾元钞，甩手把门嘭地一下关住了。

一下午，我冲着那个“缘”（假和尚送的观音菩萨像）生闷气。这时，楼上又响起了麻将，楼下一片鬼哭狼嚎……

我看到那根狗尾巴草

我友何君大学毕业，分在乡下一所初中教书。那一段常来我家坐，坐下，就闲聊。一聊，或愤愤不平，或消沉低落，总叹其怀才不遇。问一辈子就这样平平淡淡安安逸逸窝窝囊囊，何时有个尽头？我劝，这样也好！他不屑一顾，右手大拇指往自己鼻尖上一戳，说：“我嘛，岂能这样？”我定定地看着他，生出几分不解。没几年，朋友果真在小县城大大地惊动了一回，他因诈骗被公安机关抓了。抓走那天，我也站在人群里，为他痛心。却见他昂着头，脸上倒有几分得意。我看一下，又看一下，不禁有些疑惑。

几年后的一天，朋友从监狱里出来，径直来到我家。却不坐，也不聊。他久久地站在窗前，看着窗外，看着院子里盛开的鲜花，看那鲜花上翩翩起舞的蝴蝶。他淡淡地开口说：“你晓得吗？我在里面是怎么过的？”我不知他是对我，还是对着窗外的一切在说，我没有接腔，只出神地看着他瘦瘦的后背。忽地，他返过头来面对我，激动地说：“要不是看到那根狗尾巴草，我还真不知怎么过来呢！”“狗尾巴草！”我轻轻地追问一句。他又返过头再去看窗外的世界，叹出一口长气：“我看到那根狗尾巴草时，我心里不禁一震！我手舞足蹈地大喊，全号子里的人都骚动起来，此起彼伏地叫嚷着：‘看到那根狗尾巴草了吗？看到那根狗尾巴草了吗？’那根狗尾巴草，峭然直立，长在天窗外高墙上的石缝里。七八枚叶，呈阔线形，绿汁欲滴，盎然生气。”

我一直在认真地听着。朋友突然转过身来，一双手抓住我的双肩。他急切地说：“你晓得吗？我一下子醒了。醒了，我真的醒了！啊，平安是福，自由是金！”我一双眼睁得老大，瞪着他久久地看。

这时，他抓住我的双肩，用力地摇曳着。我看见，他的眼睛里涌动出泪水，一线一线地爬满他一脸。我不顾被他抓得酸痛的肩，会意地频频地点头。

橘子红了

走到那个山岗上，他擦了擦脸上的汗，放眼望去，只见漫山遍野万绿丛中透出点点橘红，在阳光映照下，甚是夺目耀眼。

他走下山岗，轻松高兴的心情不免有些紧张。他不禁加快了脚步，见了人就上前去问，看见周老根了吗？看见周老根了吗？一连问了七八个，都是不说话，只拿怪怪的眼神瞧他。

当他左打听右探询找到村支书，又挡住周老根时，已是太阳偏西时分。

一见到周老根，原是一个七旬老头。递一根过滤嘴过去，老根叔不接，蹲在地上，点起自己的水烟管。支书站一边说了金财税的公干，忙说：你们谈，你们谈，我就不掺和了。一溜烟，走了。金鑫一怔，开口竟说：“老根叔，我叫金鑫，是隅沫乡财税所的财税员……”周老根只管咕嘟咕嘟吸他的水旱烟，一双混浊的眼睛望着高远的天空，天空中无一丝云彩。许久，老根叔缓过神来，问：“你叫啥来着？”他忙答：“金鑫。金子的金，鑫是三个金子的金垒起来的，”“呵，金子好，金子好啊！你小子可是穿着钱衣服哇！”

老根叔说了这句后，再无话说。他慢慢地从地上站起来，把烟管伸在他那双厚厚的轮胎割成的草鞋鞋底下重重敲了几下。走进里屋，不一会就出来了，提了一个木箱子。重重地放在金财税的面前。然后，大踏步地走开了，顺着门前弯弯曲曲的小路上了对面的柑橘山。

一个下午，整整一个下午。金鑫都是一个人坐在老根叔门前的空坪上，靠着那个木箱子。那是怎样的一个木箱啊！里面或硬币或毛票，一堆一堆，一扎一扎，堆放了大半个箱子。他提着那个木箱子，很沉很沉。走在通往柑橘山的小路上，山上的橘树因了夜风的侵入，发出了阵阵的叹息。老根叔在一株橘树下忙碌着。金鑫走近了去看，每株橘树上的树叶或黄或蜷曲或干焦，老根叔捉了好多毛茸茸的虫子。

橘子熟了，阳光斑斑点点地筛落枝叶间，映着红澄澄的果实。

又一年，金鑫被老根叔撵出了屋，远远地看见老根叔双手叉腰，破口大骂："你个龟娃子！刚见大伙过了两年舒坦日子，又出馊主意……"这几年，金鑫老讲这杉溏村的橘树要改良，不然大批大批的卖不了好价钱，而且长此下去销路恐怕都是个问题。老根叔绝对不信，那可是当年周总理亲自命名的雪峰蜜橘呀！

橘子熟了。老根叔家一山熟透的橘子竟没有几个买主问津。就是问，出价也是出奇的低。先还是按斤称，算价。接着，就不称，好多钱一担（一百斤），或 15 元，或 10 元。最后竟跌到 5 元一担，都没有人要。

自此，老根叔常阴郁着脸，见了谁也不说话，爱一个人整日整日地坐在柑橘山上发呆。

有一天，残阳如血，后山的橘树一片火红。金财税正在村子里头收特产税，看见了，一声喊，第一个带头冲进了后山。大伙哭喊着金财税，老根叔声嘶力竭地喊着金娃子，再也无了应答声。

当老金头从百里地赶到杉溏村时，老根叔简直都惊蒙了。也是几十年前，老金头和他的一个排被日军围困在后面的橘山上，整整七天，都是靠着满山红澄澄的橘子。想想：那橘子可是 20 多条命啊！

老金头喁喁地说："我来了，我来还愿了！"

橘子又熟了的时候，生意人蜂拥而至，一篓篓，一车车，运往各地。已是杉溏柑橘产销公司经理的老根叔选了 25 个红橙橙硕大的改良蜜橘放在小金娃的墓前。他笑了，笑时，眼泪却簌簌而落。

后山上，一山橘红。山风吹过，如海浪般铺开去，山川田野红妆骄人。放眼望去，那一片一片火烧的云都在天边追赶着。

开口笑

那年，你在一个乡司法所任干事。干事干事，乡里村里要你干的事多得牵线线。羊栏里混到马栏里，你要管；两个汉子为“张飞杀岳飞”，捋起手臂干起来，一路找到乡里，还是要你去管；婆媳吵嘴，小两口黑面，也得你管。

那天早晨，天刚蒙蒙亮。你躺在床上迷迷糊糊听到有人叫，一下跳起来，披起衣就走。这是你多年养成的习惯。果然出事，杉溏村周老六和太聋子快打起来了，两家人也都跃跃欲试，一个惊心动魄的场面立马就要出现。你边跑边喊：“给我住手！我是乡司法。谁动谁犯法！”在乡里村里那疙瘩干事，要充领导，动不动还要拿大帽子唬人。

原本，不过是周老六家的大母鸡啄了太聋子家的菜秧。太聋子先是骂，周老六家也不示弱，回：你又不是禽兽，还跟它们一般见识。太聋子火起，就追了那只大母鸡四处飞，一棍子打死。周老六家气得不得了，就要拼命。

你二话不说，抓住他们就往乡里撕。到了乡里，更是争得没法说。周老六说，他的鸡要下蛋，蛋又孵鸡，损失没法算。太聋子反正一个理，你的鸡啄了秧，该打，打死活该！

你一直没说话，让他们说个够。末了，就一句话：“老六，你去伙房帮我弄下饭。聋子，你去街上帮我买瓶酒——开口笑。我总不能饿着肚子帮你们办事吗？”

他俩一个个都愣着。“还不快去！”你说。去还是去了，尽管有些不情愿。

一只大母鸡，炒出来有四个碗。一瓶开口笑下去，酒桌上有了笑声，猜拳行令，哥俩好哟……酒足饭饱，你剔剔牙齿，说："还断吗？"两个早已摇得像拨浪鼓，刚在桌子上什么话都说了，相互抱歉。你边掏口袋边说："聋子，你的酒钱，给。老六，你的鸡钱，拿去！"都硬不要。你就笑，真不要？他俩也开口笑，都说，又值不了几个钱，给钱就见外了。你一个乡司法，会三不三来喝一顿？请都请不到！就算哥几个"打平伙"了。

你们三个开口都笑。

立马就要刀光剑影、血肉横飞，顷刻间幻作一团和气。

瞧这一家子

三口之家，小龙上学，爸爸收税，妈妈摆摊。几年来，上学的上学，收税的收税，摆摊的摆摊，各不相干，倒也无事。逢节庆假日，团团圆圆，欢欢喜喜。

好好的，却弄出点事来了。不久前，小龙爸调回小镇，就管小龙妈摆摊的那一片。小龙在校是个学习尖子，参与社会活动又是个积极分子。小小年纪竟弄了很多虚衔，“义务税法宣传员”便是其中之一。这一来，全乱了：沾了“税”，小龙管爸，爸又管妈；讲到“家”，妈管爸，爸又管小龙。

这不，吵起来了。

爸熊妈，摆摊这一片归我管，不能拖我后腿。你不带个头，那些摆摊的个个都是一只眼瞟你，一只眼瞪我，咋办？又凶，桌子拍得嘭嘭响，不交看我不揍你？妈却不吃“素”。吼谁？有本事你去吼那些摆摊的。摆谱？有几斤几两谁不清楚。扮“包公”，收税好几年，怎不上一个台阶给我看看。说着说着，一把鼻涕一把泪水：不看看，家里置的，一日三餐呷的，一年四季穿的，你四百多块工资，一月烟钱一百多，剩下几个子儿，顶个屁用……人家老公当官，老婆享福。我认命，不指望沾你的光，又何必来拿我出气？

爸一怔，无话可回。许久，许久，只把眼镜往上推一下，又推一下，就推走了脸上的一些怒气，话也软了许多：你要晓得，皇粮国税，谁敢马虎？税不一分一厘收上来，大家也跟小家一样，富日子也会过穷。我在山那边收税，大伙在一起受的惊，历的险，吃的若，怄的气还少么？

哪能去计较，不都是为一个大大的“税”字么？

妈一哭，一哭，气也哭消了许多。不理爸，手中不停，忙着整理收摊回来的鞋袜衣裤、日常用品……

这时，小龙才从书房里钻出来。他拿着本子推给还在推眼镜的爸，那上面有一篇作文：摆摊的老妈。爸埋头去看，眼镜推一下，又抹一下，镜片上似有水珠在湿润。一会，小龙拿着本子又推给正忙的妈，翻一页，又是一篇作文：收税的老爸。看一眼，妈整理商品的速度放慢了。一行行看下去，妈停住了手。抬起头，看过本子，看过餐桌，她直到很崇敬地看到了那个推眼镜的人。那个人推眼镜的手也停在了半空，很感激地看过来。

相遇了，却被小龙跳到中间挡住，挡着的是一个小龙贮钱的瓷罐。小龙走近妈，说，妈，这钱是你的，是你偷偷塞给我的零花钱，我没花，贮起来。小龙又走近爸，说，爸，这钱你拿着，妈交的税！

那晚，妈办了几样好菜，爸喝了几盅米酒，小龙唱了几首劲歌。一家人欢欢喜喜，很晚才睡。

翌日，小龙的作文《瞧这一家子》被语文老师当作范文在课堂上当众朗读。

汉老爷逸事

清末年间湘中某乡下流传许多汉老爷的趣事。汉老爷无财无权并非老爷，却极爱管闲事出点子插杠子，尤其替穷人抱打不平。今特摘录二则，以飨读者。

一半工钱

王财主最爱占便宜，克扣人，对待山野村民尤甚。

一次，王财主请了几个短工为他的田地里挑粪，几个短工为他干了几天，在结算工钱时，只得到一半的工钱，其中一个短工提出疑问，却遭到王财主的一顿奚落："傻小子，你挑粪回来的路上是空担，当然只能算一半工钱。"几个朴拙的短工被噎住了，有理说不出。几个短工把这事说给了汉老爷听，愤愤然要求惩罚一下王财主。汉老爷却笑笑，要他们再去给王财主挑粪。汉老爷和一个短工耳语了一阵，这几个短工不一会儿就走了。

这次他们依旧很卖力地为王财主挑粪，向财主申明只要一半的工钱。只是这次他们每挑一担粪，就把粪箕放在田里不要，空手回来再要一担粪箕去挑粪。一天下来，王财主家的粪箕扔得到处都是，向财主结账。王财主火气很大："大胆刁民，哪有你们这样挑粪的？"一个短工不紧不慢上前："老爷，你不是说我们挑粪回来的路上是空担，只给一半工钱的。这怪不得我们。"王财主哑口无言，只得让几个短工领了工钱而去。

一条裤子

话说一个贫穷人家的女儿嫁到一个有点钱财的人家里。嫁过去不久，丈夫去世。婆婆总说媳妇是“扫帚星”“克夫”，经常欺侮辱骂儿媳，当作丫鬟奴婢来使唤。

一日，汉老爷路过此地正好遇见这个贫穷人家的女儿在路边哭泣，遂问明情况。便说：“妹娃，你先回去，我一进你家的门，你就叫舅爷，说我是你远方的舅爷，就行了。”这位女子就擦干了泪回家了。到家不久，果真“舅爷”如期而至，亲亲热热唤几声“舅爷”，并说了一通“舅爷，您怎么老远来我这儿呢？”

汉老爷瞧见房内坐着的婆婆，没有动静，不阴不阳，知不是等闲之辈。他看见进门处有一件婆婆的裤衩，便装作去解手，顺手拿了那件裤衩。把自己的那件快速脱下，穿上婆婆的那件裤衩，又把自己那件投进旺旺的火炉中。

烧毕。汉老爷发话了：“你家婆婆在哪里，我这远方的舅老爷来了，怎么不见她呢？”婆婆于是亮相，搭讪几句，眼睛却怔怔地盯在汉老爷穿的那件裤衩上。婆婆说道：“舅老爷，你身上的那件裤衩好像是我的。”汉老爷不紧不慢：“是您的？”婆婆又道：“是我的。”

这下，汉老爷拿势了：“好哇！我身上这裤衩是你的，众人来评评理，太不像话了！难怪我外甥女在这里受欺侮。请大伙说说，我汉老爷是光着屁股到这里来的啰？……”众人都在围观，便都数说婆婆的不是。汉老爷仍旧在嚷：“我的外甥女，回去……”众人都赶紧打圆场，婆婆在众人的斥责中向汉老爷赔了不是。

此后，汉老爷的那位“外甥女”便过得好多了。据说，那女子也的确成了汉老爷的外甥女，逢年过节都要看看汉老爷。

两老庚发财

传说明清年间，湘中乡下有两个人。一个叫张三，一个叫二狗，二人自小混荡江湖，靠卖油为生。原本不是相识的，油里来油里去，如同手足，年纪相差无几，就以老庚互称。杯里来酒里去，竟泪眼相祈：不是同年同月同日生，但求同年同月同日死。

一日清晨，两人同贩了油结伴而行去二十里地开外的圩场叫卖。行至五里外的一个小山坡，天还没亮，便都说歇歇脚，又去猜度今天市上的油价行情如何。

“茶林里有光！”张三推了一把二狗，又说：“嗯，这光有点怪。”两老庚遂向茶林走去。

压根儿没想到，是金子！一壶金子！两老庚张着大口，眼睛死死地盯住不放，双手反复在捏摸，耳朵紧紧凑近在听。他们第一个念头便是：发财了！

好久，他们才想到这壶金的归属和分配问题。二狗先说：“你说咱两老庚是没说的了，二一添作五吧。”张三连连点头。

两老庚把一壶金子小心翼翼抬回到歇脚的地方。二狗又说：“咱这油还得去卖，要不会得罪那些老主顾的。”这话原总是张三说的，这回却让二狗说了。张三连连点头称是。二狗又说，咱俩这壶金得先放稳当以后再取不迟。张三就说，也好。两人分了工，张三去卖油，二狗去收藏金子。

二狗一路喜癫癫地去了，张三也是一路放心加欢喜地去了。

二狗在回转的路上一边思量一边自言自语：“蠢张三！你是蠢到家

了，你再怎么说，我二狗也不承认什么金子银子的，这壶金都归我了！”他寻思着，便将壶放进一个石窟里。一切安排妥当，就去前面不远处村头一家“太白酒家”，翘上二郎腿，悠闲地喝起酒来。

待喝完再去石窟取金子时，哪里还有什么金子？竟是一壶满满的水！二狗以为是喝醉看花了眼，用手去摸，端端的不是金子，明明的是水了！

二狗在石窟边愣了半晌，无奈，拔脚要走，却看见那壶子里的水直晃眼，猛地端起壶来，狠狠地咕咚咕咚喝了起来，把那壶喝了个底朝天，且愤愤地一路骂娘走回家去。

太阳快下山的时候，已走到老庚家的村子里，再过去八里地，便是自家屋的了，他急匆匆地往前赶，忽见前面一个女人挡住了去路，并招呼他的名字，细看才知是老庚张三的屋里人。老庚的屋里人说时间不早了就左拖右拽把二狗安置到家里。

吃过夜饭之后，二狗没提今天事儿一个字，就上床蒙被睡觉了。

深夜，二狗发觉肚子咕咚咕咚作响而且一阵紧似一阵的疼痛，最后憋不住了，就稀里哗啦拉了一床。天一亮，二狗把被子盖好，不好意思和老庚嫂打个招呼就悄悄地回家去了。

你说巧不巧？正好出门碰上了老庚回家。他心想，这下要出丑了，便拔脚就走。张三快步跟了上来，却从兜里摸取一串钱来交给二狗，并喜滋滋地说：“咱俩今儿生意赚了。”二狗拿了钱也不答话，转身就走，把张三的喊声远远地撇在后面。

张三回了家，堂客便说二狗留下了好多的金子，在被窝里，于是张三就说了昨天发生的事儿……

张三竟说，亲不亲，两老庚。

堂客也说，是呀，是呀。

才蔬巷纪事

古镇上街巷胡同的名，要算才蔬巷号得古怪，不作“才疏”或“菜蔬”。后来街巷里发生一件事，竟使才蔬巷扬名不少，大家一喊一喊，又觉得无半点古怪了。

才蔬巷西头有一座木楼，古旧，空荡荡的。众人走过那座木楼，间或要问这木楼的主人，竟无几人晓得，都摇脑壳。

一日，有一位老人肩扛沉沉一捆书纸，背上是一卷印花铺盖儿，手提一个大网兜袋，内装锈迹斑驳的脸盆和衣物等日常用品，他急急地走进才蔬巷，直直地来到木楼门前掏出钥匙，开了一阵锁，走了进去，又出来，拿进行李，迅即紧闭木门，木门内静无声息。这一切，竟立刻使才蔬巷许多人骚动起来，街面上扫过层层疑惑的光。只一天工夫，你问我探他告，就知道老人原是木楼的主人，姓王，早年间曾做过区上书记，一直在外工作，这次退休回才蔬巷颐养天年了。

老人一回来，不外出，整日待在木楼里。只有时从窗口把满头的白发探出来，太阳光一照，有一团眩目的白。

有一个冬夜，天阴得像锅底灰，冷风阵阵趸过来，才蔬巷的行人寥寥，古木楼房周围一片死寂，唯有老槐树枯干的树叶在萧萧作响。楼里的灯光彻夜亮着，静无声息。

第二天下午，大伙踏进潮湿不堪霉气刺鼻的木楼房里，四围的木板墙上端端正正贴满密密匝匝的红头文件和各类报告总结。老人已僵僵地躺在木凉椅上，两眼却仍炯炯有神，只有稀稀的几根白胡子上掉着残涎。两手却紧紧捏住一张已褪了色的稿纸，旁边是一张当日的晚报。细细地辨认，褪了色的稿纸是老人一生中唯一的一份检讨书，为的是40年前老人驻村时少交了六餐饭的粮票；另有一份遗嘱，说的是老人尚有存款3000元全部用于救助贫困山区失学儿童。旁边木凳上当日的晚报有一段文字被老人粗粗地画了红杠杠，一看，竟是一则报道某地某单位惊人的招待费用和吓人的公款吃喝风。

老人去了。然而，凡是走过才蔬巷的行人，都要注视那古木楼房窗口许久，许久。间或有细伢子问大人，楼里藏有宝贝吗？大人立刻神色庄严，频频点头。

麻会长

麻会长姓麻，在小镇个协分会做会长。他却极爱开玩笑，人又和气，就少有人真真正正喊他麻会长，倒是嘴巴一转换了一个不雅的名号，叫他“扒会长”。麻会长竟不恼，哈哈大笑。

麻会长人缘极好，三教九流尽与他友善。别人在他的说笑中日月过得飞快，他也在说笑中飞快地过着日月，隔阂在笑声中融化，矛盾在笑声中迎刃而解，工作在笑声中添油加劲。也是，麻会长在说说笑笑热热闹闹的气氛中工作又干得十二分的好，小镇的个协工作从县到省竟一个不落把先进全揽了。麻会长也弄了几顶很显荣誉的帽子：县政协常委、市政协委员……

一日，麻会长似往常一样下了班，一路呵呵笑着，穿过熙熙攘攘的闹市，路过花花绿绿的店铺门前，东一句乱弹西一句玩笑应着那些认识和不认识的人们。

回到家里，麻会长看见老婆和布匹联组一组组长海庆在说着话，就大声地嚷嚷：“哎呀，海庆娃，好久没见了，我还以为你见了‘马克思’了！”海庆也就接茬说：“‘扒会长’，‘马克思’让我带个口信儿，要你明日去报到。”

说完海庆拽着麻会长的肩膀出了门，低了声说：“有急事，你得去一趟！我们组有几个人上次去进货和那边的人发生了纠纷，这次进货你得陪着去。”“去！去！”麻会长朗朗应声准备走人。

这下老婆急了，在堂屋大喊：“还没吃饭啦……”海庆回转后回话：“来不及了，车在街上等着。”麻会长也回头望了一眼说：“千好万好也没有我老婆好，下辈子再讨两个。”麻会长老婆嗔骂道：“老不正经。”

麻会长到了进货地，就去找工商所找个协又找个体户代表。麻会长呵呵笑着把两边的个体户编坐到了一起，又猜拳行令喝了酒，开了一些无拘无束不着边际的玩笑，说笑中干戈化为玉帛烟消云散。不过这一餐就花掉了麻会长一个月的工资240元。麻会长是从小镇上一千多个体户中选出来的头，这头的位置一干就是15年却仍是临时工。那会儿因为个协没有编制，这几年个协有了编制而麻会长却已超过年龄，就这么一直悬着，就这么一点工资。

事情办得顺利，回来的路上车内更活泛热闹，说笑声此起彼落。在离镇上10公里处，一辆相对而行的载重货车如野马无缰般冲过来，司机躲避不及了，只好朝路边硕大的树杆上斜冲过去，车翻了。

麻会长再也不能说笑了。

麻会长出葬那天，小镇店铺摊点竟有半日没有营业。小镇上了年岁的老人说，这在小镇的皇历上是第一次。

县上诸多领导来到麻会长的家，并郑重地把一份报告和一叠抚恤金递到麻会长老婆的手里。哭得撕心裂肺死去活来的她看见那份报告眼睁得老大，止住哭，愣愣地说：“好，好，老麻要的就是这个！好，好，他该瞑目了……”

那是一份麻会长申请转为个协正式干部的报告，报告上有着县委书记同意麻会长转正的批示。麻会长老婆颤巍巍地把它放到麻会长那再无笑意的脸上。

新局长

春节前夕，某局调来一位新局长。新局长三十来岁，又瘦又黑，一点儿也没有当官的“派头”，调来之前，是某乡的一个乡长。据此，有人私下猜测：这位新局长的“后台”肯定很硬，要不然，像他这样一个资历浅又其貌不扬的人怎么能堂而皇之地坐上这把令许多人梦寐以求的“交椅”呢？

于是，有人准备对新局长的“背景”进行“考察”。

无奈新局长少言寡语，在办公室关门看了几天文件后，就一个人到各乡镇“周游列国”去了。

过年的气氛越来越浓了。小孩儿、半大的小孩儿。偶尔也有几个长胡子的大人，点燃小雷炮、二踢脚在空中炸响。这时候，新局长带着两脚湿泥和一本记得密密匝匝的笔记本回来了。

第二天，局里召开机关干部大会。会上，新局长端正坐在主席台上，仍是一副少言寡语的样子，等几位副局长轮流长篇大论老生常谈一番后。末了，他才说了一句：“预祝大家新年愉快，万事如意！希望大家来我家玩玩。”之后，便再没有一句“多余”的话。

春节终于到了，来新局长家拜年的川流不息，进进出出的人们个个欢声笑语，满面春风。

正月初六机关上班，大家“恭喜恭喜”“发财发财”一番后，局里照惯例开了一个“收心会”。会上新局长微笑着说道：“大家年都过得热热闹闹的，第一天来上班，我给大家发点‘饷’，图个吉利吧。”说罢，真的从身上摸出一沓红包来。

大多数人都领到了一个红包，不过有的红包厚些，有的红包则薄些，于是大家心里在犯嘀咕，以往局里发红包都差不多，这一次怎么……但在机关里的人毕竟修养好，何况红包里的“秘密”究竟怎样还不知道呢，说不定那些厚的红包包的是零票，薄的红包包的是整票。于是大家一边说着谢谢新局长、谢谢局领导之类的感谢话，一边就将红包揣进了衣兜里。

散会了，大家笑逐颜开地离开会议室，又急急地在办公室的抽屉里、在过道的拐弯处、在花坛边，也有在厕所里蹲着将红包拆开。这时候，他们都无一例外地怔住了：原来，新局长发的“红包”就是自己去局长家拜年时塞给局长千金的“压岁钱”！

公安局长与小偷

夜，黑得不寻常。无月，仅有些许星星眨着眼。从破案第一线返回的镜县公安局向局长疲惫地走在回家的途中。本来，他夜里不需走这么远的。他从市区调来，组织上就为他腾出一套两室一厅的房子。可他却把钥匙给了在公安战线干了30多个春秋的老王，自已搬进老王一家四口住过的一间小平房。倏忽，他眼睛一亮，职业的习惯和直觉已断定前面不远处一个小青年要干什么了。他即刻疲倦全无，无声无息紧跟着那人。小青年来到一栋平房门前，拿个撬杆忙乱起来，好久却没把门锁撬开，还弄出不小声响。他已然觉得此人还是第一次出手得道的小偷，心中顿生一番做法。

他忽然把一只大手搭到小偷的肩上，小偷一蹦跳起来，瞬即撒腿要逃，却没能挣脱。他说："小兄弟，看我的。"小偷的眼神望着他这"同行高手"，"高手"不慌不忙，一下就开了锁落落大方坐在方桌前，打开橱柜，翻出糕点罐头和啤酒，旁若无人自斟自饮起来。小偷急了，再次用求助的眼神望他，他才大手一挥道："打开抽屉，内有一笔记本，肯定夹着些值钱的东西。"小偷打开抽屉，果然如"高手"所说，心中禁不住怦怦心跳，好一阵窃喜，心想：第一次出手，巧遇"高手"指点迷津，真乃三生有幸。

小偷翻了几下，不见存折和钱币，急向"高手"摇头，又不时望望窗外。"高手"做个拧的手势，小偷忙一页一页翻起来，由快到慢，翻着翻着小偷身子竟坍塌在地上。原来笔记本上全是一些违法犯罪分子痛苦的忏悔，字字句句催人泪下，满是血和泪的交汇。小偷一阵战栗，笔记本掉在地上，有一张“高手”身着威武公安服的相片。小偷明白了，“高手”是警察，第一次行盗竟行到警察的房间，倒了大霉。

向局长扶起地上的小偷，没说什么，只一个劲儿劝小偷吃罐头糕点喝啤酒。小偷吃到口中的食物却分不出滋味。许久，许久，小偷伏桌而泣。

东方鱼肚白的时候，向局长醒了，小偷已不在。然而，笔记本上添了一篇工整的新文章。向局长看完，欣喜地笑了。

关于匿名举报信的故事

那是个炎热闷人的中午，县委陈书记在办公室踱来踱去，烟一根接一根抽个不停，脸极阴沉。他那一双严厉有神的眼睛又落在那几份匿名举报信上：言辞是何等的尖厉，事实又是这样的触目！他定了定神，旋即在那几份举报信上唰唰落下“请县纪检会迅速查实此事”的字样。

隔了一会儿，他又接通了三河口乡的电话。“喂，我要王书槐”，电话的那端爽朗应声“我就是”。“王书槐，有人反映你在住院期间收受礼品和礼金？”“陈书记，这事倒是真的，不过……”陈书记不容电话的那端说完，冲话筒吼了一句：“等着，有你的好看”，就重重地挂上了电话。

窗外，炫目的太阳悬在蓝色的苍穹上，深深地刺痛了他的心。这个王书槐，是他手把手培养的，有学识有魄力。3个月前在县委常委会议上，他力荐将这位机关青年干部下到贫困山区乡三河口去任党委书记。他对这位青年干部的期望很高，却不料刚下去，怎这么不消。

一天、两天、三天，陈书记焦急地等待着。总算纪检会来人汇报，全盘托出来龙去脉。“小白脸”王书槐来到三河口乡任职，抱着观望者有之，等着看把戏者有之，准备真真正正干一番事业者有之。王书记果然不是“吃素”的，整顿班子，整章建制，大搞乡镇企业，用了半个月走遍全乡山山寨寨。也是一个炎热的日午，他去某村检查工作，途中突然感到腰一闪，一阵剧痛袭来，人顿时动弹不得，检查发现是因为劳累过度引起的椎间盘突出压迫神经，需住院治疗。

这一住院，煞是一番热闹，进进出出，一天多到十多起，又都是提了礼品来探望。来者或出于感谢，或出于关心和敬重，或出于礼节，或出于某种目的。有咽咽泣泣满脸悲痛的，有神色平静纯粹是来敷衍的，有悄悄来又悄悄去偏往往在病床上塞点钱的。仅几天，零零点点一百多件礼品两千多元现金。他不能再住了，绑着护腰板出了院。医生一再嘱咐他要边工作边治疗。

一出院，便忘了医生的叮嘱，又忙工作去了。他嘱咐秘书务必退还礼品礼金。费了好大的劲，却退不了一份，人之常情，礼尚往来吗？！没办法，王书记便说将一部分礼品转赠给乡中心小学师生和生病住院的基层干部，一部分用于“老人节”慰问离退休干部，两千元现金交给乡纪委。听了这一汇报，县委书记才算心中放下一块石头。

过不多久，三河口乡竟又有人打来报告，还告王书槐。这回竟是道德败坏，乱搞两性关系。一查，反得了个喜人的结果。

原来，上次的报告和此次均属同一伙人所为。王书记一到三河口任职，发现公款吃喝特别严重，当地群众有这样一句顺口溜：小敲小打天天有，大吃大喝三六九。乡政府门口排了一溜儿的餐馆饭店，生意极是红火。王书记开会就宣布说：自宣布之时起上面来人一律在乡政府食堂就餐。不久，这些餐馆饭店见没有“油水”可捞或搬迁，或转业，或缩小规模，或关门大吉。于是，这些餐馆饭店老板们就齐齐地把怨恨泼洒到王书记身上。

县委陈书记听完，就哈哈大笑。忙接通三河口乡的电话：“书槐，你小子还行！”又说：“那腰好了吗？”打完电话，陈书记这时的心情极好，走到窗前扩了扩胸脯，望着窗外没有一丝云彩的蓝天，煞像用水洗过一样的明净澄莹。突然又自信自语：该去三河口看看了。

眼 镜

从隔离的春天里走出来，又逢一个燠热无雨的夏天。

刚刚升任县委副书记仍兼任组织部长的王畚，却很是兴奋。一会儿听手机，一会儿在办公室里走来走去，脑袋里一遍遍地过着全县大大小小干部的电影，扶一下眼镜，又扶一下眼镜。

秘书小马轻轻地侧身而进。说，这一阵子，部长忙里忙外，也该歇一口气了。偷看一眼王部长，问，去吊月塘里洗洗澡、散散心？要不要叫上小向妹妹？

王部长没有搭腔，又不声不响转过身去，左手摁在老板桌上，右手垂下来，往后挥了两下。小马明了，拔腿去办。

秘书小马驾车飞驰，出城不到五分钟，就到了。小马择了一处水域，租了换衣服的棚子，再租了两个轮胎做成的救生圈，就先下到水里，试了试深浅、水温，朝部长挥手示意。小马是个见子打子的角色，该大呼小叫时，他绝对人前人后起劲得很。今儿个，他绝不敢乱叫。择地方时，他都特意与平民百姓隔开一段距离。部长和小向妹妹双双下到水里，他总在五米之外看着。当然，不能定定地看着，却也不能不看着，怕万一有个闪失，他十五年的寒窗不是白苦了。

洗着，洗着，一声尖叫骤起。小马断定是王畚部长的叫声时，已一个猛子射到部长的身边。而这一切，又几乎是同时。发现部长和小向妹妹并无性命之忧，小马方才松了一口大气，但那鸡皮疙瘩却起满了一身。气未出完，看到王部长神色不对，忙问。原来是部长的金边眼镜丢失了！部长极其沮丧焦急，一声高一声低地催，快摸，快摸！一定要摸到！……

小马一个猛子一个猛子地扎，一次比一次卖劲，入水时间一次比一次长，搜寻范围一次比一次大，终是一无所获。小马几乎是有气无力地浮出水面，一双无望的眼睛向部长交差。部长重重地挖了他一眼，扭转身上岸去了，嘴里还在喋喋不休。小马愣在水里，停了一下，忙跟着上岸。

小马一路上总偷偷地看部长的脸色。坐到车里，小马突发灵感，返过头去跟部长耳语。部长脸上总算开了笑容，说，那还不去办理。小马大声应承，好，好！我立马就去。

小马一车开到公安局，直喊主持工作的曾副局长出来。这曾副局长本来在砌着长城，一看，一路小跑出来。这两天，他一直在盼小马，可就是不见小马的影子，连一个电话都不见打来。见小马风风火火的样子，立在车边就问，没戏啦？小马没头没脑地说，有戏没戏，这回就看你的了！

曾副局长立马亲自主持局务会议，神色严肃。他不时地在现场示意图上圈圈点点，一二三四有条有理地分析。并立即成立专案组，由他亲任组长，现场指挥由吊月镇派出所所长担任，吊月镇派出所除留一人值班外，全所连夜出动。到底案情如何打捞何物，只有曾副局长一人掌握，因为牵涉到一个绝密案件，所有办案人员一律不得询问。

现场。夜幕时分，灯火通明，河上岸边全面戒严，铁丝栏杆围住，公安人员走来走去。河里也有许多人，有脱了衣服的，有半脱不脱的，有穿了衣服的，有下猛子的，有两个三个站在水里一手拿一个捞网的，也有三个四个扯起手浮在水面的，还有五六个人手牵着手合围成一个圈的，一圈一圈地移动。现场指挥一个劲儿朝小马秘书看，小马一个劲儿地摇头，又不好问。曾副局长又十分钟一个电话，查问破案进程……

第二天，各种流言蜚语塞满了整个县城。

小马不敢去部长办公室，部长要找的东西重要又急切，就是买一副再好的也不管用。因为他探出了那重要的东西，是部长一个最合得来的小妹妹送的。在这个节骨眼上，他哪敢去讨骂。这时，却有一个老妇人要硬撞部长办公室，他也不去挡。

老妇人走进去，王畚部长从真皮沙发上一下立了起来，喁喁地喊娘，又去倒茶。老妇人别过身去，说，我不是你娘！随手把一包东西放在了桌上，摔手出了门。哒、嚓……，走廊上响起王畚熟悉的脚步声，那是母亲的布鞋一脚一脚重重地踏在地面上。

他木木地坐在沙发上。许久，许久，才翻开桌上的手帕，里头是一副眼镜，一副断了腿焊上去的眼镜，一副跟随他十多个寒窗的眼镜。伸手去摸，紧紧地握在手心。

他记起戴上眼镜的第一天。不识字的母亲对他说："王畚，要记住，眼镜是眼睛的镜子，什么时候，都要擦得明晃晃的。你要答应娘，什么时候都不能忘本啊！"

王畚倚在门外，门外空荡荡的，嗡嗡的有声音传来，那是母亲的声音，自远方飘来。他慢慢地抬起手，缓缓地戴上了一副瘸腿的眼镜。

徐老板订报

老徐办店，四个报告盖了几个章，交了很多不知道名儿的钱，终办妥。

一日，一年轻邮递员送给老徐一叠报纸就飞车而去。老徐一看竟是五张同年同月同日的“××科技报”，疑是小伙子毛毛躁躁所致，不过既送来了，就一并收下，不收白不收。

第二次，又是那邮递员又是一叠报纸又是要飞车而去。老徐早有准备，扯住小伙子问：“你怎么给我送五张同样的报纸？我只订了一份哪！”小伙子快言快语：“企业办、农技站、工商所、县科委都为你订了一份，再加上你自己订的正好五份，冇错。”

嘀铃铃，小伙子飞车而去，留下老徐怔怔地站在那儿，直想骂娘。

骂娘也没有用，于是便想：两个儿子加自己都识点字，一人一张；剩下的一张给老娘包包裹，另一张让老婆用来剪鞋样。还好，都派上了用场，冇吃大亏。

“文法官”

我们那个头叫文法官，说文法官是法官不对，说文法官不是法官也不对。准确地说文法官是别人对老文的称呼，二十年前老文是做了法官的，二十年后老文调工商部门工作，同事仍称他文法官，乡里人也称他文法官，他们看老文还是大盖帽肩章盾牌与制服，没什么不对头。

文法官在县城镇工商所当所长，官不大却有能耐，又很权威，也和气。就有许多人都认识他也极愿意认识他，在办公室在家里在街上在市场在电影院，他总不会孤单。

找工商所必找文法官。上级领导找文法官，一个电话挂去，过不多久，文法官大汗淋淋赶到，或手里提鲜鱼提活鸡提猪杂，或车里装洗衣机装彩电装冰箱，反正领导要的，文法官就定搞得到，价钱必是便宜的。上级领导个个都晓得工商部门有个文法官，市场商店饭馆处处留下他的足迹。领导就说，文法官年富力强，办事果敢，工作真抓实干，不辞劳苦。群众也称文法官是个好干部，找文法官办事，绝对不会有那种“门难进、脸难看、事难办”的氛围。他会慢慢问来，娓娓道来，谆谆教来。总之经他搓和，不管办成事还是没成事，竟都一个个高兴而来，满意而去。后来，找文法官便成了找工商所的代名词。有时，会有某办事的人木木地在办公室坐半天。你如问他，他必答找文法官。是公事还是私事？答曰：公事。要他办，他硬是要等文法官回来。文法官若回来，就寒暄一阵找刚问话的那个办事员办理，办毕那来办事的人便喜癫癫乐滋滋千恩万谢回去；文法官若不回来，那人就等到下班第二天又来等。

文法官是所长，什么都管。至于具体去干，那有一班办事专干。他常说，所长所长一所之长，专干专干专门去干。专干做事是要早请示晚汇报的，否则出了岔子吃不了兜着走。他大会小会常严正声明：大事不含糊，小事不糊涂。某日，某县长太太在城东市场买了牛肉，发现牛肉里注了水，县长太太把牛肉摔在工商所办公桌上，就说你们工商所是怎么搞的？气咻咻地转身就走。恰巧此时文法官不在家，在家其他干部竟不当回事，他们清楚地记得昨天下午文所长在家打发了一个买牛肉的顾客，也是牛肉里注了水，文所长说了一通大事化小、小事化了劝走了那位顾客，今天亦不过如此小事一桩。孰料不多久文所长回所见桌上牛肉，竟拍桌子骂娘，这么大的事，你们怎么这么糊涂，一边派人火速送几倍于原重量的优质牛肉去县长家，一边急令全所出动从重查处牛肉经营者。事后，文所长得到县里头的立功奖励。

小张这个背时的第一天报到上班就被文所长熊了一顿，坐在办公室里，回想上午的事儿，起想越纳闷。明明那个干部模样的人是说找文化馆（其实是文法官——作者注）的，我要他去电影公司后面找就是了，文化馆是电影公司后面，这有什么错？下午上班时文所长竟吹胡子瞪眼睛戳手指大骂他混蛋。谁晓得来人找的是文法官而不是文化馆，又谁晓得这文法官就是你文所长。当然更没晓得耽搁一上午时间就错过你文所长为书记贺寿的时间，按你那屁话，坏了你的大事儿！

竟为的是文法官而不是文化馆，多冤！

阿乐求职

阿乐倒霉就倒在会写文章上。那份打经理的小报告尚未到局长的办公桌上，阿乐就被列在经理优化掉的名单里。

好在阿乐不枉为阿乐，一点也不懊悔。第二天就出门找事做，如今单位招聘多的是。阿乐手持一招聘广告，直奔本市一家大公司。第一关笔试，阿乐轻轻松松过了。第二关面试，阿乐也一点不怯场，潇洒自如应答如流。

阿乐很是得意，满面春风，接下来就是办手续。阿乐做事向来利索，效率高。阿乐遵照招聘委员会提供的一大叠招聘须知，准备逐个一一办理。

首先找到基础部，把简历单递上交了一笔基础培训费盖了章。又去找劳动部，劳动部主管看了一下，说先交劳动就业保险费，阿乐马上递上，那位主管接了钱很快签了字盖了章。接着上六楼找人事部，交了一笔咨询办理费。稍后阿乐找到开发部，又交了一笔人才智力开发费。

阿乐总算来到最后一站——会审部，那位秃顶主管说，你的拿手好戏是什么？阿乐颇为得意很响地回答：写文章。秃顶主管说，你回去，我们这儿不需要。我们这儿写文章有格式，用电脑写。阿乐极力数举自己特长的种种好处。秃顶主管把桌前的指示灯一按，两名威武的保安将阿乐提小鸡一样，一直提出了公司大门。

阿乐很是愤懑，又极心疼自己交了的一笔笔钱。

阿乐又去了几个公司，都败兴而归。问题均出在阿乐仅会写文章这一特长，而那些公司又都不需要会写文章的人。

阿乐也不想再丢那些冤枉钱，受那些怨气。无奈，只好再回原先工作的小公司，满脸堆笑找经理，说千错万错是他阿乐，望经理宽宏大量，原谅他！他会再写文章把经理的损失补回来。经理指着阿乐外衣的一个破洞说，补起来也是一个疤。

经理又白了他一眼，满脸的讥讽：哟阿乐，还是去写你的文章吧。

阿乐怔怔地久久无言。

阿乐求职不成，回家闷闷不乐。深夜又写起了文章，满纸意见和怨言。不知投寄何处，何处能为他阿乐抱不平。

王仁跑官

友人王仁大学文凭，能说会算擅写，供职某机关办公室18载，成绩有口皆碑，可依然是外甥提灯笼——照舅（旧）。尽管如此，王仁仍无怨言，他想着单位的头头们赏给他的满脸笑容和赞许以及拍在他狭肩上的那只只宽大的手掌，更有那幸福酿制的话语在耳边回响：“不错，不错。”“好好干。”王仁的心态就一直不浮不躁，沉稳得很。

王仁步入不惑之门，门庭冷落，仅三五亲友光顾。王仁独自喝酒，海阔天空地想，竟想到自己的百年去世发讣告的事。就心酸悲恸不已，呜呜地哭个不停。他知道，讣告上要写明亡者的职务，追悼会上也要叙述亡者的生平。

王仁一解惑，就立马行动起来了，头头们鞍前马后常有他的身影，也频频出入头头们的办公室住宅楼，连节假日也搭上陪着头头们钓钓鱼搓搓牌。王仁就显得忙，就少做了家务，少辅导了孩子的学习，家里头就少了一分温馨。王仁不管，办大事须得牺牲小利益。

一年余，王仁原地不动。

王仁苦思，大悟：跑字，左足右包也。只走不送，等于无用。王仁左探右听，头头脑脑和他们七大姑八大姨的生日吉辰就一个不落整整齐齐储存在他的脑壳里。提瓶酒拿条烟笑嘻嘻地上门，一点小意思小意思，礼尚往来。然喜事好事一如流水线般不得停顿，王仁走东家串西家犹如赶趟儿。

又一年余，王仁等而未得。

王仁竭虑，大呼：棋，失着也。鱼饵满塘乱放何不多多撒在一处，满天放枪不如一枪瞄准一个目标，手榴弹乱丢怎抵得上重型定时炸弹炮响。某日，单位一把手大寿，王仁送了一个数千的存折。

三五日后，王仁被任命为办公室副主任。

不久，一把手出事，被纪检会叫去。又不久，王仁也被叫去。王仁不善“游泳”，“溺水”了。

王仁被查办后，一病不起。弥留之时，嘱好友拟写讣告。好友写好诵读，王仁迟迟不肯瞑目。其妻上前嘱好友补加“曾任某机关办公室副主任”之语词，王仁大喜，瞬即含笑九泉。

新世说

工会专业

十年前，A君自某财经学院工业会计专业毕业，风华正茂。

十年后，A君在某县总工会工作，下得一手好棋，心静如水。

一日，街头棋摊。A君巧遇当年分配时的B领导对弈，B啧啧称赞A君的棋术。然后，B慨叹：一辈子当领导，我就做对一件事！A大为不解。B曰：当年看你顺眼，分配时就考虑了专业（工会专业）对口，让你去了总工会。

A君凝视B领导良久，愤然掀翻棋摊，拂袖而去。

参　观

某乡贫困。脱贫致富，开放搞活，乃头等大事。形成共识，遂决定参观学习外地经验。

先是书记乡长下海南看上海跑广东，为时三月，回来后大会小会上雄心勃勃。不久，又率众副职各办主任厂矿头头村里干部，浩浩荡荡，赴实地取经。其间，在一名牌公司，众人诚求老板介绍经验。老板久不语，后放喉高歌一曲《篱笆·女人和狗》的主题曲。却是改了词的——“人也还是那些人，技术也还是那些技术，设备也还是那些设备……景况却绝非以前景况。”众人皆惊讶。瞬即有人说话：老板原在我乡办过厂。

一元钱

那是个午后，燥热得不得了。行人车辆显得疲疲的，蔫蔫的。唯公路边一溜儿的摊点显点生气，隔三岔五就吆五喝六高声地叫卖。

“老哥，买西瓜吧，瞧，这瓜，多鲜！一分价钱一价货。六毛一斤，不贵吧。刚好十斤，六块钱，六六大顺！”

“五毛，五毛就买，多一个子儿不要。”

卖主额头皱了皱。买主右手拢住西瓜在胸前，左手很利索从上衣口袋扯出一张五元票子撂向瓜摊，迈脚急步走向路中。此时，公路正中正停着些慢慢移动的中巴，等着载人。买主就急急地上了路中的一台中巴。路边的卖主迅速追了过来，大声叫喊少一元钱。中巴司机眼看到手的乘客（上了车就可卖得一元一车票）又要飞了，就急急地踩动油门。卖主到底非同一般。跳上车去撕扯那位买主，要补一元钱。争吵撕打中卖主和买主不幸从车门处坠了下来，车后轮碾了过去。地上卧着两具血肉模糊的尸体。

一会儿，尸体的周围涌来许多观看的人。就在这时，约几米远的地方响着一个小孩稚声稚气的声音：“谁丢钱啦？”

沾满泥泞的一元钱躺在路中。几十双眼睛扫向那里，霎时一片静寂。

讽刺小说二题

谁逼她脱裤子

赵二婶羞愧万分，众目睽睽之下她在客车上脱了裤子。仅为那该死的车票。

两块钱买车票不够，几天前不是两块钱么？卖票的则硬说春节期间票涨 20% 是两块四毛下雪天再涨 20% 是两块八毛八四舍五入两块九毛钱，说完又不屑一顾。

赵二婶手里只紧捏着两块钱，其他的钱全放在内裤兜里。为放钱的事赵二婶很伤了一番脑筋。早先放在行李里，常被顺手牵羊连包一扫而光。后放在外衣口袋，时时用手摁着，也不管用。又放内衣口袋右边缝着，也不翼而飞，还搭上衣服被划破。次次被那撮人算计了。这回赵二婶放在内裤兜里，又用线扎了一遍，该没问题了，却碰上这倒霉事！

车子在半途中停了，司机和卖票的凶神恶煞般吼：没钱坐么子车，两块钱的路程到了。他妈的，快下去，少啰嗦！

天色已黑，又下着雨。无奈，赵二婶脱了外裤，从内裤处取了钱。

他干起这勾当

“此树是我栽，此路是我开，要想从此过，留下买路钱！”这强盗的话他没说。

他叫张发财，一直没发财。搞了责任制后，眼瞧着别人的日子芝麻开花节节高，终日里斜躺在村前那棵老槐树下琢磨来琢磨去。

有一天，张发财黄背包一挎，顺手操起一根打狗棍出了门。他便往马路上一站，舞起了打狗棍，唱起洋花小调，踏起了碎步。过往车辆见状只得一一停下，他便软泡硬磨死皮赖脸求司机给个三角五角，说他上有八旬老母下有三岁娃娃，家里揭不开锅。遇司机凶的就窝在车轮下，看给不给。稍后他交警似的把左手高高地举起，右手握打狗棍一挥，勒令过往车辆一律交纳过路费，须得两元以上才收。

一上午下来便净得 50 元还多。这营生似摇钱树，张发财心想。又哈哈疯笑道：他妈的，还看不起我，我也要致富。

后来，说张发财被派出所抓了，但他装疯卖傻，又放了。又听说张发财仍干那勾当，只不过是打一枪换一个地方。

杲和先生

在隅沫镇上，杲和先生是个人物。他腋挟公文包，手提大哥大，一身西装革履，到处抛头露面。问他高就何处官至几等？答曰无官无职无单位。

杲和先生常常同镇上县上那些有点头面的人物搭理着，频频出入他们的办公室住宅楼，拉拉话，下下棋，钓钓鱼，搓搓牌，喝喝酒……又时常记得这些人和他们七大姑八大姨的生日吉辰，提瓶酒拿条烟笑嘻嘻地上门，一点小意思小意思，礼尚往来。逢年过节，更是忙得不亦乐乎。久而久之，杲和先生便和他们混得烂熟。一熟，啥事都好办。一搓和，便成。

隅沫镇上的事多得很。某某承包的基建项目没有了眉目，某某的报告卡了壳，某某要想晋个级讨个官，某某想办个营业执照减点税费……如此不一而足，都找杲和先生。他满面笑容，来者不拒。求事的人一说，递上酬金或礼物，说声“劳驾了！”他接过眼睛一扫，立马迈腿去忙。

我有幸领略过一次杲和先生办事的神通。那次我小舅子承包某鱼场扩大经营急需跑资金弄得抓耳挠腮。无奈，只得抱着试试看请杲和先生出面。我怀着好奇心想看个究竟，便要求与他一起去办。他起先不肯，后来规定一条，不许我随便说话，一切行动听指挥。

当日傍晚时分，我与他驱车一并前往。车是双排座，车厢后装着一点“小意思”。出发之前，“小意思”用一个个袋子装好，封口上用一块纸片写明须敬的各位头头脑脑的尊姓大名和官衔，落款是“乌有鱼场的‘$\sqrt{2}$’”（即$\sqrt{2}$＝1.414……音谐“意思意思”）。

到达银行宿舍大院内，杲和先生立刻跳下车来，又一把将我拽下车。笃笃笃上楼，咚咚咚敲门，说“A 行长，分鱼了。”又咚咚咚敲门，说：“B 书记，分鱼了。”又上楼，下楼；下楼，上楼；笃笃笃，咚咚咚……敲完门后，我们立即回到车子里呆坐着。我不解地瞧着他，他不理我，注视着院内的动静。不一会儿，楼上楼下稀稀散散走出一些女人来，或白发老妇，或风韵徐娘，或时髦少妇。她们一个个不声不响，不言不语，不冷不热，走到院坪里翻看袋子的封口，对上号，便拿起，一声“谢”也没有。院坪里的袋堆不一会就一扫而光。

院坪上依旧空空的一片，我的心也空落落的。杲和先生却喊我上车，一路上，他把车上的录音机放得山响。回到家，杲和先生酒足饭饱之后接了小舅子给他的“红包”，又拖走了两袋鱼。临走时他告诉我的小舅子，等着办手续批款子。第二天，款子果真轻轻松松批下来了。

杲和先生办事极讲效率。事成之后，他绝不声张，你知他知，皆大欢喜。完了，谁也不欠谁的人情，形同路人。求事的人都乐意找他，络绎不绝。镇上也有些人看不惯，拿话损他。他从不发怒，说我杲和先生搞得活，收人钱财，替人消灾，天经地义。

有一年，一个外地人来隅沫镇做生意，还带了一个隆起肚皮的胖女人。明眼人一看，躲计划生育的。这可是天大的事！那外地人第二天就找到杲和先生，很坦率地说了来龙去脉，留下了一叠崭新的票子，一份丰盛的礼物和一张申请二胎准生证的报告。杲和先生当日傍晚时分就去了镇政府大院，把贾书记胡镇长拖到山珍海味酒馆，“杀”得天昏地暗（他们把喝酒叫作“杀”），一直“杀”到次日凌晨二时，贾书记胡镇长败北，“杀”成一摊稀泥。杲和先生笑了，从马夹里掏出两个信封轻松地塞进他们两人的手提公文包里。

次日上午，杲和先生在家静候佳音。不料，出事了！那个外地生意人的大肚子胖女人被镇计划生育工作队抓去流了产。傍晚时分，杲和先生家里被砸得稀巴烂，是那个外地生意人干的。

不久，那个外地生意人偕流了产的胖女人走了。杲和先生自此少去镇上旮旮旯旯转悠，老远遇见人，忙急急地避开，镇上也就没有人再去找他办事。

两年后，杲和先生在阴郁中死去。

良民无奈

机关大院，无人不赞良民，赞说之余，也都替他叫屈。

良民上班提前半小时到，地面、桌面抹得光光溜溜，材料、报告搞得熨熨帖帖。遇上某长，又点头，又哈腰，忙不迭伸出手去，而那长却已擦身而过。下班回到家，常常是屁股未着凳，良民的手机便嘟嘟地叫，一声紧似一声，催命似的，定是某长在机子那头指手画脚，作威作福，其实并无半点正经事，无非是此长家里要换煤气、买大米，彼长家里要通厕所、换灯管。良民对此自是唯唯诺诺、言听计从。但有时，良民也一个人偷偷地背后犯嘀咕：吃喝拉撒要人侍候，活脱脱一个小“鬼子”。

当然，良民只是在背后嘀咕，当着长们的面立马又毕恭毕敬。有时，某长高兴，一双肥厚的大手在他的窄肩上拍两下，来两句“希望在彼岸”的话。良民顿时激动不已，好几天都屁颠屁颠的。时间一长，良民便晓得那是“鬼子”耍的把戏。

二十个春秋如一日，良民就这样过着，一脸和气，一脸的笑。

然而退休在家的爷爷常吹胡子瞪眼睛，把拐杖“笃笃笃”往地板上敲，实实在在敲在良民的心上。爷爷恨他没出息，这么多年来，外甥打灯笼——照旧（舅）。爷爷那个时候一步一个台阶，班长、排长、连长，直到营长。有一回趁爷爷高兴，良民问爷爷为何提得这么快。爷爷说，一枪一个鬼子，打个正着。爷爷又说，鬼子狠毒，烧杀抢光，无恶不作，狡猾狡猾地干活，而你现在又不是打鬼子，咋这么难？

良民嘴里不说，心里却愤愤不平：现在不同了嘛，过去打“鬼子”用一般的子弹就能行，现在的情形要复杂得多，自己既无“重型武器”，又无“定时炸弹”，怎么能对付得了——只可意会不可言传，是老革命爷爷不知世故了。

权衡再三，良民决定痛下血本打一回“鬼子”。良民把私攒的那本小存折捏在手心，在银行换上两个厘米厚的“小砖头”。瞧瞧四下无人，良民便想去某长家“坐坐”，可腿脚老不听使唤，心里咚咚直跳。后来良民总算到了某长家门口，却听得里面歌舞升平，笑语联翩。良民等候在楼梯口，进也不是退也不是。不多久，有人出来，满面春风；不多久，有人进去，春风满面。进进出出，出出进进，有讲有笑，大大方方。唯独良民一个，面墙而立，临战怯场。良民战战兢兢，气不敢出，不知何时进得屋去，丢了“小砖头”；也不知何时出得屋来，满脸汗流。怪了！出门没几步，脚步轻盈，良民好似打了“鬼子”，得胜回朝。

不出半年，良民如愿以偿，弄了个科长。回到家里，良民颐指气使。老革命爷爷问他凭什么条件，他支支吾吾好一大阵，只说打了一回“鬼子”，惹得老革命爷爷一脸的疑惑。

又一月后，某长栽了，被抓到检察院。良民被免了职，回到家里，老打不起精神。老革命爷爷问他，他不答。老革命爷爷一拐杖打到他的身上，大声斥骂：还想那“鬼子”？是我告的！我代表人民检举那“鬼子”。要在以往，我一枪撂了他！

老革命爷爷又把拐杖高高举起，骂：你他妈的是一个鸟汉奸！

局长千金病了

怪了！谭冠局长九岁的千金琼琼好端端的一下就病了。病又生得怪，不痛不痒不发烧不生寒不吐不泻，就只不吃不喝不言语。局长千金病了，自然在局里是大事，就有班人屁颠屁颠地跑来跑去，量体温，忙挂号，又陪着抽血、化验、照片……一切正常。看医生请到主任医师听诊，也定不下啥病。局长太太一急，眼泪夺眶而出，咽咽地哭出声来。这样一来，局长慌乱起来，哪管上班，就在家和太太一起陪着千金。怕万一有个闪失，局长和太太也是没法活了。局机关各股室里也顿时一片阴郁，很关切地注视局长千金的病情，个个据根究底研讨不休，一如专家会诊一样。未到下班时间，许多人溜出去，提篮挎包携妻儿去局长家问候。

小陈干事回家，对妻子说，谭局长的千金病了。妻说，咋病？凶火吗？小陈说，也不知啥病，怪得很。小陈又用一双企盼的眼睛看妻子。妻会意，说，有啥事？就快说，别一天打不出一个响屁来。小陈说，局里许多人都去看局长千金了。我们，去不？妻用手指头直戳小陈的脑门，你这个死呆子！哪能不去呢？说去就去，小陈妻立马打点礼品，一袋，一包，一箱。手提背挎肩扛，准备出门。

正在这时，上小学五年级的女儿丽娜放学回家。见爸妈这番装束行当，丽娜咯咯边笑边拍着手唱起来：羞，羞，羞，“狗男狗女”去“装香”，点头哈腰又提包，看人家脸色去行事，心里头装着小九九。小陈与妻一听，霎时脸红心热，火烧火燎。瞬即放下袋子、提包与纸箱，在门边抓过扫帚就要打女儿。女儿一蹦跳开去，隔两三米远对爸妈说，琼琼生的啥病只有我知道，别个谁也不会知道谁也治不好。

真的？小陈和妻即刻丢掉手中的扫帚，转怒为喜，一把拥女儿入怀。又急急地问，啥病？啥办法能治好？女儿丽娜顿时神气起来，不紧不慢，摇头晃脑，手指指向袋、包和纸箱，装模作样大喊一声：东西，收起来！爸妈只好领命，立即把礼品收进柜箱中。

女儿丽娜在爸爸耳边嘀咕一会儿，又对妈妈耳语一阵，就拍着手唱着歌在屋里蹦蹦跳跳。爸妈却木呆呆的一个，喃喃道：没病？真没病？……

原来，昨天下午，谭冠局长的千金琼琼和丽娜在一起玩耍，为玩呼啦圈争了起来。琼琼歧视丽娜，说她家有好多好多的钱，好多好吃的食品，她有好多好看的衣服，好多好玩的玩具……哪料丽娜一点不稀罕，双眼斜视琼琼，大声唱道：羞，羞，羞，钱礼别人送，衣服玩具别人买，你爸谭冠是贪官。又对琼琼讲，老师说了，像你爸这样的人是坏家伙，要处分要坐牢的。琼琼就呜呜地哭个不停。

琼琼回到家，趴在小床上又咽咽地哭泣了许久。直到爸妈回来后，才停止了哭泣。然后，就不吃不喝。她想着丽娜说的也有道理，家里的高档电器和款式新颖的家具都是爸爸收了别人的钱置办的，看了就不顺眼。食品是别人大包小包手提肩扛送来的，一吃准没味道。自己的小存折里几千的存款是不认识的叔叔阿姨爷爷奶奶们春节里给的压岁钱，最最没意思，比不上在学校里那天拾废品卖到的五角四分钱……爸也极讨厌，吹嘘着自己的能耐，其实都是假的。报告材料有小秘书早早地送来，报刊上的大作也是别人写的，只是署上他的名字，而他还好意思笑呵呵拿了稿费……琼琼愈想愈不对头，埋头便睡，谁也不理，不吃不喝不言语。

丽娜说完，不管听得木呆呆的爸妈，径去琼琼家。和琼琼爸说了许久，起先琼琼爸直皱眉头，后来脑壳就点个不停。一会儿，他去了琼琼的小房间。许久后出来，琼琼的病竟奇迹般好了，立马有说有笑、能吃能喝。更为惊奇的是，自此后琼琼爸改了许多坏毛病，逐渐把官做得好起来了。

据说，琼琼和爸爸之间是有“君子协定”的。

乐此不疲

一对年轻夫妻商海里冲浪，经营服装与电器。几年过后，便拥有资产近百万元。夫妇俩穿金戴银，手机桑塔纳，吃香喝辣，出手大方，俨然一对款爷富婆。

十月怀胎，呱呱落地，添一白白胖胖的宝崽，款爷富婆欢喜得要发狂。富婆在家抱养宝崽，款爷隔三岔五跑回家中照看，有时回家待个十天半月，生意让自家一个亲戚去料理。

有几个朋友去款爷家串门，道喜、聊天、喝酒。酒后，便搓麻将，来点“小意思”。款爷初不参与，闲着没事，站一旁观战，带劲！就想搓搓，像当年自山凹里出来看见别人骑单车一样，手里怪痒痒的。于是，就学着搓，悟性极好，转眼就会。就大战，上瘾得很，常常通宵达旦。无朋友来串门，他就手机打个不停，邀人上门来。富婆看着客厅里的热闹气氛，便从卧室出来，抱着婴儿隔近来看热闹，竟也跃跃欲试。逢款爷解手之时就坐下来一手抱儿一手摸牌，其乐融融。

商海冲浪的款爷富婆胆大惯了，极有口吞鲸鱼之势。赌码下得极大，每盘都想和大牌，便输。输时竟一点不恼，说我给你们发工资，你们陪我玩牌啰！又说只差一点，我就和了大牌，你们便输得惨了。款爷和大牌的时候实在太少，别人就很少有输得惨极了的时候。

渐渐地，富婆把宝崽喂了奶后就放在婴儿车里，出来和款爷各坐一方，邀人来家大战，很是解瘾。饭也不煮，饿了，掏出手机挂一电话，瞬即便有人送盒饭到家里。初时还有所节制，不搓得太久，腾出时间喂奶，洗尿布，还要喂家里的那头狼狗。稍后，便不大记得。输得红眼时，忘到脑后。

五六个月，款爷富婆虽输得很惨，却愈发地上瘾，乐此不疲。

一日，饿急了的狼狗蹬掉铁链遍寻整个屋子无食可吃时，扑向了婴儿车里正在啼哭的宝崽。而这一切，客厅里四位搓麻将的男女却一无所知。一声尖厉的叫声过后，方才让他们意识到不妙。进屋看时，宝崽白白胖胖的手臂只剩下骨头。宝崽再也不能啼哭了！

两位麻友惊呆了吓蒙了，飞也似的逃离开了。

课 本

表姐的姐夫找到我，说他那宝贝儿子转学得弄一套二年级课本。

我说，没问题。我爷爷的学生的丈夫在新华书店是业务股长。

几天后的下午，我找到了那位业务股长，递上烟扯谈一阵家常神侃特侃一通世道不古关系网通天之后便说明来意。没问题，股长说。他把电话打到一楼的仓库。

一楼仓库。到处都是书，成捆、成堆，大大小小，横七竖八，重重叠叠，似不胜负荷，而且霉味刺鼻，灰尘、蜘蛛网刺眼，活脱脱的一个废旧品收购仓库。这些书，真像没有爹妈照看的小宝贝，我怪心痛的。我有点愤懑了。

仓库进门处摆一个很新的书桌，书桌旁一位穿着入时的女士，斜躺在长沙发上织她那永远织不完的毛衣。

“咳，咳，你好！这毛衣真好看。”我说。

“哦，是吗？”她答，神情又添一分好看。“哦，这是你要的书”。

我接过书，正要道了谢告辞时，一声略带沙哑的男中音传来：“同志，帮个忙。”我看了一下，一大一小，迅即瞟了一下她。她好像没听见，在织毛衣。我提醒说：“嗯，有人。”

男中音忙说：“我是忠烈乡育英小学的老师，这是我的学生，我们班原订了三十二套课本。这位学生是我们乡林场一位职工的子弟，刚转学来，没有课本，请帮忙补一套。”

好大一会儿。她说：“没有课本，帮不上。”

男中音忙说：“这小孩她爸在看护林场，她妈前几年就过世了，你就可怜可怜他吧，帮帮忙，我们会……”

不等男中音说完，她接腔：“没有就没有，帮什么忙。”

我看了看小孩儿，衣服穿得够烂的，那眼睛怔怔地盯着仓库里的书，那眼神的渴盼，噢，我记起来了，像嗷嗷待哺的婴儿。我问：“读几年级了？”“读二年级。”怯怯地说。“二年级，也是二年级。”我想。他们又等好久，嘴角仍嚅嚅的掀动，跳出的字眼依旧是：“帮帮忙！我们会……”

美丽的女士只管织着美丽的毛衣。

过了好大一阵子，那一大一小，一男一女很沮丧很失望地走了。走出书店仓库大门时那个小女孩儿回转身来久久地深深地望来一眼。这一眼，使我震颤。

小女孩儿的那一眼，我想我是读懂了的，那里面有多少的愤懑、无奈、渴望、失望……那美丽的女士我肯定她是读不懂的。

我问美丽的女士：“真的没有课本了？”她说：“有倒还是有，不想卖给他们。”那眼神是不屑一顾的。

“不想？”我吃惊地重复了一声。

回到家，表姐的姐夫已在我家里。见我买来了课本，他却说：“谢谢你，只是不用了。”我说：“什么？”他答：“小宝他爷爷的老同事的学生在城关一小当校长，一切都解决了。”

一切都解决了？我捧着课本，脑袋里总是出现两种相互交叉重叠的眼神，那小女孩儿深深地久久地一眼，那年轻女士不屑一顾的一眼。为什么，我当时不能把这套课本送给那小女孩儿呢？我无法理解自己……

“换底”哪去啦

数年寒窗，黄练终于跳出农门，在一所乡中学当了教师。的确神圣了几个月之后，黄练彻悟：无论干何事，说到底都是为生计奔波能得过且过并不算坏事。

街上稀落落排着些房屋。房屋的前面大多有在冬日太阳下取暖夏日阴凉处乘凉手中总拿着字牌取乐的一堆儿。其中有老汉，有老太婆；有壮汉，有妇女；也有稚声稚气说话的一类。

黄练先是闲着没事，看看，凑份子热闹。不看则已，一看则不可收拾。得摸摸，就像当年自山凹里出来看见别人骑单车一样，手里怪痒痒的。先是看人家摸牌，后是自己也摸；先是只跟同事摸摸，后来跟别单位的人也摸；最后竟摸到街上那些稀落落房屋门前，倒也其乐陶陶。

一日，刚和学校同事在摸牌正起劲时，第三节上课的钟声已叮叮当当在招集老师和学生们，这第三节课是黄练老师的。黄练准备摸完这盘再去上课，班上科代表已来叫喊了。黄练无奈，只得撒下牌，在房里胡乱找一阵，一手拿着粉笔盒，另一手吊垂着，夹几本书几乎是跑步进了教室。一声“起立”“坐下”之后，黄练老师环顾黑板，发现黑板未刷。得刷黑板，黄练心想。

“‘换底’哪去啦？”黄练大声说。

没有人应，只稀稀的几声笑声。笑声之后，有一个人在后排大嚷：“‘换底’丢了，只数十九张。”

黄练寻声望去，斥责道：“又是马大兵，捣的什么鬼？！”

马大兵说："黄老师，你不是说'换底'哪去了吗？"

黄练遂回过神来，刚才莫不是把找刷子说成是找"换底"啦？

黄练哑言。

一日之内多少事

韩力从粉红色的一米八宽的床上跳起来，开始了他一天的生活。

12 平方米的天地里是韩力绝对的自由，绝对的韩力化。屋里除了这张席梦思床算个“高级物”，可以说再无长物，有的是这里一堆书，那里一叠杂志，随地乱丢的是撕掉的字稿，臭袜子一只坐在枕头上，另一只躺在墙角里，铁桶里满满的一桶是浸了水的衣裤，那水墨绿墨绿，不用闻已经是异味扑鼻。好在韩力嗅不到。韩力因为每天三次要蹲在卫生间里，少则半个钟头多则个把钟头。卫生间就显得重要，12 平方米的房子里又被他划出一块，这样一来，除了卫生间就是床，除了床就是卫生间。

从卫生间出来后韩力记起有篇小说得完成，否则这个月将不成其为这个月，那箱康师傅牛肉方便面只剩下一盒半了。况且这个时候是韩力先生创作的黄金时间，出口成章，骂人成文。他趴在那张宽大的席梦思床上续写他那篇《关于新新人类的第三种说法的第四种诠释》。

结尾时他惬意地写到：啪啪啪，啪，啪，啪……那一刻，世界整个变了样。韩力先生满意得唱起影子之歌，手舞足蹈。他照例去摇那个老红色的铁开水瓶，揭盖，没半点水，他竟不恼。一盒半方便面盛在那个硕大的搪瓷缸里，拧开卫生间的水龙头哗哗地淋着，浸着，然后嘴伸到龙头里接了口水咕咕咕，再抹脸、套衣裤……

冷水浸泡着的方便面没有多大的影响，韩力先生嘴中嚼得啵啵作响。要在往日，连缸带面将会直直地扔下四楼，喋喋地他妈的他妈的骂个不休，今日只略微皱了一下眉头，转瞬即逝。他看着桌上那个墨绿色的多功能电话号码速拨器，拇指和食指很优雅地抡出一串蛮有音乐节奏的声响，嘴中的口哨简直吹到专业水平。

韩力先生顺手把那个多功能电话号码速拨器揣在衣袋里。小城有很多单位都是用着智能电话，也就是说无磁卡只能望洋兴叹，唯独韩力先生是个例外，他一面陪着你海阔天空地聊，一面拿着话筒，把多功能电话号码速拨器上开关一按，嘟嘟两声那边便送去抑扬顿挫的话语便聊，北京、上海、天津、新疆、内蒙古等到处都有话友。聊得起劲，一分、二分、十分、二十分、个把两个小时，一溜而过。比如今天，他直聊到单位下班，才一摇三摆上了街。

他蹩脚走进那家小城有名的小吃店“好又来”。他瞧着店牌：好，又来。来，又好！他会心地一笑。把兜里仅有的两张五元纸钞掏出来，一半家屋买了个好感觉。

出来后，兴致很高，又去了体委侧边的那家星新网吧。之所以选中星新网吧，并不是因为小城只有那一家，体委侧边一线巷弄少说有网吧十七八家，倒是星新二字是他笔名的缘故。

一上网，对方就说“我叫珍妮宝贝，就是上海宝贝、北京宝贝的那种。”问他，他说他是韩力。对方又“哇噻！弹力——宝贝，宝贝有弹力，一定会跳得更高更欢，真是酷毙了！你在哪儿？”他一时语塞，反问对方。对方又说“我无时不在！那个月亮背后的香水女人，或者桌上的那只白瓷天鹅。”……

打出的一个个方块字似乎都朝韩力眨着媚眼，他又聊了一个半小时。

他离开了网吧，走着走着便上了天桥。天桥很高，构建得豪华气派，不锈钢的栏杆照得出人影子，栏杆下的墙面上各种治疗性病、兜售壮阳补品的广告比比皆是，仿佛一夜之间这个城市的人大都患了性病、性功能普遍衰竭。这时，有个撑着红伞的女孩向他招呼。韩力看一眼就断定这是个专门讨食的鸟儿，这个城市这种鸟儿多如牛毛。

韩力并不搭理，头也不回地往前走。

进屋。刚要关门，哪料那个红伞女孩儿已侧身进屋，径直进了卫生间，不一会儿便哗啦哗啦，搓身声清晰可见，仿佛每个部位都能隐约感觉得到，她独特的体味混合着香皂气味溢出卫生间，充满了整个房间。一想一想，韩力就觉得自己好像要飞了起来。

红伞女孩儿洗澡出来，环顾一下屋子，不等韩力回过神来，倏忽又侧身而出。

韩力先生不禁哑然。

一晚上，他提起笔在稿子写下无数个“+”号。让人怀疑是肝炎病患者病历单上还是MOTOROLA手机上的“+”号。

明天什么事情发生？老天爷清楚。

猪的感慨

蒙蒙昽昽中猪国国王猪自白缓缓向我走来，脚步声中蕴含无尽的忧郁与愤懑。

我问：“老兄，为何这样闷闷不乐？”

猪自白长叹一声，说：“人家常说舒适得像猪一样。而今世风每况愈下，我辈也是生计艰难，道路险恶重重。”

“怎有这回事？君可否详说一二。”我言道。

“我的那些臣民出生才一个月，便遭不测。可恶的小贩用长长的皮管插进他们的口中，几斤水灌得他们直翻白眼嘴吐白沫……人心叵测啊！”猪自白说话的声音都有些颤抖，肌肉抽搐着，泪水润湿了眼眶。

“等我的臣民在农户手中长大出售时，小贩秤一勾，他们便好端端地少了几斤，十几斤；稍后，小贩便打了水出售或卖给屠商再打水要再耍秤法，耍魔术般，直多出几十百把斤。折腾来折腾去，把我们搞蒙了，不晓得自己的轻重了。”

我说：“也是啊，那些人太可恶了。”

“我们遭殃，养猪户也怨声鼎沸，说一头猪只有三只脚。”

“这可奇怪了，三只脚从何说起呢？”我问。

“屠宰税、检疫费、防疫免疫费、增值税、工商管理费、城市建设税、教育费附加、生猪发展基金等税费一来，一猪脚就这么硬生生地飞了。”猪自白道。

“养猪农户除了屠宰税防疫免疫费外，其他税费应是屠商或生猪收购者交纳呀。”我感到纳闷。

“也应是这个理，可农户卖猪时直接或间接被人骗交了许多‘冤枉钱’。但猪总得卖呀！”

我跟着轻轻地叹了口气。

“在家乡不得安宁，迁往他乡也是噩运重重。有回，我的一批臣民自湖南直下深圳，在某地被一支‘多种综合部队’卡住。起先，检查老板的各项票证税费，无错。又查验司机证件，也对。磨蹭来磨蹭去，他们毫不心甘，眼睛一瞥，打起我那些臣民的主意来，睁眼说瞎话硬讲其中有一个生了‘五号病’，要全部销毁。老板申诉理由苦苦相求无结果。无奈，只得驾空车而回。行不久，愈想愈不对头。又返回，那支‘多种综合部队’正在招呼屠商采购。”猪自白几乎有些哽噎了，老板气不打一处出，据理力争。“多种综合部队”一头头凶神恶煞般吼说：“回来得好，交五百元下车处理费。老板当场气晕过去。”

“真是岂有此理？！”我极为惊骇地大叫。眼睁开，方知怪梦一场。

到阎王殿一回

“阎爷，我要回去，我才活了短短二十个年头。”

阎王爷高高地端坐在龙椅上，一手执着朱笔，一手在翻动勾魂簿，对殿堂下我的喊叫视而不见，充而不闻。龙椅的两侧立着“牛头”“马面”。

“小鬼，嚷什么！你的寿年已到，再想活没门。”

“阎爷，求您老帮小人想想办法，小人二十年也确实太短，我思忖着这二十年不愁吃穿，生活有滋有味的。”说着我急急地把手指上的纯金戒指呈献阎爷。

“小鬼，你还精灵。不过下不为例！算你走运给你续上四十年，是四个牛马狗鸡省下的。”

我便想，要做初生牛犊不怕虎，马萧萧兮志在千里马到成功，通狗的灵性，闻鸡起舞鹤立鸡群鸡犬升天。

“想得臭美！”谁吼了一声，又连珠炮地说。

“就不怕人到老年老牛拉破车牛衣对泣一生做事多如牛毛却毫无紧要事；就不怕做事马马虎虎马大哈马后炮马拉松；就不怕为鸡毛蒜皮之事鸡争鹅斗闹得鸡犬不宁最后来个鸡飞蛋打；就不怕当狗腿子当狗头军师用狗尿苔写狗屁文章狗仗人势终是被人骂个狗血喷头狗吃屎憋急了来个狗急跳墙。”

正被骂得头昏脑涨之时，阎爷又大喝一声：“还不快走。”牛头马面等鬼神应声刀枪把我往外一插，“哎哟”一声惊叫起来，眼已睁开，发觉自己端端的睡在床上，方知是怪梦一场。额头上渗出好多的汗，用手一摸，湿湿的。